Bei einem Tauchgang in der Elbe entdeckt Polizeitaucherin Svea Roth fünf Fässer. Nach der Bergung finden die Beamten in jeder der Tonnen eine Leiche. Unter ihnen ist auch eine junge Frau, die Tochter von Stefan Zwerner, alleinerziehender Vater und Mitglied in Sveas Tauchclub. Sie war Programmiererin, hatte jedoch in der letzten Zeit kaum noch Kontakt zu ihrer Familie. Warum mussten sie und die anderen Opfer auf so grausame Weise sterben? Svea Roth ist fest entschlossen, die Wahrheit herauszufinden – und gerät dabei selbst in tödliche Gefahr.

Marc Jansen ist das Pseudonym des Schriftstellers und Drehbuchautors Derek Meister. Er wurde 1973 hoch im Norden Deutschlands geboren und studierte Film- und Fernsehdramaturgie. Die Nordsee zog ihn schon als Kind magisch an, und noch heute findet er seine Inspirationen auf langen Wanderungen am Strand. Marc Jansen schreibt seine Krimis gerne bei Seewind oder im Strandkorb an der Elbe.

Weitere Informationen finden Sie auf www.fischerverlage.de

Marc Jansen

POLIZEITAUCHERIN SVEA ROTH

UNTER DRUCK

Kriminalroman

FISCHER Taschenbuch

MIX
Papier | Fördert gute Waldnutzung
FSC® C083411
FSC
www.fsc.org

Originalausgabe
Erschienen bei FISCHER Taschenbuch
Frankfurt am Main, März 2024

Das Werk wurde durch die Literarische Agentur
Thomas Schlück GmbH, 30161 Hannover, vermittelt.

Redaktion: Claudia Jürgens, Berlin

Tauchervignette: Adobe Stock
Satz: Dörlemann Satz, Lemförde
Druck und Bindung: CPI books GmbH, Leck
ISBN 978-3-596-70672-3

Den Puls des eigenen Herzens fühlen.
Ruhe im Innern, Ruhe im Äußern.
Wieder Atem holen lernen, das ist es.

Christian Morgenstern (1871–1914)

1

EIN PAAR TAGE ZUVOR

Das Blau des Himmels spiegelte sich in der Elbe, die sanft und gleichmäßig vorbeizog. Der Fluss lag friedlich da, selbst die Schiffe, die flussauf- und flussabwärts fuhren, zogen wie schlafwandelnd darauf entlang. Von hier oben, hinter der Panoramascheibe, wirkten sie wie einsame Tupfer auf dem glatten Wasser. *Verloren*.

Angespannt rieb sie ihre Nase, wandte sich von der Scheibe ab. Der Anblick der Elbe brachte ihr keine Ruhe. Im Gegenteil. Sie wusste, dass der Fluss in wenigen Tagen über ihr Schicksal entscheiden würde. Unaufhaltsam wie die Zeit floss er dahin, hinein ins Meer, in die offene See ...

Ohne die Möglichkeit einer Umkehr.

»Wenn er das wirklich durchzieht ... Sie wissen, was das heißt?« Fahrig schob sie dem bärtigen Mann, der ihr gegenüber in dem edlen Café saß, ihren Laptop hin. »Bitte, Herr van Leeuwen«, flehte sie. »Die Nummer ist einfach zu groß.«

Der ältere Mann kratzte seinen grauen Vollbart und musterte einen Moment die langen Datenreihen und die Simulation, die sie für ihn aktiviert hatte.

Nervös drehte er einen seiner goldenen Ringe. Dieser trug

ein fein ziseliertes Siegel und half ihm beim Abwägen. »Ist doch viel zu spät zum Aussteigen«, sagte er mit ruhiger Stimme und schüttelte den Kopf. »Wir können nicht einfach hinschmeißen. Wenn wir jetzt abbrechen ...«

»Leeuwen, bitte!«, beschwor sie ihn. »Wir müssen das irgendwie beenden. Wir müssen zur Polizei! Egal, wie viel er Ihnen versprochen hat ... Das ganze Geld ist es nicht wert!«

Van Leeuwen seufzte. »Sie haben leider keine Ahnung. Sie sind noch jung. Ihre Welt ist noch voller Entscheidungen – aber wenn man älter wird ...«

»Sie können sich jederzeit entscheiden, Leeuwen!« Sie musste sich anstrengen, nicht laut zu werden. Gehetzt sah sie sich um.

Das Café Achterdeck unweit der Elbphilharmonie war gut besucht und erinnerte mit seinem edlen Look an den Speisesaal von Luxuslinern längst vergangener Epochen. Sonnenlicht, das golden durch die Panoramascheiben hereinfiel, reflektierte in den polierten Spiegeln und dem geölten Parkett. In der Luft hing der Geruch von exotischem Tee, perfekt geröstetem Kaffee und allerlei Gebäck. Zwei Kellnerinnen in makellosem Outfit schritten zwischen den gediegenen Sitzgelegenheiten hindurch und brachten Bestellungen zu den Tischen. An einem davon hatte sich eine Geburtstagsgesellschaft eingefunden. Männer in Jacketts, Frauen in leichten Sommerkleidern saßen lachend bei einem reichhaltigen Frühstück. Doch für all den wundervollen Schick hatte sie kaum einen Blick. Stattdessen sah sie sich, wie die letzten Minuten immer wieder, zum Eingang um, dann zu den Tischen und abermals hinaus auf die Straßen der HafenCity.

Immerhin. Keine Spur von seinen Männern. Am liebsten hätte sie etwas Kokain genommen, nur eine kurze Line. Allerdings war sie gereizt und aufgepeitscht genug. »Der bringt uns um, und das wissen Sie!«, zischte sie und beugte sich noch vertraulicher vor. »Ich weiß, wie gefährlich er ist. Wissen Sie, was er mit Murak angestellt hat?«

»Ich ...« Unsicher drehte der Mann erneut seinen Goldring. »Ehrlich gesagt, möchte ich das gar nicht wissen.«

Sie nahm seine Hand und war überrascht, wie kalt sie war. Altersflecken zeichneten sich auf der braun gebrannten Haut ab, die ohne Schwielen und Narben war. Sie wusste, dass van Leeuwen kurz vor der Pensionierung stand, doch er musste einfach irgendwie einsehen, dass es Zeit war, die Reißleine zu ziehen!

»Verflucht noch mal, Leeuwen! Ich hätte mich nicht an Sie gewandt, wenn ich nicht wüsste, dass Sie auch zweifeln! Das tun Sie doch!«

Er nickte fahrig.

»Also! Wir müssen jetzt handeln. *Jetzt*. Wenn er herausfindet, dass ...« Alarmiert hielt sie inne.

»Was? Was ist denn?«

Ohne eine Antwort sprang sie auf und starrte aus der Panoramascheibe.

Ein dunkelgrauer SUV mit getönten Scheiben kam den Kai herunter aufs Café zu. Er hielt nahe dem Eingang.

»Scheiße.«

»Was ist?« Er spähte ebenfalls auf die Straße.

Zwei Männer in Bomberjacken stiegen aus.

»Irgendwie haben die uns ... die haben uns gefunden!« Angst

ließ ihre Stimme beben. »Kommen Sie!« Sofort schnappte sie sich ihren Laptop und steuerte schnurstracks die Theke an.

»Wo... wohin wollen Sie denn?« Leicht verwirrt folgte er.

»Wir müssen erst mal das Ding loswerden ... Benjamin?«, wandte sie sich an den Angestellten hinter der Kuchenauslage.

»Ja? Du gehst schon?«, fragte der.

Sie hatte während ihres Studiums hier gekellnert und auch später immer mal reingesehen, wenn es Probleme mit dem Router oder der Kassensoftware gab. »Kannst du ... kannst du auf den hier aufpassen?« Sie schob ihm den Laptop über den Tresen. »Ich hol ihn später ab. Okay?«

»Sicher, kein Problem. Was ist denn los?«

»Kann ich hinten raus?«

»Wieso ...?« Überfahren sah er sich zur Küche um, da war sie bereits zur schmalen Tür im hinteren Bereich geeilt.

»Kommen Sie!«, forderte sie van Leeuwen auf, der ihr geistesabwesend, so als habe er die Situation noch immer nicht überblickt, nacheilte.

Auf halbem Weg zur Küche streifte ihr Blick einen der goldgerahmten Standspiegel. Sie sah fürchterlich aus. Blass, völlig übernächtigt. Augenringe hatten sich in ihr Gesicht gegraben, und ihre langen dunklen Haare klebten ihr fettig an den Wangen. Seit Tagen hatte sie nicht richtig geschlafen. Eigentlich seit Wochen.

Als sie die Tür zur Küche aufzog, fiel ihr gehetzter Blick noch einmal zurück in den Saal. Die beiden Männer – ein stiernackiger, tätowierter Typ mit dem Spitznamen Lilo und ein langhaariger Kerl, dessen Namen sie nicht kannte – betraten gerade das Café.

Sofort wischte sie durch die Tür und eilte zwischen den Edelstahlablagen entlang, passierte zwei Herde und stolperte in die Hektik des Küchenbetriebs. Überrascht fuhr ein Koch herum. »Was machen Sie …«, begann er, ließ sie aber passieren.

Sie hörte ihn noch rufen, achtete nicht darauf, sondern zog die nächste Tür auf. Schmaler Flur, Aufenthaltsraum links, Zimmer zum Umziehen rechts. Das Treppenhaus.

»Leeuwen! Kommen Sie. Wir müssen uns trennen.« In ihrem Kopf rasten die Gedanken. Hatten die beiden sie im Café gesehen? Wartete ein dritter Mann im Wagen? War es überhaupt klug, auf die Straße zu rennen? War es nicht viel besser, im Café unter Leuten zu bleiben? Mit Hochdruck überlegte sie, wie sie den beiden irgendwie entwischen konnten.

Vor ihrem Studium war sie jahrelang mit ihrer kleinen Schwester zum Taekwondo gegangen. Damals hatte sie immer gedacht, sich großartig gegen jeden Angriff verteidigen zu können, aber sie wusste, dass diese Männer vor nichts zurückschreckten, und ein bisschen Kampfkunst würde sie nicht aufhalten.

Das Einzige, was zählte, war rennen. So schnell und weit es ging. Sie mussten von den Kais runter und in die belebte Innenstadt Hamburgs. Dahin, wo mehr Passanten waren, mehr Menschen!

Die Treppe endete an einer schmucklosen Nottür. Sie stieß sie auf, sah aus den Augenwinkeln, wie van Leeuwen ihr nach draußen folgte.

Kein SUV. Sehr gut. Keine Männer im Treppenhaus zu hören. Sie rang nach Atem.

»Los«, befahl sie. Hier gab es keinen Schutz, zu wenige Touristen, überhaupt keine Zeugen, falls Lilo und dieser andere Typ sie schnappen und einfach mitnehmen würden. Weit entfernt schmissen zwei Männer Abfall in ein Müllfahrzeug, sonst war es ruhig in der Nebenstraße.

»Sie links, ich rechts«, meinte sie und wollte loslaufen, doch van Leeuwens Blick ließ sie zögern. »Was ... was ist?«

Der ältere Mann rang noch immer nach Atem, sah sie mit seinen grünen Augen besorgt an, als könne er jeden Moment umkippen.

»Geht es? Kommen Sie!« Sie trat zu ihm, sah sich zur Hintertür um, durch die sie geflüchtet waren. Da! War da ein Schatten zu sehen? Lilo? »Los. Wir müssen ...«

»Es ... es tut mir leid«, unterbrach er sie und schnappte nach Luft. Dann griff er plötzlich zu, packte sie und zog sie zu sich heran.

Sie schrie auf – »Leeuwen!« –, spürte mit einem Mal eine Klinge an ihrem Hals.

»Es tut mir wirklich leid«, wiederholte er, hielt sie vor sich fest und presste ihr das Messer an die Kehle.

»Die ... die werden Sie töten«, zischte sie. »Die lassen Sie doch nicht leben, wenn die mit mir fertig sind! Leeuwen! Seien Sie nicht dumm. Die werden uns beide umbringen.«

»Nicht bewegen«, flüsterte er. »Bewegen Sie sich einfach nicht! ... Wir sind hier! HIER!«, rief er, als Lilo die Tür aufstieß und auf den Kai heraustrat.

»Ich mach das für meine Schwester«, wandte er sich noch einmal mit bebender Stimme an sie. »Tut mir leid. Ich ... ich habe keine Wahl!«

2

»Ich versteh dich einfach nicht, Lizeth. Ernsthaft.« Svea Roth zog den Kühlschrank auf und holte ein Kühlpack heraus. Sie reichte es ihrer Schwester, die rauchend vor einem großen Käsekuchen am winzigen Küchentisch saß.

»Ich habe extra Mandeln draufgemacht«, wollte Lizeth vom Thema ablenken. »Die magst du doch so.«

Brummend schüttelte Svea den Kopf, nahm ein Brotmesser und setzte sich. Es ging auf dreiundzwanzig Uhr zu, und normalerweise hätte sie die späte Stunde für einen kleinen Schmaus nicht gestört – vor allem, wenn der Kuchen von ihrer Schwester kam –, doch Lizeths Blessuren verdarben ihr den Appetit. »Scheiß auf Mandeln, Lizeth. Wie lange willst du das noch hinnehmen? Hm?«

Widerwillig presste Lizeth das Beutelchen auf ihre zerschundene Stirn. »So schlimm war es nich', Svea. Echt.«

»Nicht schlimm? Du kommst her und weinst? Und das ist nicht schlimm?«

»Jetzt hör ma' auf. Ich ...«

»Ich bin Polizistin. Wie soll ich da aufhören? Das Arschloch gehört in den Knast.« Svea spürte die Wut wie eine Springflut in sich hochbranden.

Eigentlich sollte ich dich rauswerfen, sofort rauswerfen! Oder am besten diesen Mistkerl anrufen. Ihm sagen, was als Nächstes passiert, wenn er dir noch mal wehtut.

Rauswerfen, weil du einfach zu dämlich bist und dich weiter schlagen lässt, oder ... oder umarmen, weil du meine Schwester bist.

Ja, am liebsten hätte sie ihre Schwester so lange gedrückt, bis ihnen beiden – wie so oft – die Tränen kämen. Oder sie gepackt und augenblicklich aus dem Hausboot geworfen, einfach genommen und für immer aus ihrem Leben geschmissen.

Die Mischung aus Wut und Fürsorge machte Svea ganz kribbelig.

»Svea! Ben ist immer noch mein Mann. Außerdem ... Er ... Also, du kennst ihn doch. Er meint es nicht so ...«

Svea schnitt den Kuchen an. »Ach, wie meint er es denn? Er meint es genau so, Lizeth ... Er behandelt dich wie Müll. Das weißt du doch selbst. Und du nimmst ihn in Schutz.« Sie klatschte ihr ein Stück vom Kuchen auf den Teller, verzichtete aber selbst auf eines. Sie würde es nicht runterbringen. »Tut's noch sehr weh?«

Lizeth schüttelte den Kopf, aß den Käsekuchen mit Mandelkruste, während sie unbeirrt weiter rauchte.

Seit Jahren redete sie auf Lizeth ein – doch es blieb immer beim Alten. Ein paar Monate ging es gut, dann fing ihr Mann wieder an, sie zu schlagen. Dieser Scheißkerl. Nur ihrer kleinen Schwester zuliebe erstattete sie keine Anzeige ...

Zuliebe ... Meiner Schwester zuliebe erstatte ich keine Anzeige?

Sekunde! Bei dem Widerspruch musste sie beinahe schreien.

Du zeigst ihn nicht an, weil Lizeth es nicht will.

Eigentlich hätte sie Ben am liebsten sofort eingebuchtet oder zumindest ein Verfahren gegen ihn eröffnet, aber das konnte sie ihrer jüngeren Schwester nicht antun. Erstens hatte sie ohne Lizeth nichts gegen ihn in der Hand, und zweitens, was viel schlimmer war: Wenn sie Lizeth vor diesem Idioten beschützte, gingen sie beide wahrscheinlich getrennte Wege. Und das wollte Svea auf keinen Fall riskieren. Lizeth war alles, was ihr an Familie noch geblieben war.

Gemeinsam waren sie in Kolumbien aufgewachsen. Sie verband eine Kindheit im Paradies, der weiße Strand unweit von Santa Marta, die romantische Tauchschule, die türkisblaue Karibik – bevor das Paradies brutal zerstört und ihre Mutter umgebracht worden war. Dann der Start in einem fremden Land, in einer kühlen Großstadt im verhangenen Norden Deutschlands, in Hamburg, der Stadt, in die sie mit ihrem Vater heimkehrten – oder wie es die zwölfjährige Svea noch lange empfinden sollte: ausgewandert waren.

Das Paradies, die Hölle und der Neuanfang. All das hatte die beiden Schwestern über Jahre zusammengeschweißt. Umso trauriger war es für Svea, mit anzusehen, dass Lizeth ihr Leben immer weniger im Griff hatte. Im Gegensatz zu ihr hatte Lizeth die Schule geschmissen, ziemlich viele falsche Freunde kennengelernt und noch falschere Männer. Und schließlich ihre *große Liebe* ... Und diese Liebe auch noch geheiratet.

Lizeth hatte immer Kinder haben wollen, aber keine bekommen können. Ihr Mann verdiente als Einkäufer bei einer mittelständischen Firma ganz gut, während sie sich aufopfernd um das Häuschen am Stadtrand kümmerte und für die halbe Siedlung backte. Lizeth war eine echte Könnerin, was Kuchen und Torten anbelangte, das musste Svea zugeben. Sie nahm an, dass ihre Schwester sich in diese Spießbürgeridylle zurückgezogen hatte, weil sie fürchtete, wieder ziellos durchs Leben zu streunen. Doch dieses Dasein im Einfamilienhaus, mit einem Mann, der viel zu oft seine Aggression nicht unter Kontrolle hatte, kam Svea schlimmer als ein Gefängnis vor.

Lizeth aß ihren Kuchen. Eine nachdenkliche Stille legte sich zwischen die beiden, eine Stille, die Zähne hatte. Endlich nahm sich Svea auch ein Stück, während die Ruhe wie ein verwundetes Tier zwischen ihnen lag und sie musterte: nicht sicher, ob sie angreifen oder einfach sterben sollte.

Sveas strich sich eine Strähne ihrer roten Haare aus dem Gesicht. Ihr Blick fiel durchs Bullauge ihrer winzigen Küche, die sie in den leuchtenden Farben Kolumbiens gestrichen hatte. Der Eilbekkanal floss draußen unberührt der Nacht entgegen. Nur das Klappern des Bestecks und das Knarzen des Hausboots, wenn es an den Reifen scheuerte, die es vor der Mole schützten, waren zu hören.

Irgendwie hat Ben uns beide in der Hand. Lizeth und mich. Lizeth unmittelbar durch seine Gewalt, dachte Svea, und mich, weil ich es mir nicht mit meiner Schwester verscherzen will.

Sie versuchte, nicht mehr auf Lizeth sauer zu sein, und spürte dem phantastischen Geschmack des Käsekuchens nach. Es half nicht.

Eine Minute später legte Svea entschlossen die Gabel beiseite. »Ich kann das wirklich nicht mehr. Ich kann nicht einfach mit dir hier Kuchen essen und dich gleich wieder zu ihm lassen! Pass auf, Lizeth. Wir machen einfach Folgendes.« Sie packte ihren Teller in die Spüle und nahm sich ein Bier aus dem

Kühlschrank. »Wenn er dich noch einmal verletzt, dann zeige ich den Arsch an. Ohne Wenn und Aber. Das ist mein Ernst. Hast du verstanden? Ich zeig Ben an. Hauptsache, du kommst weg von dem – egal, ob du dann noch mit mir sprichst! Und ich werde ihn, wenn du nachher gegangen bist, anrufen und ihm genau das sagen. Ich sag ihm das.«

»Spinnst du? Das kannst du nich' bringen.«

»Klar bring ich das. Und das hab ich dir auch schon tausendmal gesagt.«

»Wehe! Wehe du machst das, Svea!« Drohend hob Lizeth ihre Gabel. In ihrer Stimme klang Angst mit. »Ben, der ... der haut doch ab! Oder ... oder schmeißt mich raus. Und dann ...«

Svea wollte schon antworten, dass das doch das Beste für Lizeth wäre, biss sich aber auf die Lippe. Sie zwang sich, wieder ruhig zu werden, vernünftig zu wirken.

Du bist die große Schwester, sei ruhig und besonnen ...

»Lizeth, er weiß genau, was er tut. Und ganz ehrlich, ich weiß nicht, warum du die ganzen Jahre noch bei ihm geblieben bist. Anfangs dachte ich wirklich, du hättest eine Superentscheidung getroffen, und du warst so glücklich. Die Hochzeit, das Haus ... Ich meine ... Schau dich doch bitte mal an, Lizeth. Du kommst einmal im Monat her, weil er dich missbraucht.«

Es war lange her, seitdem Svea so offen mit ihrer Schwester gesprochen hatte. Aber sie verstand wirklich nicht, wieso Lizeth so viel für diesen Idioten empfand, dass sie all diese Qualen ertrug. Ben konnte ein charmanter Kerl sein, aufgeschlossen und sprühend vor Ideen – und dann gab es wieder Wochen, in denen ein falsches Wort reichte.

Wieso ertrug sie das alles nur?

»Weil ich ihn liebe.«

»Was?«

Lizeth zog die Packung Zigaretten aus ihrer Jeans. »Du hast dich doch gerade gefragt, warum ich die ganzen Jahre bei ihm geblieben bin. Ich sag dir, wie es ist.« Nervös zog sie eine Zigarette heraus und stippte damit auf der Packung herum. »Weil ... weil ich liebe ihn ... Ich ... Ich weiß auch nicht. Ohne Ben bin ich einfach verdammt einsam.« Sie zündete ihre Zigarette an und zog daran, als würde sie ihr Halt geben. »Ich bin so verflucht einsam. Svea. So allein. Verstehst du das?«

»Klar. Klar versteh ich das.«

»Nein. Ich meine nicht einfach alleine. Ich meine richtig *einsam.*« Sie nahm noch einen Zug. »Wenn die Einsamkeit so ein leeres Ding ist, so was Eisiges wie das hier.« Sie nickte zum Kühlpack. »Nur tausendmal kälter, und du erfrierst bei lebendigem Leib. Die Art von Einsamkeit mein ich.«

Die Einsamkeit, die sich wie tausend Meter Wasser auf deine Brust legt und dir den Atem raubt.

Svea schluckte. Ja, diese Einsamkeit kannte sie. Doch sie schwieg.

Seit dem Tod ihrer Tochter und der Trennung von Lars fühlte sie sich jeden verdammten Abend nach der Arbeit einsam. Zutiefst einsam. Isoliert von der Welt. Wie herausgeschnitten aus dem Leben der anderen.

Da halfen auch Chips und Fernsehen nichts. Und gute Bücher meistens auch nicht.

Manchmal saß sie stundenlang an Deck, sah sinnlos auf den Kanal und wünschte sich, sie hätte mehr Elan. Sie könnte wieder wie damals, als sie dreiundzwanzig, vierundzwanzig gewesen war, einfach in eine Disco gehen oder in eine Kneipe und jemanden kennenlernen.

Aber irgendwie war das nicht mehr so einfach wie früher.

»Ich meine, wenn ich mich so umsehe ... Svea, du bist doch auch einsam. Und so einsam wie du, entschuldige, aber so einsam ... also das will ich nicht werden. Da bin ich tot.«

Svea musste abermals schlucken. »Was ... was soll das denn heißen?« Sie suchte nach den richtigen Worten. »Lieber sich schlagen lassen als einsam sein? Ich bin lieber einsam, als den brutalen Launen irgendeines Kerls ausgesetzt zu sein.«

»Er ist mein Mann, verflucht noch mal, und wir haben eine Menge zusammen durchgemacht. Manchmal, da ist er eben ... Er ... er ist eben ab und zu ein bisschen neben sich.«

»Neben sich ... Lizeth, wenn mich jemand schlägt, dann liebt er mich nicht.«

Lisa lachte. »Du bist manchmal so naiv, Svea. Ey. Echt. Du hast manchmal so eine erfrischend einfache Sicht auf die Dinge.«

Svea spürte, wie sie langsam, aber sicher wirklich zornig wurde. »Weißt du was, vielleicht hast du recht. Vielleicht ist es viel komplizierter mit der Liebe. Aber vielleicht ist es auch ganz einfach und du solltest dich trennen, oder zumindest sollte er eine Therapie machen.«

»Das weiß er selbst. Er hat schon einen Platz. Nächsten Monat will er loslegen.«

»Er will ...? Ben? Wirklich? Na, wir werden ja sehen, ob er's macht.«

»Immerhin hat er sich erkundigt. Ich habe seinen Browserverlauf gecheckt.« Sie rauchte ein paar Züge. »Und was ist mit dir?«

»Was soll mit mir sein?«

»Svea, komm. Guck dich doch mal um. Du bist nicht nur verflucht einsam, du musst das auch irgendwie mit Lars klären. Mir immer sagen, ich soll mal mein Leben aufräumen ... Und du?«

Svea sah sich um. Ihr schmales Hausboot, das im Eilbekkanal vor Anker lag, war aufgeräumt – oder war es einfach leer? Viel Leben, das musste sie zugeben, gab es hier nicht mehr. Seit Lena und Lars fort waren, war es eben still geworden. Sie hatte ihre Arbeit und schlief bloß hier. Und wenn sie nachdenken wollte, dann tauchte sie ab. Wörtlich. Sie stieg einfach in den Kanal und hielt so lange die Luft an, bis das Leben langsamer und ruhiger floss.

»Bei mir gibt es nichts aufzuräumen«, entgegnete sie schließlich schroffer als gewollt und nahm noch ein Stück Kuchen auf die Hand. »Lars macht sein Ding, und ich mach mein Ding. Und wenn wir beide ...«

»Schhhht, sei mal still. Hörst du das?«

»Was?« Den Bissen im Mund, horchte Svea in die Nacht. Da war tatsächlich etwas. Aus dem Wohnzimmer nebenan drang ein Rascheln, als wühlte jemand in ihren Sachen.

Irgendjemand war in ihr Hausboot eingedrungen.

Schließlich klirrte etwas.

»Da ist doch wer«, zischte Lizeth besorgt.

Svea bedeutete ihr, still zu sein, dann schlich sie zum Wohnzimmer vor und spähte hinein. Das Zimmer war winzig, nur ein paar Meter breit und wenige lang. Eine Tür führte zum Schlafzimmer, und durch eine Glastür konnte man das Deck betreten. Die Tür stand einen winzigen Spalt offen.

Auf dem Boden lag zerfetztes Papier von einer Tafel Schokolade, ein Cognac war umgekippt und floss in den Teppich, die Obstschale ...

Hinter einer dunklen Gesichtsmaske starrten lebhafte Augen Svea an. Tiefbraun und von einem hellen Rand umgeben, funkelten sie ihr wachsam entgegen.

»Das darf ja wohl nicht wahr sein!«

Neugierig schnupperte der Waschbär, reckte seine Schnauze und schien schelmisch zu grinsen, obwohl er eine Tüte Chips im Maul trug.

»Maigret!«, schrie Svea.

Sofort zuckte der Waschbär zusammen, sprang einen halben Meter aus dem Stand zurück, flitzte über die Couch und verschwand hinter einem Korbsessel.

Svea und Lizeth stürzten los, aber Maigret war bereits fort.

»Wo ist er hin?«, fragte Lizeth.

Svea deutete auf die Schiebetür zum Deck. Sie stand bloß einen Fingerbreit offen. »Ist der da wohl durchgekommen?«

»Wahrscheinlich.«

»So ein Mistvieh!«

Maigret hatte tatsächlich das halbe Wohnzimmer verwüstet. Überall lagen Schokopapier und Krümel herum, Obst war verstreut, Chips panierten das Parkett. Der Flakon mit Cognac war heil, aber der kostbare Alkohol in den Teppich gesickert.

»Dieser Mistkerl«, fluchte Svea. »Da stell ich ihm jeden Tag extra was zu fressen aufs Deck, und der! Der haut sich meine

Chips rein und glotzt Fernsehen, oder was?« Sie klaubte die Fernbedienung aus dem Cognac, während Lizeth einen Lappen holte.

Ihre Schwester musste lachen. »Man füttert die ja auch nicht, Svea. Der kommt jetzt bestimmt öfter. Warum die Pampe essen, die du ihm hinstellst, wenn es hier drin viel Besseres gibt?«

Seufzend nahm Svea ihr den Lappen ab.

Die beiden hatten kaum angefangen, das Chaos zu beseitigen, als Sveas Handy klingelte.

Der Teamleiter der technischen Bereitschaft, Karl Hansen, war dran.

»Svea! Entschuldige, dass ich dich so spät anrufe. Aber wir brauchen hier deine Hilfe.«

3

»Und wo genau soll ich anfangen?« Svea zog den Reißverschluss ihres Neoprenanzugs hoch, dann blickte sie auf die Elbe hinaus, die wie ein breiter schwarzer Strich in der Nacht vor ihr dalag. Nur die Scheinwerfer des Einsatzfahrzeugs – der Technische Dienst war mit dem Lkw angerückt, in dem sich das Tauchequipment befand – erhellten ein wenig die Szenerie. Er parkte neben Sveas Zivilwagen direkt an der Spundwand.

»Hennie meinte, da vorne«, sagte Karl Hansen mit seiner zigarettenrauen Stimme. Der Teamleiter zeigte auf eine Stelle gut dreißig Meter zur Mitte der Elbe hin.

»Sie fährt noch als Lotsin?«, fragte Svea überrascht.

»Du kennst doch Hennie.« Hansen strich seinen Schnäuzer glatt und schenkte Svea ein wissendes Lächeln. »Die beißt nich' ins Gras, die wird irgendwann vom guten Neptun geholt. Und das im Stehen auf der Brücke.«

»Stimmt.« Die erfahrenste Lotsin Hamburgs musste man wahrscheinlich im Sarg von Deck tragen. Ein paar Kapitäne mochten nicht mit ihr fahren, weil sie eine verschrobene Kratzbürste sein konnte. An miesen Tagen nippte sie an ihrem kräftigen Ostfriesentee und brummelte vor sich hin, die Krallen ausgefahren wie eine schlecht gelaunte Katze. Wehe, man sprach sie dann an, während sie die Pötte, beladen mit zwanzigtausend Containern, zentimetergenau nach Hamburg manövrierte ...

Svea war die ältere Frau trotz all ihrer Macken überaus sympathisch. Oder gerade deshalb? Ein paarmal hatte sie in ihrer Polizeilaufbahn bisher das Vergnügen gehabt, Hennie auf den letzten Kilometern in den Hafen begleiten zu dürfen, wenn das LKA mit dem Zoll zusammenarbeitete.

»Auf dem Radar war was, sagt Hennie.« Hansen stellte für Svea die Tauchflasche hin. »War wohl recht klein. Linkes Ufer. Vielleicht ein Ruderboot.«

»Sind aber keine Meldungen reingekommen.« Lars – bereits halb in den Neoprenanzug geschlüpft, sein Tauchjacket lässig über der Schulter – trat zu ihnen.

»Na ja«, meinte Hansen, »vielleicht sieht Hennie ja auch Gespenster.«

»Glaub ich bei ihr eher nicht.« Svea zog ihr Jacket mit den Riemen an der Flasche fest und checkte das Ventil. Um es zu reinigen, ließ sie in kurzen Stößen etwas Luft ab. »Wir sehen es uns natürlich gerne an.«

»Liebend gern sehen wir es uns an«, ergänzte Lars gequält lächelnd. Gähnend begann er, sein Jacket ebenfalls vorzubereiten. Ihr Ex-Mann sah reichlich angeschlagen aus, wie Svea im diffusen Licht bemerkte. Sie blickte auf ihre wasserdichte Uhr. Es ging auf Mitternacht zu. Lars hatte man sicher in irgendeiner Kneipe angerufen.

»Was ist?«, meinte er. »Ich hab die letzten zwei Nächte mit einem beschissenen Virus verbracht.«

»Grippe?« Hansen reichte Svea den Atemregler.

»Mischung aus SQL Slammer und MyDoom.«

Hansens Gesichtsausdruck war so köstlich, dass Svea sich das Grinsen verkneifen musste.

»Es hat ein paar der Rechner von der Davidwache erwischt«, erklärte Lars seufzend.

»Als ich so alt war wie ihr, da waren unsere Computer noch voll in Ordnung.« Hansen tippte sich an die Stirn. »Die hier.«

»Trotz Kiffen, Elvis und Verkalkung?« Svea lachte, woraufhin Hansen prompt mit dem Zeigefinger sein Augenlid runterschob, nach dem Motto: Verarschen kann ich mich selbst.

Svea gab ihm einen brüderlichen Klaps auf die Schulter, dann drehte sie die Schläuche fest und checkte ihr Mundstück.

Wenig später tastete sich Svea Schritt für Schritt die von Algen glitschigen Sprossen in die Elbe hinab. »Dann mal los.« Sie wartete, bis Lars über ihr auf der Leiter war, und nickte Hansen zu. Nachdem sie ihre Brille befeuchtet hatte, glitt sie fast lautlos in den Fluss.

Die klare Kälte empfing sie wie eine alte Freundin.

Sofort spürte sie den angenehmen Schauer, beinahe schwerelos zu sein. Das Wasser, das sie umschloss, drückte die Welt in weite Ferne und schärfte ihre Gedanken. Fast meinte Svea, das kalte Wasser trotz der Tauchmaske zu schmecken ... Der befriedigende Geschmack von nichts, wie das seltsame, aber grandiose Gefühl, mit der Zunge über etwas makellos Glattes zu lecken. Zu wissen, dass es da ist, es zu spüren und doch nicht zu fühlen.

Hier ist Ruhe, dachte sie zufrieden. Hier bist du. Und die Welt ist eine andere.

Sie horchte – da waren nur ihr Atem und ihr Herzschlag. Und das war alles, was sie brauchte.

Es war genug Welt für den Moment.

Sie schloss die Augen, bloß zwei Atemzüge lang, dann zwang sie sich, ihre Mission aufzunehmen, und schaltete die Tauchlampe ein. Der Schein durchdrang immerhin für einige Meter das trübe Elbwasser. Mit einem langen Zug stieß sie sich von der Leiter ab und macht Lars Platz.

Kurz darauf war er ebenfalls in der Elbe und gab ihr ein Okay-Zeichen, dann begannen die beiden, zu der Stelle zu tauchen, die Hansen ihnen gezeigt hatte.

Lars schloss zu ihr auf, und sie verständigten sich per Handzeichen, das Gebiet abzusuchen, indem sie ein paar Meter zueinander Abstand hielten und parallel schwammen. Die Lichtkegel ihrer Lampen schnitten durchs Wasser und über den Schlick des Grunds. Zwei Hechte blitzten im Licht auf und suchten das Weite.

Svea ließ sich flussabwärts treiben und leuchtete systematisch die Umgebung ab. Nichts. Ein Aal zog über den Grund davon.

Wie ein diffuser Schatten zeichnete sich ihr Ex-Mann im Wasser neben ihr ab, dann glitt der Schein ihrer Lampe wieder ins Dunkel. Gleichmäßig schlug sie mit den Flossen und schob sich voran.

Hier war rein gar nichts.

Wenn Hennie etwas auf den Instrumenten gesehen hat, dann gibt es hier auch was.

Svea brachte mehr Abstand zwischen sich und Lars. Als sie sich noch einmal Richtung Ufer wandte und ihren Lichtkegel über den Boden streichen ließ, meinte sie im Trüben einen Schatten zu erkennen. Undeutlich zeichnete sich etwas ab. Es war, als rage einige Meter weiter etwas aus dem Grund.

Sofort gab sie Lars mit dem Licht zu verstehen, dass sie etwas entdeckt hatte.

Mit ein paar kräftigen Flossenschlägen schwamm sie darauf zu.

Aus dem Dunkel des Wassers schälte sich langsam eine Silhouette. Im Kegel ihres Lichts erkannte sie einen Schiffsrumpf. Ein Sportboot. Um die fünf Meter lang und reichlich angeschlagen. Der Rumpf war ausgeblichen und zerkratzt. Das Boot hatte offensichtlich schon so einiges erlebt. Es war auf die Seite gekippt.

Behutsam tauchte Svea um den Schiffskörper herum zur Vorderseite. Der Schein ihrer Lampe strich über vergammelte Sitze. Das Design sah nach den 1980ern aus, vielleicht 70er Jahre. Aber so lange konnte es hier noch nicht liegen, dafür war es zu wenig von Muscheln besetzt …

Einen Motor gab es nicht. Irgendwer schien das Boot hierhergezogen und dann versenkt zu haben. Oder irgendwelche Abenteurer hatten es als Floß benutzt und waren gesunken.

Svea schwamm dichter heran und leuchtete durchs trübe Wasser. Die Frontscheibe war geborsten, das Lenkrad fehlte. Zwischen den Sitzen lagen Fässer. Vier Stück. Sie waren mit dünnen Leinen festgebunden. Gewöhnliche Fässer für Öl oder Futtermittel. Auch sie waren alt und rostig.

Als Svea noch näher kam, bemerkte sie, dass ein weiteres Fass aus dem Schiff gekippt und in den Schlick gefallen war.

Sie tauchte hin.

Im Augenwinkel nahm sie Lars wahr, der zu ihr aufgeschlossen hatte. Sie gab ihm kurz Zeichen, dass sie das Fass näher untersuchen wollte, dann war sie bereits den Meter hinabgetaucht und ließ ihre Finger über das rostige Metall gleiten.

Verbeult. Der Rost hat Risse reingefressen, das Blech ist schon ganz dünn.

Sie leuchtete in eines der Rostlöcher. Es war kaum faustgroß, und im Innern war nicht wirklich etwas zu erkennen.

Da bemerkte sie, dass der Deckel fehlte. Er lag unweit im Schlamm, war wohl beim Herausfallen abgesprungen.

Läuft was aus?, schoss es ihr durch den Kopf.

Nein. Keine Gefahr. Nichts zu sehen. Wahrscheinlich ist schon längst alles raus, wenn Flüssigkeit drin war.

Sie konnte nicht ins Fass sehen, weil die Öffnung von ihr wegzeigte, aber mit einem gekonnten Schwung drehte sie sich und leuchtete kopfüber hinein.

Sie erschrak.

Ein Mann starrte sie an.

Leblose Augen. Der Mund zum Schrei geöffnet. Dunkle Haare umspielten weiße, vom Wasser bereits aufgedunsene Wangen und Lippen.

Sveas Herzschlag setzte aus. Dieses kalte Gesicht, diese stumpfen, ängstlichen Augen – diese Panik im Blick.

Wie oft war sie in den letzten Jahren schweißgebadet aufgewacht, weil ihre Tochter sie genau so angestarrt hatte. Unter Wasser.

Reiß dich zusammen!

Sie zwang sich, wieder ruhig zu atmen.

Da spürte sie plötzlich eine Hand auf ihrer Schulter und fuhr panisch herum.

Lars. Es war nur Lars.

Ihr Ex-Mann bedeutete ihr besorgt, sich zu beruhigen, fragte mit Handzeichen, ob alles in Ordnung sei.

Nichts ist in Ordnung!

Svea nickte tapfer, gab das Okay-Zeichen und zwang sich, ein paarmal langsam zu atmen, in den Rhythmus zu finden. Sie horchte auf ihren Herzschlag und kam runter.

Es kostete sie etwas Überwindung, aber sie musste sich die Leiche ansehen ...

Behutsam hob sie die Lampe.

Der Mann war in das Fass gesteckt worden. Er war nackt. Um seinen Hals war eine Schnur gewickelt, die sich im Fass verlor. Wahrscheinlich war er an den Händen damit gefesselt worden.

Innerlich fluchend richtete sie ihr Licht noch einmal auf das umgekippte Schiff.

Vier weitere Fässer.

Und sie ahnte, was das bedeutete ...

4

Im Hochhaus des LKA am Bruno-Georges-Platz herrschte reges Treiben. Wie ein Bienenschwarm beim Angriff hatte sich die Abteilung für Organisierte Kriminalität auf die Toten gestürzt und war emsig dabei, Fakten zusammenzutragen.

Reichlich mitgenommen vom Fund und noch ausgepowert vom Tauchgang betrat Svea am frühen Morgen den Fahrstuhl, um in den sechsten Stock zu fahren, wo ihr Chef Tennhaus zu einer Besprechung geladen hatte. Sie war kaum in die Kabine getreten, als ihr Kollege Jan Brixn hereinwischte.

»Guten Tag, Frau Roth«, neckte er sie.

»Guten Tag, Herr Brixn.« Sie drückte auf den Knopf, und die Türen schlossen sich.

»Wie sieht's heute aus?«, fragte er schmunzelnd.

Sie verstand nicht, was er meinte. »Was?«

»Essen gehen. Ich wollt' dich doch zur Currywurst einladen.«

»Ah. Ja. Wie romantisch.«

»Hey, ich bin Berliner. Da ist 'ne Currywurst ein Sechs-Gänge-Menü. Besser als jedes Candle-Light-Dinner.«

»Würdest du das denn wollen?«, fragte sie.

»Was?«

»Ein Candle-Light-Dinner mit mir?«

Gespielt legte er die Stirn in Falten und musterte sie. »Hmmm… Nur wenn's Currywurst gibt.«

Sie stupste ihn lachend in die Seite. »Na gut… Ich bin dabei. Aber nur mit Pommes.«

»Für dich heute nur das Beste.«

Sie spürte, wie er sie ansah, und überlegte, was sie als Nächstes sagen sollte. Seine Blicke, das musste sie zugeben, gefielen ihr.

»Alles okay bei dir?«, fragte er schließlich. »Ich hab das mit den Leichen gehört.«

Svea stutzte. Sorgte er sich tatsächlich um sie? Oder sah sie einfach nur fertig aus? »Ja, sicher. Mir geht's gut.« Als Taucherin hatte sie schon Schrecklicheres gesehen als fünf Leichen in Fässern. »Schön war's nicht. Aber es geht. Ich bin nur total müde.« Sie schenkte ihm ein Lächeln. »Ich hab dich übrigens angemeldet.«

»Äh …?« Jetzt stand er auf dem Schlauch. »Du meinst …? Nicht dein Ernst!«

Sie musste beinah lachen, weil er plötzlich wie ein begossener Pudel dreinsah und seine Leichtigkeit wie weggewischt war. Hatte Jan – dieser gut aussehende Kerl, in seiner lässigen Hose und dem schlichten Shirt, unter dem sich Muskeln abzeichneten – etwa wirklich Angst vor ein bisschen Wasser? Irgendwie machte ihn das noch ein Fünkchen sympathischer.

Nach ihrem ersten gemeinsamen Fall hatten sie sich angefreundet und sich ein paarmal auf ein Feierabendbier getroffen – ganz zwanglos ohne einen Hintergedanken. Er hatte ihr von seinen Problemen mit seiner Tochter erzählt, von den Anfeindungen der Kollegen aus Berlin, gegen die er ausgesagt hatte, und von seiner Angst, dass sie in Hamburg aufkreuzen und ihn – oder, noch schlimmer, Sophie – bedrohen könnten. Sie hatten seiner Tochter eine tote Ratte ins Auto gelegt, zumindest glaubte Jan, dass es seine Ex-Kollegen gewesen waren.

Durch seine Offenheit bei ihren Feierabendbieren war Svea ein bisschen aufgetaut und hatte von ihren Problemen mit ihrem Ex-Mann Lars erzählt, der seine Klamotten erst nach Flehen und Betteln abgeholt hatte und der Monat für Monat tiefer und tiefer in seiner Trauer um Lena versank.

Sie hatte diese Abende mit Jan sehr genossen und fühlte sich in seiner Nähe wohl.

»Du hast doch gesagt«, begann sie verschmitzt, »du willst unbedingt mal mit mir tauchen.«

»Natürlich! Nee, is' bestimmt super. Also du, aber nicht das Tauchen«, meinte er mit gequältem Lächeln. Einen Tauchkurs hielt er eindeutig für eine reichlich bescheuerte Idee.

»Du wirst es lieben. Vertrau mir.«

»Sagt die Frau, die quasi unter Wasser lebt.«

»Ja, sagt die große Meerjungfrau.« Svea knuffte ihn. »Wirst sehen, da unten ist man ein ganz anderer Mensch. Echt.«

»Wenn ich diesen Tauchkurs mache, tauchst du dann mit? Also bei den Stunden?«

»Ach. Ich soll dem harten Bullen aus Berlin das Händchen halten?«

»Ja. Und die Atemmaske.« Unvermittelt drehte er sich zu

ihr um und sah sie mit seinen stahlblauen Augen tief an. Sein Blick schickte einen wohligen Schauer über ihren Rücken. Sie wandte sich lieber ab.

Svea! Bist du etwa rot geworden?

»Also ich kann mir Schlimmeres vorstellen«, fuhr er fort, »als mit dir Händchen zu halten.«

Sie räusperte sich. Auf der einen Seite war es prickelnd, dass er so unvermittelt zu flirten begonnen hatte, auf der anderen Seite war sie das einfach nicht mehr gewohnt.

Was sagst du denn jetzt? Svea? Was sagst du denn jetzt?

Du musst irgendwas Geistreiches antworten!

Irgendwas mit Flussbett ... Bett?

Anrüchiger Quatsch! Svea, echt! Sehr lustig.

»Ich ...«, begann sie und spürte nun tatsächlich, wie sie rot anlief. »Ich ... äh ...«

Du blöde Kuh! Du bist Mitte dreißig und wirst hier zur Tomate wie aufm Schulhof! Svea!

»Waschbär!«, sagte sie, um irgendwas zu sagen.

»Was?«

»Waschbär. Mein Waschbär, der ... der will bei mir einziehen. Hab ich dir noch gar nicht erzählt, oder?«

Sprachlos zog er Spock-like die Augenbraue hoch, was ihr noch mehr die Röte ins Gesicht trieb. »Waschbär? Maigret?«, fragte er schließlich. »Soll ich dem mal die Leviten lesen?«

Da öffneten sich jäh die Fahrstuhltüren.

»Ah, Svea! Sehr gut! Ach, und der Kollege Brixn!« Der Chef der Abteilung eilte mit einer Tüte in der Hand auf die beiden zu. »Keinen Moment zu spät. Es geht los ... Kommt ihr?«

»Äh, sicher.« Sie warf Jan, der sie immer noch amüsiert

musterte, einen verlegenen Blick zu, dann ging sie mit Tennhaus voraus.

Im Besprechungsraum Nummer 5 hatten sich bereits zahlreiche Beamte versammelt. Diskutierend standen sie in Grüppchen zusammen oder hatten es sich an dem mit Unterlagen übersäten Konferenztisch bequem gemacht, gingen Analysen durch und tippten in ihre Laptops.

Als Taucherin bemerkte Svea sofort, wie schlecht und abgestanden die Luft war. So als hätten alle Gedanken und Überlegungen sämtlichen Sauerstoff geraubt.

Jan zog gentlemanlike einen Stuhl für Svea vom Tisch, und die beiden setzten sich nebeneinander.

Tennhaus nahm an der Stirnseite Platz und massierte sich die massiven Tränensäcke, während er geduldig wartete, bis alle sich gesetzt hatten. Dann ließ er seine Tüte herumgehen. Sie war randvoll mit Süßkram – Tennhaus' Art, seine Mitarbeiterinnen und Mitarbeiter zu motivieren und durch Zucker die Gehirnwindungen ein bisschen in Schwung zu kriegen. Alle kannten das Ritual, und die meisten griffen zu.

Er selbst nahm sich keinen Riegel, sondern bekam von Hendrik Drillig einen Laptop hingeschoben. Der jüngste Mitarbeiter der Abteilung, der stets Hemd und Jackett trug, wechselte eine paar Worte mit Tennhaus, der daraufhin mit strengem Blick erst die Daten, dann seine Beamten musterte.

»Gut. Gehen wir gleich in medias res.« Tennhaus sah noch einmal zur Tür, weil Staatsanwältin Müller gerade eintrat.

Während sie von einem Thunfischsandwich abbiss, warf sie ihm ein Nicken zu.

»Was haben wir? Fünf Leichen. Fünf Fässer. Ein Boot. Wir müssen die Informationen über die Opfer und ihre möglichen Verbindungen zusammenführen. Jan, hast du Fortschritte bei den Vermisstenmeldungen gemacht?«

»Nicht wirklich. Ich habe einige Vermisstenfälle gefunden, die zu Alter und Geschlecht der Leichen passen. Und natürlich zeitlich. Ich warte aber noch auf mehr Infos der Rechtsmedizin. Final kann ich noch nichts sagen.«

Die Staatsanwältin trat an den Tisch, um sich die Fotos der Leichen anzusehen. »Nicht ein einziger Toter ist bisher identifiziert?«

»Leider nein«, räumte Jan ein. »Wir gehen – wie gesagt – sämtliche Vermisstenmeldungen durch, und die Odontologie ist auch dran. Aber bisher hat auch der Zahnabgleich nichts gebracht. Das dauert noch, die ganzen Praxen anzufragen usw. Also unterm Strich: Wir haben seit dem Fund vor sechs Stunden keine Übereinstimmung gefunden.«

»Wie sieht es mit dem Todeszeitpunkt aus?«, wollte Svea wissen. »Gibt es Hinweise auf eine gemeinsame Tat?«

Tennhaus nickte. »Die ersten Obduktionsergebnisse deuten darauf hin, dass alle Opfer zur selben Zeit umgebracht wurden. Etwa vor fünf bis sieben Tagen.«

»Und das Boot?«, fragte die Staatsanwältin mit vollem Mund. Etwas vom Thunfisch kleckerte auf den Tisch. »Oh. Der Fisch bröselt, 'tschuldigung. Aber lecker.«

»Freut mich, dass es schmeckt ...«, meinte Tennhaus leicht amüsiert.

»Ist wirklich gut.« Ungeniert aß Müller weiter. »Ich hatte seit gestern Abend nichts ...«

»Das gesunkene Boot, auf dem die Fässer gefunden wurden«, führte Tennhaus aus, »konnte bisher ebenfalls nicht identifiziert werden. Es scheint ein altes Modell zu sein, wahrscheinlich seit Jahrzehnten aus dem Verkehr gezogen. Es hat keinerlei Kennung, dazu ist es auch zu klein.«

»Die wollten in die Nordsee raus«, meinte Svea mit Blick auf eine Reihe von Fotos, die das geborgene Boot an Land zeigten.

»Ja, davon gehen wir aus. Unsere Vermutung ist, dass es ursprünglich in die Nordsee wollte, aber etwas ist schiefgelaufen. Der Rumpf hat Risse. Vielleicht waren die Leichen zu schwer, und das alte Ding ist undicht geworden.«

»Fünf Leichen und ein leckes Boot.« Die Staatsanwältin klaubte den letzten Rest Thunfisch vom Tisch auf. »Wir müssen rausfinden, um wen es sich handelt!«

»Die Opfer waren nackt«, stellte Jan fest. »Keine Handys, keine Portemonnaies. Sie wurden erschossen. Der Obduktionsbericht ... Hm, das dauert noch.«

»Wir müssen schleunigst herausfinden, wie diese fünf Leichen miteinander in Verbindung stehen. Wenn sie alle erschossen wurden ... Das hört sich meines Erachtens stark nach O. K. an.«

»Organisierte Kriminalität. Ja, das ist auch unsere Vermutung«, warf Tennhaus seufzend ein. »Wir versuchen noch, unseren Informanten bei den Mhallamis zu kontaktieren, und stochern bei den Libanesen.«

»Von unseren deutschen Freunden ganz zu schweigen«, brummte Jan.

»An denen sind wir auch dran. Familie Achtern.«

Svea zog einen der Laptops zu sich und klickte durch die Bilder. Die Leichen lagen aufgereiht auf Plastikplanen am Ufer. Weiß, aufgedunsen von den Tagen im Wasser. »Die Frage ist doch, haben die fünf zusammengearbeitet? Bei einem Clan? War es gar eine Familie? Oder kannten sie sich irgendwie anderweitig? Wenn wir die Verbindung haben, wissen wir wahrscheinlich auch, weswegen sie sterben mussten und wer ein Motiv hat.«

Jetzt suchte sich Tennhaus doch einen Fruchtgummi zwischen den Schokoriegeln heraus. »Sehr richtig, Svea. Ich möchte dich, Jan, Hendrik, Pakeezah und Songül auf jeden Fall in der Soko haben. Die anderen arbeiten euch zu. Verstanden?«

Alle nickten.

»Svea? Du und Jan, ihr fahrt in die Rechtsmedizin. Macht denen da Beine. Wir müssen die Opfer identifizieren«, stellte Tennhaus noch einmal klar.

»Wie ich sagte. Schnell. Gestern am besten.« Die Staatsanwältin wischte sich die Finger an einer Serviette ab. »Fünf Tote in der Elbe! Die Presse rennt uns die Bude ein. Vom Bürgermeister und dem Senator ganz zu schweigen. Wenn wir nicht asap Fortschritte machen, werden wahrscheinlich Köpfe rollen. Und das wird dann weniger lecker.«

5

Das Institut für Rechtsmedizin, ein unscheinbarer Bau am Rande des Universitätsklinikums Eppendorf, lag wie unbewohnt da. Niemand ging hinein, niemand kam heraus, und hinter den Scheiben war es dunkel, als könnte Licht den ewigen Schlaf der Toten stören.

Doch der Eindruck trog, denn im Innern herrschte reges Treiben unter Neonlicht.

Svea und Jan wurden von Dr. Schnackenberg in den Sektionssaal geführt, einen nüchternen Raum, in dem neben Schränken voller Untersuchungsgeräte drei Stahltische standen.

Svea sah zu, wie Schnackenberg die erste Leiche abdeckte. Weil nicht genug Platz für alle Leichen war, lagen nur drei der fünf hier.

Trotz der vielen Jahre im Polizeidienst hatte Svea noch immer ein ungutes Gefühl in diesem Raum mit seinen Instrumenten und den Leichnamen. Sie meinte manchmal, den Tod zu spüren, diese dunkelkalte Untiefe, die von den Leichen ausströmte und Seelen Lebender mit in die Finsternis ziehen konnte.

Sie musste plötzlich an Lena denken. Wie sie da lag. In der Finsternis, in ihrem Grab und ...

Sie schüttelte den Gedanken ab, nahm sich einen der Kaffeebecher, die auf einem Rollwagen bei einer Thermoskanne standen, und goss sich ein. Der gewohnte Geschmack half ihr, sich wieder auf das Hier und Jetzt fokussieren zu können.

»Und Sie glauben, es war dieselbe Waffe?«, fragte sie.

»Ob es tatsächlich dieselbe Waffe ist, müssen die in der Waffentechnik klären. Ich glaube allerdings schon.« Schnackenberg zog sich die Gummihandschuhe über und goss sich ebenfalls einen Kaffee ein. Er blies hinein und nippte.

»Glauben ist nicht wissen«, stellte Jan nüchtern fest und erntete einen missmutigen Blick von Schnackenberg. Er wollte sich auch einen Kaffee eingießen, aber die Kanne war leer.

»Da haben Sie wohl recht, Herr ...«

»Brixn.«

»Ich kann nur sagen, dass sie alle zur selben Zeit erschossen wurden. Die Verletzungen sprechen für eine Pistole, wahrscheinlich sieben Millimeter.«

Svea trat zur Leiche. Es war ein Mann Mitte dreißig, seine Oberarme waren tätowiert und recht muskulös. Und mit seinem fast kahl geschorenen Kopf sah er wie ein Türsteher aus einem schlechten Hollywoodfilm aus.

»Selber Ort?« Jan beugte sich ebenfalls über die Leiche und schoss mit dem Handy Fotos von den Tätowierungen.

»Ich habe Reste von Sand, der mit Öl kontaminiert ist, in ihren Haaren gefunden.« Schnackenberg stellte sich zu Svea und trank noch einen Schluck Kaffee.

Svea hatte noch nicht oft mit Schnackenberg zu tun gehabt, mochte aber seine ruhige und besonnene Art.

»Bei allen Leichen«, fuhr der Rechtsmediziner fort. »Wenn

er nicht in der Elbe in ihr Haar gelangt ist, dann waren sie wahrscheinlich alle am selben Ort. Beim Sand hören die Gemeinsamkeiten aber schon auf. Eine Frau und vier Männer. Ein Mann Ende fünfzig oder Anfang sechzig, drei Mitte dreißig, und die Frau dürfte jünger sein. Wahrscheinlich erst Anfang zwanzig.«

Svea deckte die Leiche des Tätowierten wieder zu. »Und alle durch Erschießen gestorben?«

Schnackenberg zog das Tuch der nächsten Leiche beiseite. Ein älterer Herr – wettergegerbtes Gesicht, gut gebaut, grauer Vollbart – lag darunter. Der Rechtsmediziner zeigte ihr die Einschussstelle am Schädel. »Ja, das haben auch alle Opfer gemein. Ich habe Rückstände von Schmauch in den Wunden gefunden. Außerdem Anzeichen für eine temporäre Wundhöhle. Sternförmige Aufplatzung. Kommt vom Projektil. So was wie eine Beule zwischen Haut und Schädel. Das spricht für einen aufgesetzten Schuss. Oder sehr, sehr nah am Kopf.«

Grübelnd sah Jan den Mann an. »Sieht aus wie eine Hinrichtung.«

Schnackenberg nickte.

»Und auf wen tippen Sie?«, wollte Jan wissen.

»Als Täter?«

»Nein. Champions League, Vorrunde ... Hatten Sie schon mal Ähnliches auf dem Tisch?«

»Raten ist nicht wissen.«

»Nein. Im Ernst. Aus dem Bauch raus.«

»Dass wir hier fünf Leichen zur selben Zeit zu Besuch haben, das hatte ich bisher nur bei Verkehrsunfällen. Und bei der Todesursache ... Organisierte Kriminalität.«

»Darauf tipp ich auch. Und keiner ist bislang identifiziert?« Jan nickte zu den Toten und erhielt ein Kopfschütteln von Schnackenberg. »Das heißt, wir haben hier fünf Tote, die hingerichtet wurden, ausgezogen und in Fässer gepackt. Und können bei keinem sagen, um wen es sich handelt? Habt ihr keine Akten von der O. K.?«, brummte Jan ein wenig schroff.

»Sie sind ja auch erst ein paar Stunden hier«, entgegnete der Doktor ruhig. »In Berlin läuft das natürlich so!« Er schnippte mit den Fingern.

Jan hob abwehrend die Hände. »Ich dachte nur, Sie hätten vielleicht irgendwelche auffälligen Merkmale entdeckt.«

Svea wusste, Jan hatte Schnackenbergs Arbeit nicht in Frage stellen wollen. Er war nervös. Genau wie sie. Fünf Tote, zeitgleich hingerichtet. Das bedeutete, irgendetwas war im Gange. Etwas Übles.

»Drei der vier Männer sind tätowiert. Anker, Rosen, Tribals, nackte Frauen ... Das Übliche. Ich meine, wenn Sie das als auffälliges Merkmal betrachten ...«

Svea deckte die Leiche des älteren Herrn wieder zu. Sie hatte ihm zu lange in die toten Augen gesehen und gespürt, wie sich die finstere Untiefe auftat. Etwas zu hastig trank sie ihren Kaffee aus. Immerhin wurde ihre Müdigkeit ein wenig vertrieben.

»Schwer, wen in Hamburg zu finden, der nicht wenigstens einen Anker auf dem Knöchel tätowiert hat«, meinte sie und bemerkte Jans fragenden Blick. Schmunzelnd wandte sie ihm den Rücken zu. Sollte er sich doch vorstellen, was er wollte.

»Wohl wahr«, ging Schnackenberg auf ihre Bemerkung ein. »Ich meine, selbst meine Frau hat eins.« Er stellte seine Tasse auf dem Rolltisch ab. »Und die wundervolle Rose, die sie sich mit siebzehn hat stechen lassen, verwelkt gemeinsam mit ihr.« Er faltete die behandschuhten Hände und sah zur Neonröhre, als wollte er ein Gebet sprechen.

»An Ihnen ist ein wahrer Poet verlorengegangen«, stellte Jan fest und ging zum dritten Tisch.

Der Blick, den Schnackenberg Svea zuwarf, hätte nicht genervter sein können. »Da will man einmal humorvoll sein ...«

»Die sehen mir nicht aus wie eine Gruppe von Schwerverbrechern«, unterbrach Jan ihn, der die nächste Leiche abgedeckt hatte. Der junge Mann hatte braune Haare, einen gepflegten Bart. Auch er wirkte muskulös und war tätowiert, unter anderem hatte er sich ein recht auffälliges Kruzifix am Hals stechen lassen.

»Na ja, Triaden-Tattoos haben sie nicht gerade auf dem Rücken. Das stimmt wohl«, gab Schnackenberg zu. »Ein ziemlich gemischter Haufen.«

»Drogen?«, wollte Jan wissen.

»Wir haben natürlich Abstriche genommen. Und ja. Zumindest bei dreien können wir sagen, dass sie mit Kokain in Berührung gekommen sind. Der ältere Herr, der Mann vor Ihnen und die Frau. Wir haben Spuren von Benzoylecgoninmethylester unter ihren Fingernägeln entdeckt. Weil sie im Wasser lagen, war es nicht ganz einfach. Kann durchaus sein, dass die anderen beiden auch mit Kokain zu tun hatten.« Er ging hinüber zum Schrank, in dem die restlichen Leichen lagen, und öffnete eines der Edelstahlfächer.

Svea folgte ihm.

Wenn es um Drogen geht und sich Clans ins Gehege kommen ... Das werden nicht die letzten Leichen sein.

Schnackenberg zog den Körper einer jungen Frau heraus, der sich unter dem Stoff abzeichnete. Routiniert schlug er das Tuch beiseite und entblößte sie.

Wie vom Blitz getroffen erstarrte Svea. »Mein Gott …«, sagte sie und trat berührt einen Schritt zurück.

»Was ist los?«, wollte Jan besorgt wissen.

Kopfschüttelnd wagte Svea sich näher heran und sah der Frau ins Gesicht.

Sie hatte sie lange nicht gesehen, jedoch sofort erkannt.

»Das … das ist Yvette. Yvette Ziegler.«

»Du kennst sie?«

Svea nickte. »Ja. Ja. Tu ich … Also … Also vor allem ihren Vater. Oh Mann …«

6

Reinholds Tochter war tot.

Genau wie Lena.

Für immer verloren.

Sie spürte, wie sich ihr Herz verkrampfte, sie kaum Luft bekam. Sie atmete tief ein und sah auf die Elbe, die unweit des Wagens vorbeizog, dann fiel ihr Blick auf das weiß getünchte Gebäude des Jachtclubs. Svea besaß zwar Zieglers Nummer, wollte aber die Trauernachricht persönlich überbringen. Nachdem sie und Jan ihn im herausgeputzten Reihenhaus in Poppenbüttel nicht angetroffen hatten, hatte sie vorgeschlagen, zur Marina hinauszufahren, wo Reinhold seine Jolle hatte und gerne seine Freizeit verbrachte.

Sie konnte sich noch daran erinnern, wie stolz er mit der neugeborenen Yvette auf dem Arm zu ihrem Tauchertreffen in die Marina gekommen war, und auch wenn sie Yvette bloß ein paarmal in ihrem Leben gesehen hatte und nur knapp fünfzehn Jahre älter war, so hatte Svea doch Anteil an ihrem Erwachsenwerden genommen.

Und nun ... tot.

Auf einem kalten Stahltisch mit Kokain unter den Fingernägeln.

In was bist du da nur reingeraten?

»Willst du nicht ein bisschen was erzählen? Ich meine, wer diese Yvette war? Du kennst ihren Vater, ja?«, fragte Jan.

»Nachher vielleicht. Gib mir ein bisschen.« Sie versuchte ein Lächeln. Als Beamtin war sie es gewohnt, mit dem Tod umzugehen, allerdings waren die Toten für sie bisher Unbekannte gewesen. Während sie nach draußen starrte, vermischten sich Bilder von der jungen Yvette mit Erinnerungen an ihre eigene Tochter. Abermals spürte sie einen Kloß im Hals.

Hinter einer Reihe Birken tauchte der Parkplatz des Jachtclubs auf. Jan bog zwischen zwei Cabrios auf einen freien Platz direkt vor dem Jachthafen ein. »Ein bisschen reden hilft.«

»Jaja. Fang du auch noch damit an«, zischte sie unvermittelt. »Du hörst dich an wie mein Ex.«

Er biss sich auf die Lippe. »Ich ...«

Sie winkte ab, hatte gar nicht so patzig sein wollen. »Lass mich mit ihm reden, okay?«

»Soll ich nicht mit rein?«

Sie schüttelte den Kopf. »Ich muss das irgendwie alleine schaffen.«

»Gut, dann warte ich hier.«

»Brauchst du nicht. Sag doch Hendrik Bescheid und fahrt schon zu Yvettes Wohnung.«

»Bist du sicher?«

»Ja.« Sie stieg aus.

»Na gut, dann seh ich mich mal bei ihr um. Ich hole dich dann hier wieder ab?«

Svea hatte gar nicht genau hingehört, nickte bloß mechanisch und ging dann zum Clubhaus hinüber. Dass Jan wendete und wegfuhr, bekam sie nur am Rande mit, weil ihre Gedanken nur noch bei Reinhold und Yvette waren. Wie in einem lang gestreckten Schlauch, durch den kaum Geräusche drangen, ging sie auf den Jachthafen zu, nickte abwesend ein paar Bootsbesitzern und Tauchern zu, die sie kannte, und betrat das Gebäude. Der lichtdurchflutete Raum mit dem dunklen Parkett, der mit Schiffsmodellen überfrachteten Bar und den von Mitgliederfotos überladenen Wänden weckte sofort Erinnerungen an die Tauchkurse und Ausfahrten mit Reinhold. Durch große Scheiben sah man auf die Terrasse, auf der eine Gruppe Rentner unter bunten Schirmen saß. Etwas weiter lagen die Sportboote und Jachten an den Stegen.

Svea hatte zahlreiche Wochenenden hier verbracht. Sie atmete durch, um wieder zurück ins Hier zu finden, und erkundigte sich bei der einzigen Servicekraft nach Ziegler.

Schweren Herzens trat sie kurz darauf auf den Steg und sah Reinhold, wie er den letzten Rest Persenning über seine Jolle zog. Routiniert befestigte er die Plane und kontrollierte kurz, ob alles saß.

Svea überschlug die Zeit im Kopf, konnte aber nicht genau sagen, ob es zwei oder drei Jahre waren, seit sie sich das letzte Mal gesehen hatten.

Ein paar Möwen landeten nur wenige Schritte entfernt im Wasser und ließen sich treiben. Sie blickte sich nach Hamburg um, konnte aber keine Häuser entdecken. Der Himmel war strahlend blau und spiegelte sich im glatten Wasser des Hafens. Die festgemachten Schiffe lagen ruhig an den Holzstegen und bewegten sich kaum merklich. Das Lachen der Rentner, ihr Geschirrklappern und ein paar Wortfetzen wehten zu ihr herüber, ansonsten war es unglaublich still.

Endlich gab sie sich einen Ruck.

»Reinhold.«

Er sah sich zu ihr um, aber sein freudiges Lächeln, sie wiederzusehen, erstarb sofort. »Was ist passiert?«

Seine Menschenkenntnis ist unglaublich, dachte sie, wahrscheinlich brauchte man so ein feines Gespür, wenn man ein Containerschiff monatelang mit einer internationalen Crew um den halben Erdball steuerte. Er war ein stattlicher Mann, braun gebrannt und mit einer Schläue im Blick, die sie bei vielen schmerzlich vermisste. Noch immer merkte man ihm bei jeder Geste an, dass er es als Kapitän gewohnt war, Befehle zu erteilen. Allerdings kam er ihr auch sehr gealtert vor. Seine Haare – mittlerweile weiß – waren lichter geworden, und seine Stirn durchzogen tiefe Sorgenfalten, die sie früher nicht bemerkt hatte.

»Ist was mit ... mit Lisa?« Besorgt trat er auf Svea zu.

Lisa war seine jüngere Tochter.

»Nein. Mit Yvette.« Es fiel ihr nicht leicht, eine feste Stimme zu finden. »Sie ist tot.«

Einen Moment stand Reinhold da, reglos, sagte kein Wort. Svea bekam schon Angst, er könnte das Bewusstsein verlieren, einfach nach hinten umkippen und zwischen Jolle und Steg ins Wasser stürzen. Wie versteinert starrte er sie an, dann öffnete er den Mund und schnappte ein paarmal nach Luft. Wie ein Fisch auf dem Trockenen. »Aber ... aber ... Yvette ...? Ich ...?«, stammelte er. »Yvette? Wie? Wie denn?«

»Mein aufrichtiges Beileid, Reinhold.«

»Aber ... wie? Das ... das kann nicht sein!« Er griff nach ihrer Schulter. »Svea! Das kann doch nicht ... Das ... Wie, tot?«

»Es tut mir leid, Reinhold. Ich habe sie heute Morgen identifiziert. Sie ist in der Rechtsmedizin.«

»Rechtsmedizin ...« Er wankte leicht, so dass sie ihn stützen musste.

»Komm. Setz dich. Da drüben. Komm.« Sie geleitete ihn zu einer der Bänke am Kai, ließ ihn sich hinsetzen und nahm neben ihm Platz.

Das Lachen der Rentner wirkte fremd und schien aus einer anderen Welt zu stammen.

»Was ... was ist denn passiert?«

»Soweit wir es beurteilen können, wurde Yvette ermordet.«

Er starrte auf die Planken des Stegs und versuchte dann, irgendwie zu verstehen, was sie ihm da gerade erzählt hatte. Immer wieder schüttelte er den Kopf, als könnte er die Endgültigkeit so besser begreifen. Oder für immer abschütteln. »Ermordet?«, fragte er schließlich, als müsste er es selbst aussprechen, um zu begreifen. »Wie denn? Von wem?«

Svea war sich nicht sicher, ob sie das Thema schon jetzt anschneiden sollte. War es klug, sofort Fragen zu stellen – oder sollte sie ihn erst einmal in Ruhe lassen?

»Wir müssen das nicht jetzt klären, aber ... aber weißt du irgendetwas? Hat sie sich mit irgendjemandem getroffen?«, tastete sie sich vor. »Ist Yvette in was hineingeraten?«

»Sie war immer so aufgeweckt. So clever und ... Du kennst sie ja.«

Sofort spürte Svea wieder den Kloß im Hals. »Ich ... ich kann auch später noch einmal wiederkommen und ...«

»Doch. Ist gut. Frag ruhig.« Er nahm Sveas Hand, und Svea kam es vor, als müsste er sich festhalten. Sie spürte, wie kalt seine Finger waren, und als die Sonne kurz hinter einer Wolke verschwand, bemerkte sie, wie bleich er war.

»Ich denke, wir klären das später.«

»Nein«, meinte er und holte Luft. »Frag ruhig.« Ein paarmal atmete er durch, dann sah er auf die Elbe hinaus und brauchte einen Moment, um sich zu ordnen. »Wie ist sie gestorben?«

»Sie wurde erschossen.«

Er löste seinen Griff und wischte sich zitternd über die Lippen. »Erschossen. Gott.«

»Hatte Yvette schlechten Umgang? War sie mit irgendjemandem liiert, der ihr nicht guttat?«

»Sie hatte eine Zeit lang so einen reichen Schnösel als Freund. Stefan Krogmann.«

»Krogmann.« Unauffällig zückte Svea ihr Handy und tippte den Namen ein.

»Das ist aber aus, glaub ich. Die Beziehung.«

»Es könnte sein, dass die Organisierte Kriminalität mit dem Mord zu tun hat.«

Reinhold sah sie fragend an. Seine Falten wirkten noch tiefer, seine Augen stumpf. »Ich versteh nicht ganz ...«

»So wie es aussieht, war das kein Mord aus Eifersucht oder eine Impulshandlung. Wir vermuten, dass sie gezielt getötet wurde.«

Er starrte sie an, unfähig nachzufragen.

»Hat sie irgendjemandem Geld geschuldet? Hat sie Drogen genommen?« Sie bemerkte, dass Reinhold ihr kaum folgen konnte, und ruderte ein Stück zurück: »Yvette hat studiert, richtig? Informatik?«

»Sie ... Ja. Sie hat viel mit Computern gemacht. Du kennst

sie doch. Ich meine, sie war doch auf Computer und den ganzen Kram heiß. Programmieren und so. Sie war schon raus aus dem Studium. Hat abgebrochen. Sie wollte eine Firma aufbauen. So ein Start-up. Aber ...« Er sprach nicht weiter, sondern beobachtete Möwen, die sich um einen Fisch stritten.

»Ja?«

»Wir haben uns in letzter Zeit nicht oft gesprochen, weißt du. Eigentlich gar nicht. Wir haben uns ...« Er suchte nach dem richtigen Wort. »Auseinandergelebt. Ja, das trifft's vielleicht.«

»Was ist passiert?«

Seufzend atmete Reinhold aus. Seine Augen waren feucht, aber ihm gelang es, Haltung zu bewahren und die Tränen herunterzuschlucken. »Sie hat sich Geld geliehen von mir. Für ihr Start-up-Ding. Es war wohl nicht so erfolgreich. Aber dann ist sie immer öfter gekommen, wollte immer mehr Geld, und dann ... Irgendwie sind wir aneinandergeraten, und dann war Funkstille. Wie es eben so ist. Die Monate sind vergangen, und wir haben nicht gesprochen. Letztes Jahr hat Yvette mich nur noch zum Geburtstag angerufen und ... und zu Weihnachten.«

»Kann es sein, dass sie sich auch von jemand anderem Geld geliehen hat? Für ihr Start-up?«

Er zuckte mit den Achseln. »Ich ... Tut mir leid ...« Mit einem Mal kamen ihm doch die Tränen. Sie liefen über seine Wangen und tropften von seinem Kinn herab, während er auf die Jachten sah, auf die Elbe. Stumm reichte Svea ihm ein Taschentuch, aber er konnte nicht aufhören zu weinen. »Wie ... wie sage ich das denn Lisa?«, presste er unter Tränen hervor. »Wie sage ich das Lisa?«

Lisa war eine Nachzüglerin, gute fünf oder sechs Jahre jünger als Yvette. Und soweit Sveas Erinnerung nicht trog, war Lisa das komplette Gegenteil von Yvette. Während Yvette bei jedem ihrer Besuche eigentlich immer nur in ihrem Zimmer vor dem PC gehockt hatte, hatte sich Lisa für den ganzen Computerkram wenig interessiert, sondern lieber Musik gemacht.

Wie alt war Lisa, als ich das letzte Mal bei ihm gewesen bin?, fragte Svea sich. Dreizehn? Noch so jung ...

Ihr Blick glitt ebenfalls zum Wasser ... und das Wasser kippte mit einem Mal, strömte ihr entgegen, und sie hörte das Lachen der Rentner nicht mehr, und das Schreien der Möwen wurde zu dumpfem Krachen von Metall. Und dann sah sie ...

Die Hand. An die Scheibe gepresst.

Noch so jung.

Der Wagen driftet ins Dunkel.

Lena hinter der Scheibe.

Ihre Hände am Glas.

Und der Wagen taucht ab, taucht tiefer und tiefer und ...

Das Wasser verschlingt Lena.

Die Dunkelheit.

Die Finsternis frisst ihr Kind und ...

»Scheiße«, entfuhr es ihr leise. Lena war wie Lisa in einer Band gewesen. Das ganze Leben noch vor sich.

Lena hat niemals dreizehn werden dürfen.

Lena war dort, wo jetzt auch Yvette war.

Sie räusperte sich und schüttelte den Gedanken an ihre eigene Tochter ab.

»Ich ...«, begann er und wischte sich vergeblich die Tränen weg. »Ich kann dir leider nicht weiterhelfen, Svea. Ich weiß nicht, wer zu so was fähig ... Tut mir leid ...« Seine Stimme brach.

»Ist schon gut. Du hast mir schon sehr geholfen.«

Sie nahm ihn fest in den Arm, drückte ihn an sich. Sie spürte, wie Reinhold bebte. Und umschloss ihn noch fester. »Ich finde raus, wer das getan hat«, flüsterte sie. »Ich find das raus.«

7

»Jetzt ist offen.« Der Mann vom Schlüsseldienst wandte sich um und trat zur Seite.

»Danke.« Jan sah sich kurz zu Hendrik um, bevor er die Tür aufdrückte. Der Kollege hatte drei Beamte von der KTU, der Kriminaltechnischen Untersuchung, mitgebracht. In seinem weißen Hemd samt schwarzer Krawatte sah der jüngste Beamte des LKA eher wie ein Man in Black aus als wie ein Polizist. Allerdings musste Jan zugeben, dass sein Kollege mit dem schnieken Outfit wahrscheinlich perfekt in die neu gebaute Wohnanlage am Rand der Speicherstadt passte. Unter den ganzen Start-up-Gründern, Bankern und reichen Singles, die sich die Mieten in diesem Komplex leisten konnten, würde er wahrscheinlich kaum auffallen. Zumindest sehr viel weniger als Jan in seiner ausgewaschenen Jeans und dem schlichten Shirt.

Jan zog sich Einweghandschuhe über und betrat den Flur. Sofort drang ihm ein süßlicher Gestank entgegen.

Es roch eindeutig nach Verwesung, und Jan machte sich auf das Schlimmste gefasst. Hunderte Fliegen saßen auf der Tapete, stoben auf, suchten einen Ausweg aus dem Apartment.

»Scheiße«, fluchte er. Der Flur endete bereits nach wenigen

Schritten im Wohnzimmer. Hendrik und die KTUler folgten ihm und blickten mit ihm auf eine einzige Verwüstung. Yvettes Wohnung war vollkommen umgekrempelt worden.

Viele Möbel hatte Yvette nicht besessen, sie hatte es offenbar schlicht und edel gemocht. Aber aus den wenigen Designerstücken waren sämtliche Schubladen herausgerissen und Fächer geleert worden. Briefe, Abrechnungen, Schnellhefter und Krimskrams waren auf dem weißen Flokati verstreut, und jemand war achtlos darüber gelaufen. Ein teures Sideboard stand halb zertrümmert an seinem Platz. Selbst die Couch war ramponiert, ihre Polsterung aufgeschlitzt und die Innereien über den Glastisch verteilt worden.

»Nunc est bibendum«, hauchte Hendrik.

Jan, der kein Latein konnte, ging nicht darauf ein, sondern umrundete den Tisch und sah sich um. Das Apartment war um die vierzig Quadratmeter groß. Hochwertige Möbel, teure Deckenbeleuchtung, gediegener Teppich. Offenbar hatte Yvette ein gutes Einkommen gehabt. Durch eine Panoramascheibe konnte man über halb Hamburg blicken. Die Elbphilharmonie war zum Greifen nah, und er meinte, die Köhlbrandbrücke und die Kräne des Containerhafens im Mittagslicht entfernt strahlen zu sehen. Unwillkürlich stellte er sich vor, wie es wäre, jeden Morgen mit diesem atemberaubenden Ausblick auf die pulsierende Stadt und die vorbeifahrenden Schiffe aufzuwachen. Es war ein Kontrast zu seiner eigenen ruhigen Wohnung am Stadtrand, wo nur langweilige Autos die Straße verstopften und seine Tochter Lärm machte.

»Ach du meine Güte!«, hörte er Hendrik fluchen. Er war in die offene Küche getreten. Der Dieb, oder waren es mehrere?, hatte auch den Kühlschrank komplett ausgeräumt und den Inhalt auf den pastellfarbenen Fliesen verteilt. Entsetzt hielt sich Hendrik die Hand vor den Mund. »Ich habe den Ursprung des Gestanks«, keuchte er und begann mit einem Mal, einen seltsamen Tanz aufzuführen.

Verwirrt beobachtete Jan ihn einen Moment lang.

»Runter. Ihr possierlichen Maden. Runter von meinem Schuh …«, befahl Hendrik und vollführte Lufttritte. »He! Weg da! Los! Weg.«

»Solltest dich beim Fußball anmelden«, meinte Jan und sah sich weiter im Chaos um, während die Spurensicherung erste Fotos schoss und die Beamten Zahlenkarten verteilten und Fingerabdrücke nahmen.

In seiner Laufbahn hatte Jan als Kriminalkommissar schon etliche Einbrüche gesehen. Manchmal waren die Täter sehr gezielt vorgegangen, hatten nur bestimmte Gegenstände mitgenommen und ansonsten alles unberührt gelassen – aber in den meisten Fällen sah es so ähnlich aus wie hier. Sie durchwühlten alle Schränke und nahmen mit, was sie irgendwie in ihre Sporttaschen oder Einkaufstüten stopfen konnten.

Dieser Einbruch schien auch so ein Fall zu sein. Wobei der Anblick des zerschnittenen Sofas sowie des völlig ausgeräumten Kühlschranks nicht ins Bild passte. Es hatte fast den Anschein, als hätte jemand mutwillig die Wohnung zerstören wollen. Vielleicht weil er nicht gefunden hatte, worauf er scharf gewesen war? Jan konnte förmlich die Wut und Frustration des Täters spüren, während er seinen Blick über die verwüsteten Möbel und die zerstreuten persönlichen Gegenstände schweifen ließ.

Aggression lag in der Luft, so schwer und süßlich herb wie der Duft eines schweren Rotweins.

»Machen Sie auf jeden Fall auch Abstriche vom Tisch und der Küche«, schlug Jan vor und nickte zum Glastisch. »Wegen möglicher Drogen.«

»Ist gut.«

Hendrik trat zu ihm. »Totum est vastatum.«

»Wenn du es sagst.«

»Alles ist verschwendet. Sieht aus wie Karthago.«

Jan hatte keine Ahnung von Karthago – aber er verstand Hendrik auch so. »Ziemlich barbarisch, ja, da hast du recht.«

Eine Tür führte vom Wohnzimmer ins Schlafzimmer.

Jan betete, nicht doch noch auf eine Leiche zu stoßen, und zog die Tür mit einem unguten Gefühl auf.

Das Schlafzimmer ähnelte einem Computerlabor. Vor dem verwüsteten Bett standen Böcke mit Holzplatten, auf denen Computer aufgebaut gewesen waren. Doch die Monitore waren umgekippt oder zerschlagen, und Kabel führten ins Nichts. Überall im Zimmer lagen Elektronikbauteile verstreut. Ein Lötkolben neben Spitzenunterwäsche auf dem Boden, umgeben von einer Handvoll Platinen und Chips, von denen Jan nicht sagen konnte, wozu sie dienten. »Keine Computer. Hm. Keine Festplatten, Tablets, Handys oder USB-Sticks ...«, murmelte er und wandte sich dem Bett zu.

Immerhin keine Leiche. Die Fliegen und der Gestank stammten allein von den Lebensmitteln.

Der Nachttisch war ausgeräumt worden. Der handgefertigte Schmuckbaum, der für Ketten und Ringe gemacht war, lag vollkommen leer herum.

Die Szene vermittelte ein Gefühl von Frustration und Verzweiflung. Der Einbrecher hatte keinerlei Skrupel gehabt, Yvettes Eigentum zu plündern und zu zerstören.

Jan wandte sich um. Auch der Kleiderschrank, der in die Wand eingelassen war, war durchwühlt worden, sein Inhalt lag auf Boden und Bett verteilt, vermischte sich mit den Elektronikbauteilen. Jan kniete sich hin, suchte im Schrank nach einem Geheimfach, nach Schachteln, nach irgendetwas, was der Einbrecher übersehen haben könnte. Er fand nichts. Noch einmal checkte er mit einem Blick die verstreuten Klamotten. Alles Frauenkleider. Wahrscheinlich hatte Yvette allein gelebt. Das Badezimmer würde mehr Aufschluss geben.

Auch hier war alles verwüstet, sogar die Duschscheibe war eingeschlagen worden. Die Bröckchen des Sicherheitsglases knirschten unter seinen Schuhen, als er sich zu Lippenstiften und Eyeliner, Spiegelchen und anderem Kram hinabbeugte, den der Täter aus ihrem Beautycase geschüttet hatte.

Jan fand nichts, was auf einen Mann oder eine zweite Frau hinwies. Es gab bloß eine Zahnbürste und einen Satz Handtücher.

Als er zurück ins Wohnzimmer kam, hatten die Beamten bereits Nummernkärtchen um den Wohnzimmertisch aufgestellt und das meiste fein säuberlich dokumentiert.

»Wusstest du«, wandte sich Hendrik an ihn, »dass wir über 65 000 Wohnungseinbruchdiebstähle – schönes Wort – nach Paragraph 244 hatten?«

»Echt? In Hamburg?! Krass.«

Hendriks verwirrter Blick war köstlich. »Äh. Nein. Bundesweit. Bundesweit natürlich.«

»Ach so. Puh. Und ich dachte schon. In was für einen Moloch bist du da versetzt worden ... Habt ihr Wertgegenstände gefunden? Computer? Laptops? Handy? Irgendwas?«

Hendrik schüttelte den Kopf.

Jan schob sich zur Küche durch und sah sich die Verwüstung an. Eine offene Packung Schinken und ein Würstchen lagen, von Maden durchsetzt, auf dem Boden. Schmeiß- und Fruchtfliegen saßen auf den Schränken und sirrten herum. Neben den Scherben des Würstchenglases und eines veganen Brotaufstrichs verschimmelten zwei Paprika. Milch war ausgelaufen und unter die Anrichte geflossen.

»Sie ist erschossen worden. Aber ihr habt bisher keine Blutspuren entdeckt?«

»Negativ. Das hier sieht nicht nach einem Kampf aus«, entgegnete Hendrik. »Allerdings hat jemand das Apartment durchsucht. Brutal und gründlich.«

»Sehe ich auch so.« Jan ging in die Hocke, musterte die Fliesen, dann noch einmal den Kühlschrank. »Hier liegen überall Magnete rum.«

»Ja. Vom Kühlschrank.«

»Seltsam.« Vorsichtig schloss Jan den Schrank und sah sich die Front an. Sie war blank. Keine Notiz, kein Einkaufszettel, keine Flyer ...

»Inwiefern? Der Täter war sehr gründlich«, stellte Hendrik fest.

»Wer klaut denn die Einkaufszettel?« Noch einmal ging Jan in die Hocke. Da entdeckte er neben einer zersplitterten Ketchupflasche etwas unter dem Kühlschrank. »Hast du ’n Kuli?«

Hendrik zog einen aus seiner Hemdtasche.

Behutsam fischte Jan damit unter dem Kühlschrank herum und schob schließlich etwas ans Tageslicht.

Zwei Flyer. Einer stammte von einem Pizzabringdienst, der andere war wesentlich interessanter. Es war ein buntes Werbeblättchen, Hochglanz. Ein Foto mit tanzenden Leibern, Neonlicht, verführerisch schimmerndem Alkohol.

»Puls8ion«, las Jan. »Und hier hat wer seine Nummer draufgeschrieben.« Es war eine Handynummer, hingekritzelt und zweimal schwungvoll unterstrichen.

»Das Puls8ion ist ein Club unweit der Reeperbahn«, erklärte Hendrik. »Ziemlich zwielichtiges Etablissement.«

8

»Er besaß einen Schlüssel?«, wollte Svea wissen und trank einen Schluck von ihrem Kaffee. Sie hatte sich mit Jan an eine windige Imbissbude gestellt, hatte aber keinen Hunger. Die Müdigkeit war nach dem Gespräch mit Ziegler zurückgekehrt, und ihre Augen brannten. Eine steife Brise strich über ihr Gesicht und trug den Stadtgeruch von Hamburg, durchmischt mit frischer Seeluft, heran.

»Die Tür war verschlossen und wurde nicht aufgehebelt.« Er tunkte Pommes in die Mayo. »Jemand dringt in Yvettes Wohnung ein, der den Schlüssel hat. Und klaut alle Rechner, Handys, Festplatten. Alles. Er durchsucht jeden Winkel. Selbst ihr Beautycase.«

»Von der Leiche? Ich meine, den Schlüssel. Vielleicht hat er ihn der toten Yvette abgenommen?« Sie trank ihren Kaffee aus und bestellte per Handzeichen einen zweiten.

»Kann sein. Wir checken gerade, ob wir mit den Maden auf dem Essen etwas anfangen können. Also ob eingebrochen wurde, bevor Yvette umgebracht wurde, oder danach.«

»Clever.« Svea gähnte.

»Müde?«

Sie lächelte zerknirscht.

»Nimmt dich ganz schön mit, oder?«

Der Hamburger Hafen lag friedlich vor ihnen. Fischerboote und große Containerschiffe zogen vorbei. Die Sonne strahlte vom beinahe klaren Himmel. Das Rauschen der Wellen vermischte sich mit den Geräuschen des geschäftigen Treibens um sie herum. Eigentlich ein perfekter Tag, um zu flanieren, zu tauchen, Spaß in der Sonne zu haben ... Svea bekam ihren Kaffee hingestellt und kippte etwas Milch hinein, nahm einen Schluck.

»Was ist das mit diesem Ziegler und dir?«, wollte Jan wissen, weil Svea nicht geantwortet hatte.

Svea stibitzte sich eine Pommes und überlegte einen Moment. »Reinhold Ziegler war immer eine Art Mentor für mich. Ja. So kann man das wohl nennen.«

»Wie meinst du das? Worin denn?«

»Als ich als Kind von Kolumbien aus ankam, kannte ich hier ja keinen. Aber ich wollte weitertauchen«, erklärte Svea, und sie hörte selbst, wie nostalgisch sie klang. »Mein Vater musste arbeiten, und ich hab einen guten Tauchklub gesucht. Reinhold hat mir geholfen, hat mich unter seine Fittiche genommen.« Lächelnd biss sie von der Pommes ab. »Er war neben Hansen sozusagen mein Eintrittstor in die Taucherwelt. Also die deutsche. Die mit dem brackigen, saukalten Wasser.«

»Klingt romantisch.«

»Er war wie ein Lehrer für mich. Und immer da, wenn ich Hilfe brauchte.«

»Habt ihr euch denn noch oft gesehen?«

Svea schüttelte nachdenklich den Kopf. »Eigentlich gar nicht. Ziegler war ja auch immer unterwegs. Na ja, in den letzten Jahren weniger. Aber damals hat er mir geholfen – auch im Studium noch. Ich schulde ihm was.«

Jans Blick war ihr unangenehm. Nicht weil sie es schlimm fand, wenn er sie ansah – ganz im Gegenteil –, sondern weil in seinem Blick so viel Mitleid zu lesen war. Sie wollte ihn schon angehen und sich dagegen verwehren, als er ihr zuvorkam: »Es nimmt dich so mit, weil es seine Tochter ist. Habe ich recht?«

Er hatte ins Schwarze getroffen. Svea schwieg.

»Es einfach wegzuschweigen, das macht's auch nicht besser. Du warst nie an ihrem Grab, oder?«

Mit einem Mal musste sie an die Hand an der Scheibe denken, an die Flashs im Jachthafen.

»Ich habe getrauert. Was weißt du denn?«, antwortete sie schroff.

»Entschuldige. Ich wollte nicht ...«

»Hast du aber.«

Jan seufzte und schwieg. Einen Moment dachte er nach. »Lars macht sich große Sorgen, weißt du. Er glaubt, dass du den Tod von Lena in dich hineinfrisst.«

»Du hast mit ... du hast mit Lars gesprochen?« Jetzt wurde Svea tatsächlich sauer. Wie kam er dazu, sie in Lars' Namen zu kritisieren? »Ich fress nichts in mich rein! Wer hängt denn an der Flasche? Wer hat denn angefangen zu saufen? Ich oder er? Ich hab verdammt lang getrauert.« Sie nahm noch einen Schluck Kaffee und zwang sich zur Ruhe. »Die Leere, Jan, die wird niemand mehr füllen. Verstehst du das? Da bleibt immer dieses Loch. Und Lena bleibt immer in meinem Herzen.«

»Sicher ...«

»Aber … aber ich kann nicht den ganzen Tag rumlaufen und in dieses Loch starren. Das kann ich einfach nicht.«

»Er hat etwas von Grabbesuchen gemeint und …«

Sie winkte ab. »Lars, dieser Vollidiot! Wenn jemand dran zerbrochen ist, dann ja wohl er … So. Können wir bitte über den Fall reden?«

»Entschuldige, es geht mich auch nichts an.« Jan schob seine Pommes beiseite und ergänzte noch: »Vielleicht solltest du mal mit ihm reden. Ich glaube, das würde ihn freuen.« Dann kam er auf den Fall zurück. »Dieser Club, das Puls8ion. Der Club gehört zu einer Reihe von Läden, die alle zusammenhängen. Inhaber ist ein Strohmann in den Niederlanden. Aber ein Name taucht öfter im Zusammenhang mit den Clubs auf.«

»Sameer Patel.«

»Du kennst ihn?«, fragte Jan erstaunt.

»Vor einigen Monaten hatte ich eine Undercover-Mission im Hafen. Sameer Patel stand damals im Verdacht, mit einem Containerschiff siebenundzwanzig Kilo Heroin aus Südamerika geschmuggelt zu haben. Wir konnten aber letztlich keinen Fall vor Gericht bringen. Die Staatsanwaltschaft musste die Anklage fallenlassen.«

»Organisierte Kriminalität?«

»Ja.«

»Das würde ja passen. Drogen aus Südamerika. Vielleicht ist ihm Yvette irgendwie in die Quere gekommen?«

»Oder hat sich Geld vom ihm geliehen.« Svea nickte. »Der Typ ist kein unbeschriebenes Blatt. Wir haben Patel schon vor der Undercover-Sache mehrmals verhört, aber ihm konnte nie was nachgewiesen werden.« Sie trank ihren Kaffee aus und legte einen Schein hin. »U-Haft und raus.«

»Er wurde immer wieder freigelassen?«

»Patel hat exzellente Verbindungen.«

»Würdest du ihm einen fünffachen Mord zutrauen?« Jan tupfte sich die Lippen mit einer Serviette ab. »So eine Exekution?«

»Absolut. Wir sollten uns das Puls8ion genauer ansehen. Und Hendrik soll checken, ob wir das gesunkene Boot mit Sameer Patel irgendwie in Verbindung bringen können.« Bevor Jan noch etwas sagen konnte, wandte sich Svea zum Gehen. »Kommst du?«

»Jaja. Was, wohin?« Jan schnappte sich seinen Eistee und eilte ihr zum Wagen nach.

»Tennhaus soll uns grünes Licht geben«, sagte sie entschlossen und zog die Autotür auf. »Damit wir Patel auf den Zahn fühlen können.«

9

»Micha, du Wichser! Verarsch mich nich'!« Sameer drückte das Handy fester an sein Ohr und ließ seinen Blick vom Lieferanteneingang des Clubs zur Hofeinfahrt schweifen. Ein Trupp besoffener Fußballfans wankte laut grölend auf der Straße vorbei. Ihre Rufe hallten im Hinterhof wider und verfingen sich zwischen Paletten mit harten Alkoholika vom Großmarkt und dem Sprinter, der von zwei seiner Angestellten entladen wurde.

»Nein! Kapier ich nich'. Absolut nich'. Fuuuuck!« Aufgebracht trat Sameer hinter den Sprinter. Er sah den beiden Männern zu, wie sie Kartons in den Club brachten. Das Wummern des Basses erfüllte die Luft, sobald die zwei die Hintertür aufzogen. Er zwang sich zur Ruhe und zupfte sein tigergestreiftes Jackett zurecht. Sich den Mist anhören zu müssen, den Micha ihm da erzählte, war schwer zu ertragen.

»Der verfickte Stapler is' 'ne Stunde drüber«, zischte er mit bedrohlichem Unterton. »Was macht dieser Idiot? Habt ihr ma' versucht, den anzurufen?«

Seit über einer Stunde stand der verdammte Lkw mit dem heißen Container in der verfallenen Gärtnerei außerhalb von Hamburg und wartete unter dem zerschlagenen Glasdach auf das Umladen. Und das nur, weil der Mann, der den Gabelstapler bringen sollte, einfach nicht eintreffen wollte.

Und was tat Micha? In der Nase popeln, anstatt diesem beschissenen Fahrer Druck zu machen und zur Not die verfickten Säcke per Hand auszuladen. Keiner seiner Männer wusste, ob der Typ im Stau stand, längst kehrtgemacht oder von irgendeinem Idioten erschossen worden war.

Und wenn der Transporter mit dem Gabelstapler nicht bald auftauchte, würde er das übernehmen. Das Erschießen. Höchstpersönlich. Zur Not würde er den Fahrer ein zweites Mal töten.

Fluchend wischte er sich etwas Dreck von seinen grellen Plateausportschuhen, während seine Jungs unermüdlich Kisten in den Club schleppten.

Er konnte sich lebhaft vorstellen, wie es in der verlassenen Gärtnerei aussah. Inmitten vertrockneter Stauden und Bäumchen wuchs ein Berg von Düngersäcken, die seine Männer vergeblich aus dem Zwanzig-Fuß-Container von den Paletten gezogen hatten, um an die richtige Ware zu kommen. Glatte zweihundert Kilo. Das Meth würde er für achtzig Euro pro Gramm verticken lassen oder es für rund dreißigtausend, vielleicht fünfunddreißigtausend pro Kilo abgeben. Die genaue Summe kam extrem auf den Zwischenhändler an. Es schön klein zu portionieren brachte allerdings am meisten, und seine Erfahrung sagte ihm, dass er mit dieser Ladung bei rund zehn bis vierzehn Millionen landen würde. Abzüglich der Scheißeuro, die die Afghanen für die wunderbaren zweihundert Kilo haben wollten. Statt nur Opium oder Heroin zu verschiffen, waren sie auf Meth gekommen.

Sameer liebte Meth. Heroin konnte er nicht leiden, damit hatte er nur Scherereien gehabt.

Nun saßen seine Männer mit dem geöffneten Container fest und holten sich im eingeschmissenen Gewächshaus einen runter, während sie auf den Stapler warteten. Sameer mochte es, Arbeiter im Hafen zu bestechen, so dass Container am Zoll vorbeigeschmuggelt wurden, doch er hasste die ganze Logistik, die danach kam. Das ewige Verstecken, das heimliche Umladen des Containers, die ganze Just-in-time-Nummer. Das Wash, Dunk, Crank – wie immer andere das Zeug nannten – musste zu einem bestimmten Zeitpunkt an einem bestimmten Ort, der Lkw aus dem Zoll und die offizielle Ware beim Besteller sein. Nur so fiel nichts auf. Und seine Männer mussten von überall zusammengezogen werden und sich dann wieder verteilen. Ja, der ganze Logistikscheiß ging ihm mächtig auf den Sack, und wäre es nicht eine so umfangreiche Lieferung gewesen, hätte er sie wie gewohnt aus dem Container holen lassen: Tür auf, rausnehmen, Tür zu – direkt im Hafen. Ohne die ganze Lkw-Logistik und die Zollnummer. Zweihundert Kilo hinter zwanzig Tonnen versteckt, was für ein Aufwand. Wenn die zweihundert Kilo in Zwanzigerpäckchen angekommen wären, dann …

Er hatte keine Lust mehr, Michas Gequatsche zuzuhören. »Deine verfickten Ausreden kannste deiner Freundin in die Muschi schieben«, stoppte er seinen Mann. »Wenn das Arschloch in einer halben Stunde nicht da ist, dann ladet ihr die Blumen von mir aus in eure verfickten Azzlackz-Schüsseln! Hier holt ihr die Scheiße per Hand da raus und stapelt die verfickten Säcke wieder ordentlich! Haben wir uns …«

»Sameer!«, wurde er unterbrochen. »Die Bullen sind da.«

Erschrocken fuhr er herum. Für einen kurzen Augenblick dachte er, irgend so eine bescheuerte SEK-Mannschaft würde in den Hinterhof stürmen, doch es war bloß Isla, die mit einem Geschirrtuch über der Schulter aus dem Hintereingang getreten war und ihn zu sich winkte. »Die wollen mit dir sprechen ... Sameer?«, rief sie.

»Polizei?«

»Ja, so zwei Vögel vom LKA.«

Sameer nickte. »Bin gleich da. Lass sie in der Bar warten, dann bring sie ins Büro. Fünf Minuten.« Ohne ein weiteres Wort an Micha legte er auf.

Zwei Minuten später hatte Sameer sich hinter seinen Designerschreibtisch geschwungen, einen der drei Laptops zu sich gezogen und tat, als würde er geschäftig arbeiten.

Sameers Büro im ersten Stock des Clubs hatte den Charme eines Stücks glänzenden Edelstahls. Der Raum wirkte durch seine stromlinienförmigen Designermöbel und die vier mal vier Meter große Monitorwand extrem kühl, aber auf eine faszinierende Art tödlich effizient, wie Svea feststellte, nachdem sie, von einer der Barfrauen begleitet, eingetreten war.

Sechzehn Monitore zeigten die Flure, den Eingangsbereich und die Tanzfläche. Von hier oben hatte Sameer Patel jeden Winkel seines Refugiums im Blick. Noch war es recht still im Laden. Bloß ein paar frühe Vögel bevölkerten die Bar, und Angestellte huschten herum, füllten den Bestand an Alkoholika auf und bereiteten alles für den Abend vor. Von unten dröhnte das monotone Wummern der Bassboxen.

»Das LKA. Wie schön«, ätzte Sameer, machte aber keine Anstalten, sich aus seinem Gamerstuhl zu bemühen, und blieb hinter seinem Designerschreibtisch aus farbigem Epoxidharz und edlem Holz verschanzt.

Jan stellte sie offiziell vor, indem er seinen Ausweis zeigte.

Sameers braune Augen – extrem wachsam und argwöhnisch – nahmen jede Bewegung auf. Svea konnte nicht sagen, ob Sameer sie wegen der Ermittlungen, die sie bereits gegen ihn geführt hatte, erkannte, aber sein Blick machte keinen Hehl daraus, dass er ihren Besuch absolut missbilligte. Er lächelte zwar, doch dieses Lächeln war ebenso kalt wie sein gestyltes Büro.

Svea musterte sein tadellos rasiertes Gesicht, sein akkurat sitzendes Haar und den einzelnen Goldring am Finger. Immer noch, registrierte sie, trug er keine überzogenen Tattoos, keine fetten Goldkettchen, keine zur Schau gestellten Muskeln. Ganz im Gegenteil – Sameer war sehr schlank und schwachbrüstig. Er hatte ein schwarzes Hemd und darüber ein Jackett in Tigermuster an, das sicherlich maßgefertigt war und vermutlich so viel wie zwei von Sveas Monatsbezügen kostete. Ob er es trug, um seine dürre Statur zu verbergen? Vielleicht hatte er auch einfach einen ausgefallen Modegeschmack.

Sein schillerndes Outfit schien ihm zu gefallen und passte zu seiner Karriere, die im Eventmanagement begonnen hatte, jedoch mit der Gründung eines eigenen Labels gescheitert war.

Auf der Herfahrt hatte Svea versucht, ihre Erinnerungen zu sortieren, und studiert, was Hendrik auf die Schnelle aus Zeitungsarchiven online zusammengetragen und im Polizeirechner gefunden hatte.

Sameer war Hamburger mit indischen Wurzeln. Der jüngste von fünf Brüdern. Sein Vater, Ravi Patel, betrieb bis ins Coronajahr 2020 eine gut laufende Wäscherei. Über seine Mutter, Meera Patel, war wenig bekannt. Sameer war in Hamburg aufgewachsen. Seine Eltern hatten anscheinend großen Wert auf Bildung gelegt und ihre Kinder ermutigt, ihre Interessen zu verfolgen. Bei einigen der fünf war es grandios in die Hose gegangen, denn zwei saßen wegen Bandenkriminalität im Knast. Sameer hingegen hatten es Tanz und Musik angetan. Tatsächlich hatte Svea, daran konnte sie sich noch erinnern, bei der Ermittlung für das Verfahren gegen Sameer Bilder diverser Tanzwettbewerbe vom Ende der 1980er Jahre entdeckt, in denen er zu Schulzeiten brilliert hatte.

Nach einem kurzen Ausflug in die Musikindustrie hatte Sameer 2005 sein eigenes Unternehmen in Sachen Eventmanagement gegründet. Er hatte sich eine Stange Geld von seinen Brüdern geliehen, die in dubiose Geschäfte verwickelt waren. Sameers Start-up scheiterte jedoch.

Wahrscheinlich schuldete er seinen Brüdern noch jede Menge Geld, überlegte Svea, während sie sich seine pinkfarbenen Turnschuhe mit der dreifingerbreiten Sohle unter dem Tisch ansah.

»Insane, was. Die würden Ihnen auch stehen. Sind Nike Zooms, gepimpt in Tschechien. Kein Witz. Da gibt's so zwei Schwestern in Kladno, da bei Prag. Die bohren die auf, dreh'n die einmal von innen nach außen und ... Peng!« Er klatschte in die Hände.

»Schuhe kaufen wir später«, meinte Svea trocken.

»Wenn Sie so einen exquisiten Club führen, müssen Sie eine

gewisse Ausstrahlung mitbringen. So wie ich. Sehen Sie, ich will ja keine Schläger als DJs, sondern Künstler. Küüüünstler. Und Sie können mir glauben, die kriege ich. Alle wollen ins Puls8ion.«

Das glaubte Svea gern. Das Puls8ion war nicht nur als Drogenumschlagplatz verrufen, sondern auch für seine guten Events bekannt. Sein Club zählte zu den besten Adressen Hamburgs. Er war aufgrund seiner DJs viel gelobt und immer gut besucht. Sameer war alles andere als dumm. Svea hatte ihn zumindest als recht belesenen Mann mit Manieren kennengelernt. Selbst wenn er das nur für den Prozess gespielt hatte, zeigte es, dass er ziemlich gerissen und ein begnadeter Selbstdarsteller war.

»Aber ich denke, Sie sind nicht wegen meiner Turnschuhe gekommen. Habe ich recht?«, fuhr er fort. »Und bei Ihnen … Nun ja, ohne Sie beleidigen zu wollen, aber ich kann nicht gerade behaupten, dass es eine Freude ist, Sie wiederzusehen.« Er schenkte Svea ein geschmunzeltes Lächeln. »Was kann ich für Sie tun? Drogen?«

»Danke. Aber davon bin ich weg.« Jan baute sich vor dem Schreibtisch auf.

Sameer lachte. »Ihr Kollege gefällt mir. Hatten wir schon einmal das Vergnügen?«

Jan antwortete nicht.

»Es geht um eine Frau.« Svea trat an seinen Schreibtisch und legte ein Foto, das Jan aus Yvettes Wohnung mitgenommen hatte, verdeckt vor ihn hin.

»Geht es das nicht immer? Die Frau ist das Paradies, das der Mann erobern möchte.«

»Goethe?«

»Oscar Wilde.« Er lächelte wieder. »Sie ist eine Frau, deine Mutter. Eine Frau ist ein Sack voller Sünde«, rezitierte er weiter. Allerdings war sich Svea nicht sicher, ob er nicht vielleicht einfach improvisierte und irgendeinen Quatsch von sich gab.

Sie schob das Foto ein Stück näher zu ihm und meinte Bleu de Chanel zu riechen. Dezent aufgetragen, perfekt abgestimmt und sündteuer. Der Geruch von Holz und Moschus stand im schönen Kontrast zum schrillen Mann, der trotz seines Lächelns wie eine Katze auf dem Sprung wirkte.

Sameer nahm das Foto hoch und drehte es um. Er sah es sich genau an. »Wer soll das sein?« Das Foto zeigte Yvette mit einem Mann, den sie mittlerweile als Stefan Krogmann identifiziert hatten. Sie stand an Deck einer Motorjacht und strahlte in die Kamera.

»Das ist eine Frau, die Ihre Telefonnummer hat«, mischte sich Jan ein.

»Eine von tausend. Eine von tausend, Herr …? Kommissar. Ich nehme an, sie ist tot?«

»Sie wissen davon?«, wollte Jan ihn provozieren.

Sameer lachte. »Natürlich nicht. Aber wenn das LKA kommt, um mir ein Foto zu zeigen …?« Er legte das Bild wieder umgedreht auf den Tisch und schob es Svea zurück.

»Kennen Sie sie?«

Sameer zögerte, dann nahm er genervt seufzend das Foto erneut hoch. »Nein.«

Svea trat näher und legte ihm noch ein Foto hin. Es zeigte die fünf Leichen, die, auf einer Plane aufgereiht, am Elbufer lagen. »Alle erschossen. Aus nächster Nähe.«

»Oh. Das klingt nach einer tragischen Geschichte.« Mit seinen schlanken Fingern griff Sameer sich das Foto und studierte es. Er wirkte äußerst gelassen, als könnte ihn nichts erschüttern. Und ein Foto – egal ob es fünf oder fünfhundert Tote zeigte – schon gar nicht. Svea beobachtete ihn genau, wie er die Gesichter musterte und schließlich den Kopf schüttelte.

Da war ein kurzes Blitzen in seinen Augen gewesen, Svea hatte es nur flüchtig wahrgenommen, doch es war dort gewesen. Einen kurzen Moment hatte Sameer gezögert, als würde er eine der Personen auf dem Foto sehr wohl kennen.

Wen? Svea warf noch einmal einen Blick auf das Bild. Sie war sich nicht sicher. War es der Mann mit dem Kruzifix-Tattoo am Hals gewesen?

»Herr Sameer, Sie wissen doch was. Wer ist die Frau? Wieso hat sie Ihre Telefonnummer an ihrem Kühlschrank? Und wer ist dieser Mann hier?« Sie tippte auf den Tätowierten.

Lächelnd hob Sameer die Hände. »Ist das der Moment? Der, in dem ich meinen Anwalt anrufen sollte?«

Jan nahm sich einen Stuhl und schob ihn vor den Tisch. Er setzte sich. »Kommt drauf an.«

»Auf was?«

Er nickte zu den Toten auf dem Foto. »Ob Sie was damit zu tun haben. So simpel.«

Sameer musterte Jan lange, schließlich faltete er seine Hände hinter dem Kopf und lehnte sich lächelnd zurück. »Sie zeigen mir ein Foto von fünf Toten, und ich soll sie umgebracht haben?«

»Nicht Sie persönlich. Aber vielleicht in Ihrem Auftrag«, warf Jan seelenruhig und mit fiesem Unterton ein.

Svea entging die geladene Spannung zwischen den beiden Männern nicht.

»Das ist doch lächerlich!« Sameer beugte sich vor und schob die Fotos ruppig zu Svea hin. »Sobald ihr Bullen in den Klub kommt, wollt ihr mir was anhängen. Sie erinnern sich?«, wandte er sich an Svea. »Verfahren eingestellt. So sieht's aus. Erst Drogen, und jetzt wollt ihr mir einen ... einen fünffachen Mord anhängen?«

»Herr Sameer, niemand will Ihnen was anhängen. Wir wollten Sie lediglich befragen. Verstehen Sie? Wir glauben, dass diese Frau hier«, Svea tippte auf Yvettes Gesicht, »dass diese Frau hier öfter in Ihrem Club war. Und wir glauben, dass Sie sie kannten, weil sie Ihre Telefonnummer hatte. Und nun ist sie tot. Und wir hoffen, Sie können ihren Tod mit aufklären.«

»Aufklären ist Ihre Aufgabe.« Sameer schenkte Svea ein kühles Lächeln.

Er fragt nicht mal nach, wie sie heißt ...

»Yvette Ziegler.«

»Wie bitte?«

»Ziegler, Yvette. So hieß sie«, meinte Svea frostig. »Kennen Sie sie wirklich nicht? Oder müssen wir uns erst einen Durchsuchungsbeschluss beschaffen, um Ihre PCs, die Laptops und die Handys zu filzen?«

Sameer ließ den Kommentar an sich abprallen.

»Wir können auch jeden im Club befragen. Jeden Angestellten und ein paar Tage lang alle Kunden«, warf Jan ein. »Ich halte denen das schöne Foto unter die Nase, und wir sehen mal, ob jemand was weiß.«

Die Drohung brachte immerhin Bewegung in Sameer. »Das ist 'ne Frechheit! Und das wissen Sie. Das is' ganz klar Rassismus. So sieht's aus. Sie wollen mir was anhängen, weil ich indische Wurzeln habe und nicht biodeutsch bin oder so 'n Fuck. Und weil mein Laden verfickt gut läuft. Stimmt's? Nervt Sie! Dass so einer wie ich Kohle scheffelt!« Er stand auf und kam in seinen Plateau-Turnschuhen um den Schreibtisch, griff sich das Foto von Yvette und klatschte es Jan vor die Brust. »Yippie. Yes. Sie haben recht. Ich kenn die Nutte ...«

»Sameer«, ermahnte Svea ihn.

»Was? Die Schlampe war oft hier. Immer bekokst. Voll drauf.« Von seiner Eloquenz war nichts mehr übrig, als er fortfuhr: »Die hat die Nacht zum Tag gemacht. Abgestürzt. Voll oft. Gesoffen wie'n Loch. Koks. Was weiß ich. Hab sie rauswerfen lassen. Bestimmt dreimal. Sie war kurz vorm verfickten Hausverbot, Scheiße. Wie hieß die noch? Was weiß ich denn? Fuck noch mal. Und das is' mir auch latte. Echt. Keine Ahnung, woher die meine hübsche Nummer hat. Bin ja auch nich' von der NSA oder eurem Scheißverein. Is' ja nich' geheim ... So! War's das? Oder soll ich mit aufs Revier? Hm?«

Jan stand auf. »Wann war sie das letzte Mal da?«

»Weiß ich nich'. 'ne Woche, zwei? Und wenn Sie 'n verficktes Video haben wollen, dann flüstere ich's mal ...« Er flüsterte tatsächlich, während er zur Tür seines Büros ging: »Richterlicher Beschluss. Haben wir uns verstanden?« Lächelnd zog er die Tür auf. »Ich denke, das sollte als Kooperation erst einmal reichen. Schönen Abend noch.«

Mit großer Geste komplimentierte er die beiden aus dem Büro.

Svea folgte der Aufforderung gelassen und in aller Ruhe. Sie nahm sich das Foto mit den Toten, steckte es seelenruhig ein, dann blieb sie noch einmal bei Sameer stehen. »Ich flüstere Ihnen auch mal was: Die Wahrheit liegt nicht am Strand. Wenn du die Wahrheit willst, musst du schon nach ihr tauchen. Frei nach Victor Hugo. Und glauben Sie mir, wenn jemand gut tauchen kann, dann bin ich das.«

»Und sie hat einen verdammt langen Atem«, warf Jan ein.

»Das ist der Moment. Der Moment, in dem Sie einen Anwalt anrufen sollten.« Svea lächelte genauso kalt wie Sameer, dann folgte sie Jan hinaus.

10

Mit einem Flappen sprangen die Rasensprenger vor dem Reihenhaus an und benetzten das akkurate Gras. Gleichmäßig sprühten sie das Wasser über die satten Halme, zogen von links nach rechts und zurück, als wäre es ein ganz normaler Sommertag.

Reinhold Ziegler goss sich in der Küche ein Glas Wasser ein. Während er trank, blickte er auf die unbelebte Straße vor dem Haus. Niemand zu sehen. Weder Lieferdienste noch Nachbarn oder Kinder. Sein sorgfältig gemähter Rasen führte bis zur Straße und glitzerte feucht.

Das Wasser aus dem Hahn war kühl, schmeckte aber nach Leere.

Er kippte den Rest in den Ausguss und stellte das Glas ordentlich in die gewienerte Spüle. Er mochte den Geruch von frisch geputzten Ablagen und den Anblick von polierten Oberflächen. Wenn alles an Deck an seinem Platz war, dann fühlte er sich wohl. So war es auch bei seinen zahlreichen Fahrten auf See gewesen. Ordnung und Struktur hielten auch das größte Frachtschiff auf Kurs.

Doch seit Yvettes Tod war jegliche Struktur dahin und alle Ordnung überflüssig.

Die Mikrowelle riss ihn mit ihrem Piepen aus seinen Gedanken.

Beim Versuch, die Instantsuppe herauszunehmen, verbrannte er sich an der Schüssel beinahe die Finger. Er musste erst ein Geschirrtuch holen.

Schnell trug er die Suppe zum Esstisch und setzte sich. Auch die asiatischen Nudeln hatten ihre Würze verloren. Keine Ente zu schmecken. Er aß leise und in sich gekehrt, führte Löffel um Löffel zum Mund, als wäre er ein Roboter.

Vielleicht war er das ja jetzt.

Nur eine willenlose Maschine.

Ein Knecht ohne Gefühle.

Ohne Menschlichkeit.

Das gleichmäßige Surren der Rasensprenger begleitete das Atmen des Hauses, ansonsten erfüllte gespenstische Stille die Räume, während er seine Instantsuppe löffelte.

Sein Blick glitt zur Vitrine mit den Schiffsmodellen und Buddelschiffchen. Die meisten hatte er geschenkt bekommen. Neben den Schiffen hingen gerahmte Fotos seiner Tauchexpeditionen, seiner vielen Fahrten vor allem in den Oman, in den Jemen und nach Saudi-Arabien. Er hatte viele gute Freunde dort gefunden.

Schließlich schob Ziegler die halb aufgegessene Suppe beiseite und stand auf, um sich eines der Familienfotos anzusehen, die im Durchgang zur Küche hingen. Einen langen Moment betrachtete er es aus der Nähe.

Die Sandburg, seine längst verstorbene Frau halb im Wasser, Yvette und Lisa. Seine beiden Töchter. So ausgelassen, die Schaufeln in der Hand, die Gesichter von Sand paniert.

Der Himmel so blau. So perfekt.

Die Tage so perfekt.

Und jetzt dieser Riss.

Dieses dunkle Loch.

Sanft strich er mit dem Daumen über Yvettes, dann über Lisas Antlitz, als könnte er den Sand von ihren kindlichen Wangen wischen. Das Lächeln seiner jüngeren Tochter stach ihm ins Herz, es war eine golden strahlende Energie, die in seine Seele drang, aber dort alles zusammenzucken ließ.

Ziegler schnappte nach Luft und presste sich das Bild an die Brust, als wären seine Töchter und seine Frau noch bei ihm, als könnte er sie auf die Art umarmen und ihre Wärme spüren.

Das Foto vor die Brust gedrückt, ging er kraftlos die Treppe in den ersten Stock hinauf. Er hätte nicht sagen können, was ihn genau hinauftrieb. Wahrscheinlich bloß die Sehnsucht nach ihrer Nähe.

Yvettes Zimmertür stand einen Spalt offen, und er konnte sein Bügelbrett sehen, die säuberlich gestapelten Boxen für seine Wäsche und den Tisch mit seinem PC. Yvette war zum Studium ausgezogen, und nach zwei Jahren, in denen sie immer seltener zu Besuch gekommen war und sie immer weniger Kontakt gehabt hatten, hatte er ihr Kinderzimmer aufgelöst.

Ziegler wandte sich Lisas Tür zu und drückte die mit Postern und Aufklebern ihrer Band *Fiiireborn Seraphim* gepflasterte Tür auf. Im Gegensatz zu Yvettes einstigem Zimmer war Lisas noch bewohnt. Die fröhliche Girlande, die sie zu ihrem Abi erst vor wenigen Wochen bekommen hatte, hing neben Loredana-Plakaten und Blockbuster-Postern an der Wand, ihr völlig überladener Schminktisch stand wie gerade verlassen da. Er strich mit dem Finger darüber und spürte Staub.

Ihr Laptop stand noch aufgeklappt auf dem Bett. Behutsam schob er ihn beiseite, dann setzte er sich auf die Bettkante, das gerahmte Foto in den Händen, und starrte auf Lisas Sachen, auf ihren Lieblingshut und die Auszeichnungen der Musik-AG, ihre Schwimmabzeichen und die wilden Bilder von Partys, auf denen sie als Sängerin ihrer *Fiiireborns* aufgetreten war.

Lisa. Nun war ihm nur noch Lisa geblieben.

Ziegler weinte leise. Die Tränen liefen ihm die Wangen herunter und tropften von seinem Kinn auf das Familienfoto.

Svea Roth war eine exzellente Ermittlerin. Sicher würde sie etwas herausfinden.

Es war an der Zeit, etwas zu unternehmen. Schleunigst.

Er musste schneller als die Polizei sein.

Mit zitternden Fingern wischte er die Tränen weg.

11

Das schwere Rolltor zur Reederei, die sich unweit der Süderelbe auf einem von hohem Maschendraht umzäunten Areal befand, stand halb offen. Durch die warme Sommerluft drangen Rufe und das entfernte Schlagen eines Hammers. Jan fuhr langsam durch das Tor und manövrierte sie in ein Labyrinth aus geparkten Lkw, maroden Lagerhallen, Baracken und Containerreihen.

Seit ihrem Gespräch im Hafenimbiss herrschte zwischen ihnen eine ungewohnte Funkstille. Svea wusste, dass er es nicht böse gemeint hatte, war sich aber nicht sicher, ob sie ihm schon verzeihen konnte und wollte. Auf der einen Seite war sie immer noch sauer auf ihn, dass er sich so ungefragt in ihr Privatleben einmischte. Auf der anderen Seite hatte sie längst bemerkt, dass ihm sein Vorstoß anscheinend auch zu forsch vorkam. Allerdings brachte er es nicht fertig, sich dafür zu entschuldigen.

»Da vorne.« Svea zeigte auf ein Backsteingebäude, das zur Süderelbe hin stand und zwischen den Containern auftauchte.

Während auf dem verwinkelten Platz, der überall mit Teerflicken ausgebessert worden war, in die Jahre gekommene Gabelstapler rangierten, strahlte das Hauptgebäude der Familienreederei Krogmann den Glanz altehrwürdiger Tage aus. Das rote, von Säulen bewehrte Haus mit den weißen Holzfenstern schien der Zeit wacker zu trotzen. Über den geschwungenen Eingangstüren prangte das Emblem der Familie. Als sie näher kamen, erkannte Svea ein florales Muster, das sich um die Worte »Herbert Krogmann & Co.« rankte. Alles fein säuberlich vor Urzeiten mit Hand gemalt.

Während Jan zwischen drei Containern entlangfuhr, die bereit zum Entladen vor dem Haus standen, kam Svea ein Gähnen. Die Müdigkeit trieb ihr Tränen in die Augen. Es fiel ihr schwer, sich zu konzentrieren, und sie fühlte sich wie gerädert. Erst das Gespräch mit ihrer Schwester, dann der Tauchgang, die Besprechung im LKA und letztlich die schlechte Nachricht für Ziegler forderten ihren Tribut.

»Lass mich das übernehmen.« Jan parkte den Wagen.

»Es geht schon.« Svea wollte aussteigen, als er sie zärtlich am Arm berührte.

»Tut mir leid, wenn ich mich zu sehr eingemischt habe. Mit Lars und so. Ich wollte dir nicht zu nahe treten oder dir ...«

»Ist schon gut ...«, stoppte sie ihn. Er hatte ja nur das Richtige beabsichtigt und zwischen ihr und Lars vermitteln wollen. Wahrscheinlich war sie einfach zu gestresst und durcheinander. »Vergiss es.«

Jan nickte zwar, sah aber besorgt drein.

Sie stiegen aus und blickten sich um. Die Hitze des Tages war verflogen, die Sonne hatte jedoch noch immer einigermaßen Kraft und tauchte die Fahrzeuge und Container vor dem Verwaltungsgebäude der Reederei in ihr goldenes Licht. Drei Arbeiter entluden feixend einen Container und wiesen einen vierten mit dem Gabelstapler an, Paletten voller Säcke abzufahren.

»Kann ich etwas für Sie tun?«

Svea und Jan fuhren herum. Ohne dass die beiden es mitbekommen hatten, war eine junge Frau an sie herangetreten. Sie zog ihre Arbeitshandschuhe aus und stopfte sie in den Helm, den sie lässig über dem Arm trug.

»Wir wollen zu Stefan Krogmann«, meinte Jan.

»Stefan? Der hat sicher schon Feierabend gemacht, aber der Alte ist noch da.«

»Herbert Krogmann?«, fragte Svea.

»Was?« Die Frau lachte. »Nein, das ist der Urgroßvater. Ich dachte an den Vater von Stefan. Der macht ja immer Überstunden.«

»Der Laden scheint ja zu laufen.« Jan schirmte die Augen vor der niedrig stehenden Sonne ab und nickte zu den Arbeitern.

»Selbstverständlich. Ich bin jetzt schon zehn Jahre dabei – und es geht voran.« Richtig überzeugt klang sie nicht. »Kommen Sie, wir gucken mal, ob Stefan noch da ist.«

»Dürften wir erfahren, wer Sie sind?«

»Annika Boltmann. Ich bin Container-einmal-um-die-Welt-Schubserin«, meinte sie lächelnd. »Einmal-hin-und-zurück-Expertin. Logistik-Spezialistin.«

»Sie managen die Container?«

»Die ganze Logistik. Vor allem den Überseebereich. On demand. Was muss in welchen Mengen da und dort sein, was kommt rein, was geht raus ... Und wer sind Sie?«

»LKA Hamburg. Wir haben nur ein paar Fragen an Herrn Krogmann«, entgegnete Svea lächelnd.

Sie folgten der Frau zum Eingang, da blieb sie kurz stehen und wies auf einen tomatenroten alten Mercedes. »Ah, Sie haben Glück. Er is' noch da. Der gehört dem Junior. Stefan steht auf solche Fahrzeuge.«

»Oh. C-180. Nette Farbe«, stellte Jan begeistert fest.

»Finden Sie?« Boltmann winkte ab.

Svea konnte Jans Begeisterung auch nicht teilen, allein deswegen, weil sie sich mit Autos wenig auskannte.

»Irgendwo muss das Geld ja bleiben«, meinte Boltmann spitz. »Wenn es nicht in die Firma fließt.«

Svea warf Jan, der die Bissigkeit in Boltmanns Kommentar sicher auch nicht überhört hatte, einen Blick zu.

»Immerhin hat er einen guten Geschmack. Ich kann mir Schlimmeres vorstellen, als für so einen Youngtimer sein Geld rauszuwerfen«, sagte er.

»Wenn's nur einer wäre. Aber Stefan hat 'ne Handvoll, und immer ist was kaputt.« Kopfschüttelnd öffnete sie die Tür, und die beiden folgten ihr ins Haus.

Im Innern war es kühl. Terrazzoboden, prunkvoller Stuck und uralte, mit Ornamenten verzierte Innentüren versprühten hanseatischen Charme des endenden neunzehnten Jahrhunderts. Eine Frau mittleren Alters kam aus einer Tür. Sie trug Akten unter dem Arm und beachtete die drei nicht.

»Die Chefbüros sind oben.« Boltmann nickte zu einer geschwungenen Holztreppe mit Schiffen als Pfostenschmuck. »Soll ich Sie ankündigen?«

»Das machen wir schon selbst. Herzlichen Dank«, verabschiedete sich Svea und folgte Jan, der schon die Treppe hinauflief.

Ein halbes Dutzend Türen gingen von einem schmalen Flur ab. Augenblicklich konnte Svea den penetranten Geruch von Zigarren und schweren, alten Teppichen riechen. Die halbhohe Holzvertäfelung der Wände hatte den Geruch der Jahrzehnte gespeichert. Statt Kronleuchtern, prunkvollen Schiffsschnitzereien oder imposantem Logo herrschte hier oben die Atmosphäre der 1950er Jahre. Die Türen waren schlicht. Lediglich der Fußboden – wohl geölt und aus uralten Dielen – versprühte den Abglanz von Reichtum und Macht. Ansonsten wirkte alles sehr funktionell, eher wie eine alte Amtsstube mit Häkeldeckchentelefonen.

Aus einem der Räume drangen hitzige Worte.

»Nein! Das meinst du nicht ernst! Also langsam hab ich echt die Schnauze voll! Wer soll denn den Scheißkuwaitis beibiegen, dass du sie nicht mehr beliefern willst?«

»Das ist nicht unser Kerngeschäft«, drang ruhiger und sehr viel gefasster die Stimme eines alten Mannes zu ihnen. »Wir haben das doch schon besprochen, Stefan.«

Jemand lachte. »Du meinst, *du* hast das mit *dir* abgesprochen!«

»Stefan! Wir haben das in der Geschäftsführung abgesegnet«, entgegnete der alte Mann ruhig.

»Die Geschäftsführung!«

»Du warst ja wohl auch dabei.«

Wieder ein bitteres Lachen. »Dein Zynismus ist unübertroffen, Vater. Echt.«

Svea und Jan näherten sich der Tür langsam. Der Streit verriet ihnen vermutlich mehr, als die Herren später zugeben würden.

»Komm schon, Stefan. Wir haben das doch alles geklärt. Musst du jedes Mal wieder damit anfangen?«

»Ich fange so lange damit an, bis du mir endlich mal vertraust. Ich bin bald Mitte vierzig, Dad!«

»Wer sagt denn, dass ich das nicht tue?«

»Darauf willst du eine Antwort? Darauf willst du echt eine ... Scheiße! Vergiss es einfach!«

»Stefan. Bitte. Unser Geschäft fächert sich zu weit auf«, versuchte es der Alte in versöhnlicherem Ton. »Wir müssen uns auf das konzentrieren, was wir am besten können. Und das sind nun mal nicht der Nahe Osten und Spezialtransporte.«

»Das ist doch Quatsch! Und das weißt du«, polterte Stefan. »Wir rühren, seitdem ich denken kann, in derselben Suppe! Und die wird langsam sauer. Hast du dir die Zahlen mal angesehen? Wir brauchen neue Märkte. Und das weißt du ganz genau. Du weißt es! Aber du sitzt hier in diesem Scheißsessel, paffst deine Zigarren und hörst der Scheißband auf der *Titanic* zu.«

»Ich sitze hier, solange ich das für richtig halte.« Nun wurde auch der Alte lauter. »Da richtest du nicht drüber und auch sonst niemand. Der Markt ist der einzig demokratische Richter, den es überhaupt in der modernen Wirtschaft gibt!«

»Fuck. Von wem ist das? Henry Ford?«

»Ludwig Erhard.«

»Wer? ... Ach, vergiss es!«

Svea wollte gerade anklopfen, als ein Mann wutentbrannt in den Flur trat. Beinahe hätte er Svea über den Haufen gerannt.

»Was ...«, fragte er überrumpelt. »Was wollen Sie?«

Er war schlank und gut aussehend. Allerdings entstellte ein

Schmiss seine linke Wange. War er in einer Burschenschaft gewesen?, fragte sich Svea. Er trug Jeans, ein weißes Hemd und ein Sakko. Dazu lässige Sneaker.

»Ganz ruhig«, stoppte Svea ihn. »Kommen Sie runter.«

Jan zeigte seinen Ausweis und stellte Svea und ihn vor.

»LKA? Geht's um die Bolivienlieferung? Sie wollen sicher zu ihm.« Er nickte hinter sich zum Büro.

»Nein. Kein Bolivien. Eher privat. Wenn Sie Stefan Krogmann sind.« Svea unterdrückte ein Gähnen.

»Bin ich. Ja.«

»Dann wollen wir zu Ihnen.«

Krogmann stutzte. »Zu mir? Aber ... Was ist passiert?«

»Das besprechen wir lieber ungestört.« Sie schenkte ihm ein professionelles Lächeln. »Gibt es hier einen Raum, in dem wir ungestört ...«

»Äh, sicher ... Kommen Sie. Kommen Sie bitte.«

Er führte sie den Flur hinunter in ein anderes Büro. Die weit geöffneten Fenster präsentierten, über ein Meer aus vielfarbigen Containern hinweg, einen atemberaubenden Blick auf die Elbe. Sie floss, von der glühenden Abendsonne in ein schimmerndes Gewand gehüllt, ruhig dahin. Eine frische Brise wehte herein. Die Mitarbeiter waren längst in den Feierabend entlassen worden, und die letzten Strahlen der untergehenden Sonne warfen ein goldenes Licht auf die fünf verwaisten Arbeitsplätze.

Der Raum strahlte eine seltsame Atmosphäre aus, in der Moderne auf Vergangenheit traf und alte Geschichte mit neuen Technologien verschmolz.

Die Wände waren noch immer mit Tapeten beklebt, die möglicherweise aus der Entstehungszeit des Gebäudes stammten. Das Alter war allüberall spürbar, vom Knarren des Holzbodens bis hin zu den feinen Rissen in den Fensterrahmen. Ein Hauch von Nostalgie und Vergänglichkeit schwebte in der Luft und bildete zu den nagelneuen Rechnern und den Flachbildschirmen einen eigentümlichen Kontrast.

Wie eine Zeitkapsel, schoss es Svea durch den Kopf. Sie konnte eine Mischung aus altem Papier, frisch gedruckten Dokumenten und dem leichten Hauch von Parfüm riechen, und sie wunderte sich, dass der Sohn des Reeders kein eigenes Büro hatte.

»Wo ist denn Ihr Platz?«, fragte sie.

»Dahinten.« Er zeigte in ein weiß getünchtes Zimmer mit einer wandfüllenden Weltkarte. Es war durch eine Flügeltür vom Rest des Büros getrennt. »Wir können auch rübergehen, wenn Sie möchten.«

»Nein. Passt schon«, entgegnete sie.

Krogmann nickte und bot ihnen die Bürostühle an, allerdings blieben alle stehen.

»Ja. Also Polizei«, begann er dann unsicher. »Sie sagten, es ist was Privates?«

Svea nickte. Sie war nicht gerade glücklich, noch einmal über Yvettes Tod reden zu müssen.

»Sie kennen Yvette Ziegler«, kam Jan ihr zuvor, der instinktiv erkannt hatte, wie mitgenommen sie sich fühlte. Als würden sie seit Jahren zusammenarbeiten, übernahm er die Führung.

»Yvette? Selbstverständlich kenne ich Yvette«, antwortete Krogmann, machte aber keine Anstalten, Näheres zu erklären. »Was ist mit ihr?«

»Wir haben sie tot aufgefunden.«

»Tot?« Entsetzt sah Krogmann die beiden an. »Aber ... Tot?«

»Es wäre hilfreich, wenn Sie uns ein paar Fragen beantworten könnten, Herr Krogmann.«

»Sicher. Ja. Natürlich. Setzen Sie sich doch bitte.« Krogmann zeigte erneut auf zwei Stühle, lief jedoch selbst kopflos im Raum herum, nahm sich fahrig einen Stift vom Tisch, legte ihn wieder hin. Offensichtlich erschütterte ihn die Nachricht.

»Sie waren mit ihr liiert?«, fragte Jan.

»Nein. Ich meine. Ja. Ist schon etwas her. Woher wissen Sie das?«

»Wir haben ein Foto gefunden. In ihrer Wohnung. Woher kannten Sie sie? Wie standen Sie jetzt zu ihr?«, bohrte Jan weiter.

»Ist das ein Verhör?«

»Nein. Wir wollen nur Hintergrundinformationen«, mischte sich Svea beruhigend ein.

»Verstehe ... Wir ... Yvette. Sie hat ... Sie arbeitet hier ... Sie hat hier gearbeitet. In der EDV, sie ist ... war Programmiererin.«

»Und Sie? Wie standen Sie zu ihr?«, hakte Jan noch einmal nach und trat näher an Krogmann heran.

»Ich ... ich war mit ihr zusammen. Ein paar Monate. Aber das ist schon lange her ...« Ihm schien die körperliche Nähe zu Jan ganz und gar nicht zu gefallen, denn er blickte verlegen zu Boden. »Ich ... ich habe sie vor zwei Jahren kennengelernt. Bei einem Wohltätigkeitsball«, begann er zögerlich. »Yvette war als Programmiererin extrem talentiert, und ich dachte, wir brauchen unbedingt modernere Software. Na ja. Wir müssen uns als Reederei ja jeden Tag am Markt behaupten, das ist gerade nicht einfach. Und da wäre es gut, alles zu nutzen, was es so gibt. Mein Vater ... Der rechnet seine Bilanzen noch mit dem Rechenschieber, müssen Sie wissen.«

»Sie haben Yvette also als Programmiererin eingestellt?«

Krogmann nickte. »Ich habe sie als Freelancerin beauftragt. Das ist so ... so ungefähr zwei Jahre her. Ja, das kommt hin.« Er schluckte. »Wie ...? Wie ist sie denn ...? Ich meine ...«

Er versuchte wohl zu verarbeiten, was sie ihm soeben erzählt hatten.

»Entschuldigen Sie. Ich muss mich mal setzen.« Er nahm sich einen der Stühle, schob ihn aber nur sinnlos hin und her.

»Sie verstehen, dass wir Ihnen nichts Genaueres über ihren Tod erzählen dürfen«, meinte Jan. »Also ... Sie haben sie als Freelancerin engagiert, und daraus ist mehr geworden?«

Svea warf einen Blick nach draußen und bemerkte Krogmanns alten Mercedes. Die Arbeiter hatten den Container ausgeladen und waren in den wohlverdienten Feierabend gegangen, zumindest konnte Svea niemanden mehr auf dem Werksgelände sehen. Vor ihr erstreckte sich das Meer aus Containern. Nach Afrika, nach Asien, nach Südamerika ... Vielleicht auch nach Kolumbien? In ihre frühere Heimat? Vielleicht sogar nach Santa Marta, dem kleinen Ort an der Karibikküste? Svea bemerkte, wie ihre Gedanken abschweiften, und konzentrierte sich wieder auf das Gespräch.

Krogmann holte schwer Luft. »Wir waren kurz zusammen. Ja. Das stimmt. Mein Gott. Wie ist sie denn gestorben? Ich meine, was ist denn passiert?«

»Das erklären wir Ihnen gleich.« Jan hielt den Stuhl fest, damit Krogmann endlich aufhörte, ihn herumzuschieben, und sich setzte.

»Sie hat hier gearbeitet, und wir sind uns einfach nähergekommen. Na ja. Und da hat es gefunkt ... Ich habe sie auf einem Wohltätigkeitsball kennengelernt.«

»Das sagten Sie bereits.« Svea entging das feine Lächeln nicht, als er über ihr erstes Treffen sprach.

»Oh. Ja. Mein Vater liebt solche Veranstaltungen.« Fahrig strich er sich durchs Haar. »Nun ja, ich bin mitgegangen. Eine Charity-Veranstaltung im Cruise Center Baakenhöft. Da war sie auch. Und ich glaube, sie hatte so wenig Lust auf den Ball wie ich.«

»War Yvette mit ihrem Vater da? Reinhold Ziegler?«, wollte Svea wissen.

»Ja. Ihr Vater.« Er schüttelte den Kopf. »Die beiden konnten sich nicht sehr gut leiden. Ich glaube, er hatte sie nur mitgenommen, weil er irgendjemanden als Begleitung brauchte. Jedenfalls haben sie sich den ganzen Abend eigentlich nur angeschwiegen. Da hing der Haussegen immer schief. Ich ... ich war mal dabei. Da ist er ihr fast an die Gurgel. Auf einem Parkplatz. Draußen vor der Marina unten in ... Na ja. Er hat sie angeschrien. Es ging um irgendwelches Geld. Ich weiß nicht genau.«

»Hat Yvette Sie mal um Geld gebeten? Sie hatte ein Start-up, das schlecht lief.«

»Ja. Stimmt. Ihr Start-up. Da gings um Funk und GPS für Ölplattformen. Ich hab's nicht ganz verstanden. Computerkram. Ich habe ihr angeboten, ihr da unter die Arme zu greifen. Aber das wollte sie nicht. Sie ist eine ziemlich stolze ... Sie *war* eine ziemlich stolze Frau.«

Oh ja, dachte Svea, das war Yvette. Schon damals als Kind.

»Sie glauben aber nicht, dass ihr Vater ...?«, fragte Krogmann.

»Nein«, entgegnete Svea sofort. »Das glauben wir nicht.«

»Wieso glauben Sie, dass sie gewaltsam gestorben sein könnte?«, wollte Jan wissen.

»Na ja, Sie sind vom LKA ... Ich meine, das ist doch kein Unfall gewesen, oder? Bei all den Fragen, die Sie mir stellen.«

»Wir stehen noch am Anfang der Ermittlungen, wir wissen noch nicht, was passiert ist.« Jan zog das Foto der Leichen aus seiner Tasche und suchte Sveas Blick, die ihm mit einem Nicken signalisierte, dass er es zeigen sollte. Als er es tat, wich Krogmann erschrocken zurück.

»Ach du Scheiße ... Das ...«, stammelte er. »Was ist das?«

»Wissen wir auch noch nicht«, meinte Jan. »Fünf Leichen. Deswegen sind wir hier, um es besser zu verstehen. Sehen Sie, wir haben Ihre Ex-Freundin nicht allein gefunden. Bitte schauen Sie sich die anderen Opfer an, vielleicht kennen Sie einen der Männer?«

»Ich weiß nich'.«

»Atmen Sie durch, nehmen Sie sich Zeit.«

Krogmann näherte sich dem Foto, als könnte es ihn beißen. Ganz vorsichtig, ohne es in die Hand zu nehmen, ließ er seinen Blick darüber schweifen. »Nein, tut mir leid. Sollte ich denn?«

»Es könnte ja sein, dass Yvette sich mit einem der Männer mal getroffen hat und Sie dabei waren«, warf Svea ein.

»Nein.« Krogmann wollte noch einmal auf das Bild sehen, wandte sich aber ab. »In was ist Yvette denn da reingeraten? Das ist ja völliger Wahnsinn.«

»Hatte sie Drogenprobleme?«

»Drogen?« Kopfschüttelnd seufzte er. »Ja, leider schon, sie hat gern mal ... Sie wissen schon. Gesnifft. Ich hab ja nicht ohne Grund mit ihr Schluss gemacht, weil ... Also das hat echt zugenommen. Das mit den Drogen.«

Yvette und Drogen. Für Svea war Yvette irgendwie noch immer das stille Mädchen im Zimmer. Das Mädchen mit den Computern. Dass sie Drogen genommen hatte, konnte sie sich nicht vorstellen. Allerdings dachte sie das von vielen Menschen nicht.

»Was heißt denn *zugenommen?*«, wollte Jan wissen. »Wie viel hat sie denn genommen und was genau?«

»Koks. Und seit ein paar Wochen dieses andere Zeug zum Rauchen.«

»Crack?«

»Crack, ja. Ich meine, sie war immer öfter in diesem Club. Ständig war sie da. Und hing da mit den Leuten rum.«

»Sie meinen das Puls8ion?«, fragte Svea.

»Ja, ich glaube, so heißt der Laden, ja. Ich war mal mit ihr da, na ja, ist halt so ein Club, aber ihr hat das irgendwie gefallen. Bevor wir Schluss gemacht haben, war sie jeden Abend da, und sie hat jeden Abend was genommen.« Seine Augen sprangen von Jan zu Svea und zurück. Es war, als könnte er sich nirgends festhalten. »Ich weiß nicht, sie kam irgendwie nicht mehr damit klar, mit ihrem Vater ... Die Streitereien. Und dann ihr Start-up. Ich weiß auch nicht, ich hab sie noch in der

Firma behalten, aber sie kam immer öfter nicht, und was sie abgeliefert hat … Na ja, was soll man tun?«

Vielleicht Hilfe holen? Vielleicht sich an jemanden wenden, der sich damit auskennt?

Svea kam ihre Schwester Lizeth wieder in den Sinn, das Gespräch, das sie gestern Abend geführt hatten. Aber wahrscheinlich hätte Yvette es wie ihre Schwester gar nicht zugelassen, dass man ihr hilft. Konnte es wirklich sein, dass sie in die Drogenszene abgerutscht und irgendwie mit der Organisierten Kriminalität in Berührung gekommen war? Schwer zu sagen, auf jeden Fall war Yvette in irgendetwas hineingeschlittert und in einem Fass gelandet.

Bei dem Gedanken drehte sich Svea der Magen um.

»Ist alles okay?«, wandte Jan sich an sie.

»Sicher.« Sie nickte, aber ihr ging es ganz und gar nicht gut.

»Ich denke, wir haben erst mal genug erfahren.« Jan zog eine seiner Visitenkarten aus der Tasche und hielt sie Krogmann hin. »Wenn Ihnen noch etwas einfällt. Sie erreichen uns jederzeit.«

Sie war froh, dass Jan ihren Zustand bemerkt und das Gespräch beendet hatte. Sie fühlte sich ausgelaugt und wollte sich nur ins Bett legen, die Wange in ihr Kissen schmiegen und dem leisen Plätschern des Kanals lauschen, während ihr Hausboot sie sanft in den Schlaf schaukelte. Vielleicht würde sie einen Wein als Schlummertrunk nehmen, aber sie bezweifelte, dass sie dafür noch die Kraft aufbringen konnte.

Krogmann bot ihnen an, sie nach draußen zu begleiten. Aber die beiden lehnten höflich ab. Er kam trotzdem mit, geleitete sie bis zu ihrem Wagen und folgte ihnen dann noch ein Stück mit seinem alten Mercedes, bevor sich ihre Wege schließlich trennten.

Schweigend fuhren Jan und Svea die Elbe entlang, um dann Richtung Innenstadt abzubiegen.

»Was hältst du von ihm?«, brach Jan die Stille.

Sich die Augen reibend, meinte Svea: »Ich glaube, Yvettes Tod hat ihn tatsächlich mitgenommen.«

Jan nickte. »Wusstest du das mit ihrem Vater?«

»Du meinst, dass sie sich gestritten haben? Du glaubst doch nicht, Reinhold hat was mit den ganzen Morden zu tun?«

»Wer weiß.«

12

Die Dunkelheit umfing Svea wie ein erwartungsvoller Liebhaber. Zärtlich und gierig zugleich. Sie umschloss Svea mit kühlen Armen, hüllte sie in eine so perfekt schwarzkalte Decke ein, dass sie meinte, die Leere zu spüren. So glatt und befriedigend wie das Streichen über eine makellose Oberfläche.

Sanft umschloss die Finsternis sie und ließ sie schweben. Wundervoll schwerelos stand Svea im Wasser, reglos, die Augen auf die Finsternis unter ihrem Hausboot gerichtet. Sie versuchte, ihrem Herzschlag zu folgen, langsam, aber sicher ruhiger zu werden. Sie spürte dem kühlen Strom des Wassers nach.

Kaum zu Hause, war sie ins Bett gefallen, doch sie war viel zu aufgewühlt zum Schlafen gewesen. Nach einer halben Stunde war sie wieder aufgestanden, aber auch ein Glas Rotwein an Deck hatte sie nicht beruhigt.

Also versuchte sie es mit dem Mittel, das immer funktionierte: Schweben in der geräuschlosen Finsternis.

Hier allein in der Dunkelheit existierte kein Oben, kein Unten, kein Richtig oder Falsch. Hier gab es nur ihren Puls, das sanfte Streicheln des Wassers auf der Haut. Die Zeit dehnte sich. Die Minuten wurden länger und länger. Das Karussell der

Gedanken kam Atemzug um Atemzug zum Stehen, und alles fokussierte sich.

Drei Minuten dreißig.

Sie würde bald auftauchen müssen.

In jeder Faser ihres Körpers hatte sie noch vor wenigen Minuten den Tauchgang zu den Fässern gespürt, das Gespräch mit Reinhold, dessen Worte wie trostlose, tote Korallen in ihrer Seele stachen.

Hier unten war alles in der Schwebe und sie frei. Sie spürte, wie sie neue Kraft in der Ruhe fand, endlich bereit für den Schlaf war. Sie würde auftauchen und ins Bett gehen und ...

Er hatte so zerbrechlich ausgesehen, so tief getroffen und am Boden zerstört.

Die Gedanken an Reinhold und Yvette schwammen aus der Finsternis heran. Yvette hatte so zart auf der Mettallliege ausgesehen, so bleich und kalt in der Rechtsmedizin. So furchtbar entmenschlicht.

Vier Minuten.

Reinholds ältere Tochter war brutal ermordet worden, aus dem Leben gerissen. Sie wusste, wie zerschmettert er sich fühlen musste.

Du warst es auch.

Du bist es noch, Svea!

Hau ab. Ich muss mich beruhigen. Wo ist mein Herzschlag? Ruhig. Ganz ruhig.

Vier fünfzehn.

Svea, mach dir nichts vor. Als Lena gestorben war, hast du von allen Seiten Hilfe angeboten bekommen, aber keine angenommen. Jede Nähe, auch Lars' Nähe, war dir damals zu viel. Und das ist immer noch so ...

Sie schloss die Augen, um die letzten Gedanken zu vertreiben, es half jedoch kein bisschen.

Yvette war ein aufgewecktes und extrem intelligentes Mädchen gewesen. Svea kannte Yvette allerdings vor allem als Kind und weniger als junge Frau.

Lena hatte noch nicht mal die Zeit auf Erden, eine junge Frau zu werden. Zu studieren, eine Familie zu gründen und …

Der Gedanke schnürte ihr den Hals zu. Verzweifelt versuchte sie, sich auf ihren Herzschlag zu konzentrieren, wieder Ruhe zu finden, aber es half nicht.

Lenas Leben hat viel zu früh geendet. Das ist so scheiße unfair!

Sie musste auftauchen. Sie brauchte Luft.

Vier vierzig.

Warum saß ausgerechnet Lena noch in diesem beschissenen Wagen? Wieso ist mein Mädchen nicht hier? Wieso?

Ihr wurde schlecht. Schlagartig spürte sie, wie ihr Puls zu rasen begann und sie viel zu viel Sauerstoff aus dem Blut verbrauchte.

Auftauchen. Tauch auf.

Fünf.

Auftauchen!

Warum bin ich nicht in diesem Wagen gestorben? Warum Lena?

Tauch … jetzt … auf!

In der Dunkelheit waren irgendwann alle Vorwürfe vergessen, alle Qualen waren irgendwann dahin. Sie musste nur weiter hierbleiben, noch ein bisschen die makellose Finsternis aufsaugen und …

Svea öffnete die Augen.

Ihr ganzer Körper schrie nach Sauerstoff. Sie konnte nicht

hier unten bleiben, sie konnte nicht. Sie musste hoch. An die Oberfläche. Zurück nach Hamburg, zurück in ihr Leben.

Mit drei, vier, fünf Zügen war sie oben und durchbrach die Oberfläche. Gierig sog sie die sommerliche Nachtluft ein.

Einen Moment blieb sie auf dem Wasser liegen, spürte die Luft auf ihrer nackten Haut.

Als sie genug Kraft gesammelt hatte, schwamm sie zur Hängeleiter, wartete jedoch, bis ihr Herzschlag wieder normal ging und die Trockenheit im Mund verschwunden war, bevor sie an Deck stieg.

Kaum war sie oben, meinte sie, ein leises Mädchenlachen zu hören.

Sie fuhr herum.

Da stand ein Schatten. Hinten am Heck, wo es ins Wohnzimmer ging und ...

»Lena?«, hauchte Svea, ohne es zu wollen. Das war natürlich Unsinn, dieser Schatten konnte niemals ...

Er war fort.

Nur Einbildung.

Du halluzinierst schon. Svea. Du musst schlafen!

Geräusche.

Aus dem Innern.

Jemand kramte herum.

Svea schoss die paar Schritte das Deck hinunter und zum Wohnzimmer. Die Glastür war geschlossen. Da!

Der Schatten! Da war er wieder.

Maigret!

»Das darf doch wohl nicht ...«

Dreist stand der Waschbär auf dem Wohnzimmertisch,

starrte sie für einen Atemzug an – und Svea hätte schwören können, dass er sie anlächelte. Er hatte einen Blick aufgesetzt, als wollte er sagen: Moin! Siehst scharf aus in deinem Bikini!

Kaum hatte Svea nach dem Schieber der Glastür gegriffen, sprang er vom Tisch, wischte hinter das Sofa und ... verschwand.

»Maigret, du altes Stinktier!« Svea stürzte vor. Sie hatte die Tür doch zugezogen. Sie war verschlossen gewesen! Wie war dieses verdammte Viech hier reingekommen?

Mit einem Satz stürzte sie zur Couch vor und zerrte sie beiseite.

Verdattert hielt Svea inne.

Da war ein faustgroßes Loch. Sie kniete sich hin. Direkt auf Fußbodenhöhe war das Holz der Kabine durchgefressen worden. Auch die Eisenhaut dahinter war durchbrochen. Sie war an der Stelle komplett verrostet, und offensichtlich hatte sich Maigret durch das brüchige Metall gekratzt oder gebissen.

»Das ist ja kriminell.« Zwar schüttelte Svea den Kopf, aber musste doch Maigrets Beharrlichkeit anerkennen. Sie kannte niemanden, der es so hartnäckig darauf anlegte, bei ihr zu sein und mit ihr zu wohnen.

Erst hatte dieser Pirat von Waschbär nicht das Schiff verlassen wollen, war immer wieder angekrochen gekommen, und nun hatte er sich häuslich bei ihr eingerichtet. Fernsehabende mit Chips und Co.

War ihm draußen zu langweilig? Keine Ahnung, was in diesem Köpfchen vorging. Gott sei Dank war Maigret viel zu gierig und verfressen, um unentdeckt zu bleiben. Sonst hätte er sich sicher über Wochen aus dem Kühlschrank bedienen, sich mit Kopfhörern durch ihre CD-Sammlung hören und vor ihrem Bett schlafen können.

Nach etwas Schwerem suchend, sah sich Svea um und griff sich kurz entschlossen eine ihrer Druckflaschen. Sie rollte sie vor das Loch und schob das Sofa dagegen.

Irgendwie musste sie sich um dieses Maigretproblem auch noch kümmern. Vielleicht konnte sie in einer Tierhandlung oder im Internet eine Lebendfalle kaufen und ihren Freund umsiedeln?

Diesmal hatte er jedenfalls nicht viel angestellt. Dafür hatte sie ihn zu früh in flagranti erwischt.

Hatte Maigret tatsächlich um die Ecke gesehen und überprüft, ob sie ertrunken war? Das war doch der Schatten gewesen, oder? Dieses Kerlchen überraschte sie wirklich.

Gähnend zog Svea den Bikini aus und Slip und ein Shirt über. Es war Zeit, endlich ins Bett zu gehen. Sie hatte das Shirt gerade über dem Kopf, als es an ihrer Tür klingelte.

Das auch noch ... Wenn Maigret jetzt brav klingelt und bitte sagt, dann darf er einziehen, dachte sie amüsiert und schlappte zur Haustür. Sie sah durchs Bullauge.

Am Ufer stand Lars.

»Scheiße«, brummte sie leise. »Das musste ja jetzt auch noch sein.«

Ihr Ex-Mann trug einen Klappcontainer unter dem Arm und machte nicht den Eindruck, als wüsste er, wie spät es war. Svea sah auf ihre Uhr. Es ging auf Mitternacht zu. Wahrscheinlich hatte er wieder getrunken, war angeschickert herumgefahren und brauchte jetzt jemanden zum Streiten.

Sofort spürte Svea, wie ihre Müdigkeit von schlechter Laune

vertrieben wurde. Widerwillig öffnete sie und sah kopfschüttelnd zu, wie er den Steg entlang zu ihr aufs Hausboot kam.

»Weißt du, wie spät wir es haben?«, fragte sie pampig statt einer Begrüßung.

»Du bist nicht die Einzige, die Spätschicht hat, Schatz. Aber ansonsten auch ein dickes Hallo. Schön, dich zu sehen«, entgegnete er mit einem aufgesetzt freundlichen Grinsen und wollte an ihr vorbei ins Schiff.

Sie verstellte ihm den Weg. »Was willst du? Es ist echt spät. Und ich habe keine Lust, dein ...«

»Bleib mal locker.«

»Fällt mir nicht leicht.« Sie musste ein Gähnen unterdrücken. »'nen Absacker gibt's auch nicht, Bar hat geschlossen.«

Er lachte bitter, als hätte sie einen Gag gemacht. Immerhin konnte sie keine Fahne riechen.

»Meine Lötstation und ein bisschen Kleinkram muss noch irgendwo sein. Hab die zu Hause nicht gefunden. Hast du mal im Schrank nachgesehen? Dem in der Küche?«

»Alles, was noch da war, stand im Schlafzimmer«, antwortete sie brummend. »Lang genug.« Seine Kartons voll mit seinem Kram standen monatelang herum, und er hatte sich erst vor kurzem bemüht, den Rest abzuholen.

»Darf ich nun?«

Widerwillig machte sie ihm Platz und sah zu, wie er schnurstracks einen Schrank in der Küche ansteuerte. Er zog ihn auf und begann, darin herumzuwühlen. »Hast du 'n Wasser, oder so?«

»Ne, sicher nicht!«

Er kniete sich hin und zog Tüten und Pappschächtelchen heraus. Um ehrlich zu sein, hatte sie keine Ahnung, was unter dem letzten Brett alles für Krimskrams lag. Sie hatte da unten schon seit Jahren nichts rausgeholt.

Mit verschränkten Armen lehnte sie im Türrahmen und sah ihm missmutig zu. »Hast du es bald?«

»Mein Gott. Habe ich dir irgendetwas getan?«

»Nein.« Sie seufzte. »War nicht gerade ein einfacher Tag.«

»Ach. Frag mich mal. Ich habe sechs schrotte PCs auf den Tisch bekommen, total verkohlt, und die Staatsanwaltschaft will am liebsten gestern Ergebnisse. Die Festplatten sind voll im Arsch, und ich muss sie irgendwie recovern, und dann wollte ich noch ...« Er winkte ab. »Na ja, jedenfalls ist der Lötkolben im Labor verreckt.«

»Aha«, sagte sie, um irgendetwas zu sagen.

Er erzählte weiter von seiner Arbeit im Labor des LKA, wo er in einem Team von sechs Mitarbeitern für die Computerforensiker zuständig war. Svea hörte gar nicht hin. Sie wollte nur, dass er endlich ging und sie ins Bett kriechen konnte. Ohne auf ihn zu achten, lief sie ins Wohnzimmer und holte ihren Rotwein, nippte und sah ihm weiter zu, wie er endlich seinen Lötkolben und die Station fand. Früher hatte sie es immer drollig gefunden, wie er – so hochkonzentriert – über irgendeiner Lötarbeit hing und mit der Zunge seine Bewegungen dirigierte.

Früher. In einem anderen Leben.

»Sag mal, die Besprechung. Da wäre ich auch gern dabei gewesen. Hat Tennhaus was gesagt, wann die PK ist? Nein? Na ja, musste ja die Festplatten aus diesen blöden Rechnern irgendwie wieder zum Laufen kriegen. Da ist vielleicht kranker Scheiß drauf ... Ach nee! Das ist ja was!«, sagte er mit einem Mal und drehte sich lächelnd zu ihr um.

Sein Honigkuchenpferdlächeln verunsicherte sie. »Was?«

»Schau mal.« Er präsentierte einen abgegriffenen Stofftiger mit pinker Stupsnase. Nicht größer als eine Faust.

Augenblicklich erstarrte Svea.

Der Anblick des abgeliebten Tigers brachte schlagartig Bilder zurück. Bilder, die sie lieber weggesperrt hätte, Bilder von Lena, die sie in ihrem Herzen begraben hatte, um nicht an ihnen zu zerbrechen.

»Lulatsch! Echt mal! Hier verkriechst du dich? All die Jahre im Schrank! Du Schlingel ... Weißt du noch, wie wir den gesucht haben?«, hörte sie Lars sagen, war jedoch in einer ganz anderen Welt.

Diesen Tiger hatten sie Lena geschenkt, da war sie vier Jahre alt gewesen, und zwei Jahre später war sie tot.

Stocksteif stand Svea da, hielt sich am Küchentisch fest, als wollte sie ein Stück abbrechen, und spürte, wie ihr wieder die Luft wegblieb. »Tu ihn zurück«, war das Einzige, was sie sagen konnte.

Er verstand nicht, was sie meinte. »Warum?«

»Tu ihn bitte zurück, Lars, bitte.« Sie spürte, wie ihr die Tränen kamen. Mit einem Mal konnte sie den Morgen riechen, die Bettwäsche, ihr Haar. Lenas Haar. Sie sah ihre Tochter vor sich, wie sie mit dem Tiger auf der Bettdecke spielte und sie an der Nase stupste, weil sie endlich aufstehen sollte. Svea konnte Lena sehen, dort drüben, mit Lulatsch, keine sechs Schritte entfernt in ihrem Schlafzimmer. Und dort drüben. Kaum zwei

Armlängen weiter, beim Spiel mit ihm am Küchentisch. Sie konnte ihre Tochter lachen hören, konnte hören, wie sie mit Lulatsch an Deck sprach.

Und Svea erinnerte sich plötzlich, wie der Tiger in den Kanal gefallen war, einfach von Deck runter ins Wasser, und sie, Svea, einen Hechtsprung gemacht hatte, Köpper ins Wasser, bevor der arme Kerl versunken war und sie ihn wahrscheinlich niemals hätte wiederfinden können.

Lulatsch. Gerettet ...

Lena. Für immer untergegangen. Für immer verschollen.

Nicht rechtzeitig gesprungen.

Nicht aus dem Wasser geholt.

Tot.

Ihr wurde schlecht.

Zu oft trafen sie in letzter Zeit die Erinnerungen wie eine Faust, und sie hatte die Bilderflut nicht im Griff. Doch heute, nach all den Strapazen und niederschlagenden Gesprächen, war es besonders schlimm. Das Gefühl von Liebe und Verlust kam einfach zu plötzlich. Es war wie ein Kaventsmann, eine Welle, die sich auf dem Meer der Gefühle haushoch auftürmte und mit voller Wucht an ihr kleines Schiff schlug. Augenblicklich blieb ihr die Luft weg, und ihr Magen drehte sich um. Svea wollte schlucken, fand aber keine Spucke.

Lars kam mit Lulatsch und seiner Lötstation im Korb auf die Beine. »Alles okay?«, fragte er.

Sie schüttelte bloß den Kopf.

»Ich wollte zum Grab. Vielleicht können wir ihr den Tiger einfach hinlegen. Das würde ihr sicher gefallen. Sie hat doch bald Geburts ...«

Ruppig drückte sich Svea an ihm vorbei und zur Spüle vor, rang nach Luft und musste beinahe erbrechen.

»Svea? Was ist denn los?«

»Nimm ihn einfach mit. Nimm ihn einfach mit und geh«, presste sie hervor.

»Willst du ihn denn nicht behalten? Zumindest das? Wenn du schon nicht zu ihrem Grab ...«

»Einen Scheiß will ich! Wenn du ihn unbedingt haben möchtest, dann nimm ihn mit, Lars! Ich will ihn nicht hierhaben. Nimm ihn mit!«

»Geht's dir wirklich gut?«

Besorgt kam er auf sie zu, aber sie wehrte ab. Das Letzte, was sie jetzt gebrauchen konnte, waren seine Nähe und irgendwelche tröstenden Worte. Es kam ihr irgendwie falsch vor, dass er sich noch immer so um sie kümmerte. Sicher, sie waren nicht im Streit auseinandergegangen, Lenas Tod hatte sie entzweit.

Wir sind beide damit einfach nicht klargekommen.

Abwehrend hob er die Hände. »Ganz cool. Ich fass dich schon nicht an. Ich tue dir ja nichts.« Er wich zurück und betrachtete sie.

Svea warf sich etwas Wasser aus dem Hahn ins Gesicht.

Tastend wagte er sich ein wenig vor: »Vielleicht tut es dir gut, mal hinzugehen. Ich meine, Lena hat bald Geburtstag. Das wäre doch 'ne schöne Geste, ihr was hinzulegen. Das war doch ihr Lieblingstier. Der Lulatsch.«

»Ja. Sicher.« Abrupt drückte sie sich mit triefendem Gesicht an ihm vorbei. »Geh jetzt, Lars. Ja? Wenn du dein' Kram hast, dann hau bitte ab.«

Er nickte zwar und nahm seine Kiste, machte aber keine weiteren Anstalten zu gehen.

Sie spürte seinen musternden Blick im Rücken, während sie ins Wohnzimmer ging, um Abstand zu gewinnen.

»Es würde dir vielleicht guttun, einmal zu ihrem Grab ...«

Sie winkte ab. »Jeder trauert auf seine Art.«

»Warst du überhaupt mal da?« Er brummte. »Wie kann man nur so kalt sein?«

Seine Worte trafen sie bis ins Mark. Nicht nur, weil er sie so unverblümt ausgesprochen hatte, sondern vor allem, weil sie ungerecht waren. Es stimmte zwar, sie war, außer bei der Beerdigung, noch nie an Lenas Grab gewesen, aber das hatte Gründe.

Das hat verflucht noch mal gute Gründe, dachte sie.

Ich habe sie so sehr geliebt, wenn ich an diesem Grab stehe und sehe, dass sie da liegt, dann zerbreche ich daran. Das weiß ich. Ich kann das nicht. Dieser Schritt ist einfach zu groß. Das ist, wie ein ... wie ein Tauchgang ohne U-Boot in den Marianengraben. Es zerquetscht mich.

Diese Endgültigkeit, dieses kalte Stückchen Grab und dieser Stein ... Ich werde zerquetscht von der Schwärze. Ich kann nicht.

»Immerhin besauf ich mich nicht jeden Tag! Ich habe jedenfalls mein Leben im Griff ... Kalt? Du bist echt ...«

»Ach. Du hast dein Leben im Griff?«

Wütend trat sie auf ihn zu. »Ja!«

»Das sieht für mich aber leider ganz anders aus, Svea«, entgegnete er ruhig, und dass er so gefasst war, regte sie noch mehr auf.

»Ich möchte nicht, dass du noch mal mit Jan über mich redest. Und ich möchte nicht, dass du noch mal herkommst! Haben wir uns verstanden?«, fuhr sie ihn an.

Statt einer Antwort sah er ihr mitleidig in die Augen.

Am liebsten hätte sie ihm eine geklatscht, wäre irgendwie ausgerastet und hätte ihn von Bord geschmissen. In seinem Blick lag so viel Sorge, als sei tatsächlich sie die Kranke und nicht er. Als wäre sie die Alkoholsüchtige, die jede Minute nur an den Tod ihrer Tochter denken konnte und ihr Leben nicht mehr in den Griff bekam. Aber in Wirklichkeit war er es doch gewesen, der sich zurückgezogen, der fast seinen Job verloren hatte und die Dunkelheit jeden Tag mit Alkohol ertränkte.

Sie war doch die Starke.

Das bin ich doch. Doch. Das bin ich!

Gut, sie hatte einen Panzer um sich gebaut, aber der war auch verdammt nötig, damit ihr kleines Herz nicht erwürgt wurde von der Leere. Sie hatte sich in eine Art Caisson zurückgezogen, um noch arbeiten zu können und um in all der Trauer atmen zu können, um irgendwie noch Luft zu kriegen, dort unten im Dunkeln.

Nicht ich bin kalt! Das Meer um mich ist kalt, Lars! Die Welt ist kalt. Nicht ich!

Ich bin hier nicht das Psychowrack.

Bebend atmete sie durch, dann wandte sie sich ab und ging zurück ins Schlafzimmer. Sie bemühte sich, möglichst besonnen zu klingen, als sie sagte: »Lars, lass es gut sein, ich bin müde. Lass es einfach gut sein und geh ... Bitte.«

»Ich bin schon weg. Aber du solltest wirklich mal zu ihr.«

Sie hatte keine Lust, darauf zu reagieren, setzte sich aufs Doppelbett, das den ganzen Raum einnahm. Immerhin waren mittlerweile seine Kisten verschwunden. Hörbar atmete sie durch und hoffte, dass Lars endlich gehen würde.

»Irgendwie musst du damit klarkommen«, hörte sie ihn noch sagen. Es dauerte einen Moment, dann vernahm sie endlich, wie er die Haustür aufzog und nach draußen trat. Sie hörte seine Schritte auf der knarzenden Planke, dann auf dem Kies des Ufers, und schließlich hörte sie eine Autotür klappen. Sie blieb noch sitzen, bis der Motor verklungen war und Lars endgültig fort war.

Svea schloss die Augen und atmete noch einmal durch, dann stand sie auf und ging zurück zur Küche.

Der Tiger lag auf der Anrichte.

Lulatsch sah sie mit seinen Knopfaugen an, reckte die Stupsnase zum stummen Hallo. Er lächelte fein, als wollte er sie trösten.

Spürte sie Tränen? Ein wenig ... Aber sosehr sie sich anstrengte, sie konnte einfach nicht weinen. Sie stand bloß da, starrte Lulatsch an und wartete, dass endlich Tränen flossen. Es kamen keine.

Schlagartig fühlte sie sich nicht nur hilflos, sondern absolut einsam, wie eine Fremde in ihrem eigenen Leben – einem Leben ohne Lena.

Ohne dich.

13

Als Svea am frühen Morgen aus dem Fahrstuhl trat und sich auf den Weg ins Großraumbüro machte, war sie trotz Lars' Besuch und ihrem Tauchgang einigermaßen ausgeschlafen. Kaum den halben Flur zum Büro hinunter, stellte sie überrascht fest, dass es nach Kuchen roch.

»War wer beim Bäcker?«, wandte sie sich an Songül, die mit Akten aus dem Kopierraum trat. Ihre türkischstämmige Kollegin tackerte schwungvoll und gekonnt im Gehen einen Stoß Blätter und nickte lächelnd Richtung Büro. »Hendrik hat den ganzen Laden gekauft, glaub ich.«

Songül hatte kurz vor Svea beim LKA angefangen, und oft war Svea überrascht, wie jung Songül noch war. Letztes Jahr hatte sie erst ihren achtundzwanzigsten Geburtstag gefeiert und über ihren Bruder geschimpft, der dem Leben in Anatolien nachweinte, obwohl er bloß zweimal im Urlaub beim Onkel dort gewesen war.

Sie gingen ein Stück gemeinsam. Als sie Hendrik in seinem Anzug vor drei riesigen Kuchenblechen sitzen sahen, hielt Songül inne. »Der ist doch echt niedlich«, meinte sie und lächelte verliebt. Hendriks Krawatte saß wie immer streng, das Hemd oberkorrekt, allerdings hatte jemand dem jüngsten Beamten der Truppe ein winziges Partyhütchen auf die akkurat gekämmte und mit Wachs verstärkte Frisur gesetzt. Die Bohnenstange im Anzug musste wohl als Baby mal in einen Topf voller Paragraphen und Lateinaphorismen gefallen sein. Vor sich hin lächelnd, ganz selig, biss er mit elegantem Griff ein Stückchen Kuchen ab und winkte einem Kollegen auf der anderen Seite des Büros. Als er Songül sah, wischte er sich wie ertappt die Zuckerkrümel von den Lippen und schaute verlegen auf seinen Kuchenteller. Songül in die Augen zu blicken traute er sich nicht.

»Oh, da is' aber einer verknallt«, nuschelte Svea.

»Ja, süß, oder?«

»Brich ihm nicht das Herz, Songül.«

»Ich?« Sie lachte. »Ich warte drauf, dass er mich endlich mal datet. Es gibt eine Ausstellung über das Römische Reich in Bremen, das wär sicher was.«

»Schlag's ihm doch vor.«

»Mal sehen.« Songül wollte zu ihrem Platz abbiegen, aber Svea hielt sie kurz zurück. »Ich mein's ernst. Nicht das Herz brechen«, ermahnte sie ihre Kollegin, dann schlenderte sie zu Hendrik hinüber.

Der Kuchen reichte für drei Etagen und roch wirklich phantastisch.

»Den musst du probieren«, begrüßte Hendrik sie. »Der ist wirklich ... magnificus-fica-ficum. Pass auf! Filigrane Puderzuckerglasur, inklusive Zitronensaft.«

»Filigranen und *fica-ficum* Morgen!« Svea seufzte. »Sorry. Ich hab's total verschwitzt. Geburtstag?«

»Schon den ganzen Tag. Sag's deinem Zauberspiegel, und

er wird dir aus der Wolke immer zur rechten Zeit mit einem wohlklingenden Geläut antworten.«

»Na, du bist ja gut drauf. Zuckerschock?«

»Mindestens einer. Auch ein Stück des magnifiken Hamburger Butterkuchens?« Bevor Svea antworten konnte, schob Hendrik ihr ein besonders großes auf einen Teller. »Lass es dir schmecken, Svea. Siehst aus, als könntest du ein bisschen Süße im Leben vertragen.«

»Was?«

»Schwere Nacht? Du musst dringend eine Lösung mit Lars finden. Also nach einer Studie der University of Arizona mit rund sechs Millionen Teilnehmern, was eine äußerst beachtliche Anzahl an Probanden ist, ist das Ergebnis klar: Nach einer Scheidung ist das Risiko dreiundzwanzig Prozent höher, vorzeitig zu sterben.«

»Ach? So charmant, Hendrik ... Die Scheidung liegt schon über ein Jahr zurück, okay?«

»Das ist mir bewusst. Ändert aber nichts an der Statistik.«

»Wenn du es sagst.« Sie biss ab. Der Kuchen war phantastisch. Nicht ganz so gut wie der von ihrer Schwester, aber trotzdem herausragend. »Wo hast du den her?«

»Von draußen. Ist dir schon mal aufgefallen, dass es über die Maßen seltsam ist, dass man zu seinem Geburtstag Kuchen *mitbringt*, anstatt im Büro etwas geschenkt zu bekommen? Ist doch äußerst ominös.«

So hatte sie es noch nie betrachtet. Amüsiert sah sie den jungen Mann an. Wie alt war Hendrik jetzt? Er sah noch immer wie ein sechzehnjähriger Schüler aus, obwohl er wahrscheinlich schon Mitte zwanzig war. Er war auch der Einzige, der immer und zu jeder Zeit einen Anzug trug. Vielleicht, überlegte Svea nicht ganz ernsthaft, weil er dadurch seriöser oder älter wirken wollte. Oder irgendwie noch korrekter.

»Leben, Lucilius, bedeutet kämpfen!«, seufzte er.

»Jeden Tag, Hendrik. Jeden Tag. Hast du von der Römer-Ausstellung in Bremen gehört?«

»Nein.«

»Solltest mal Songül fragen, die will da hin.«

»Echt ...« Sein Blick ging verschämt in ihre Richtung.

»Ich hole mir mal 'n Kaffee.« Svea aß den letzten Bissen Kuchen. »Was gibt's denn Neues im Fall?«, fragte sie schon halb auf dem Weg zur Kaffeemaschine.

»Die Odontologie wollte sich wegen der Zähne melden«, rief Hendrik ihr nach. »Tennhaus wartet auf die Auswertung. Wir haben Sameer Patel überprüft. Er hat Verbindungen in die Niederlande, nach Schweden und Afghanistan.«

»Drogen.«

»Nicht nachzuweisen. Das gesunkene Boot ist ein Custom Lysaker, 1971. Sports Cruiser. War überladen und der Fiberglasrumpf laut KTU beschädigt.«

»Verbindungen zu Patel?«

»Das Boot könnte tatsächlich mit ihm zu tun haben. Einer seiner Brüder ist an einem Jachtservice beteiligt. Die verkaufen auch alte Boote. Auch Sport Cruiser.«

»Das ist dünn.«

»Ich weiß. De omnibus dubitandum.«

Svea warf ihm eine Kusshand zu und trat in die Kochnische, wo sich die beiden Kaffeemaschinen und der Kühlschrank der Büroetage befanden.

Wie versteinert blieb sie stehen, denn Lars goss sich gerade eine Tasse ein. Normalerweise arbeitete er einige Etagen weiter unten in seinem Computerlabor.

»Tennhaus«, erklärte er auf ihren überraschten Blick hin. »Er hat mich dazu geholt ... Ähm. Erst mal: Morgen.«

»Morgen«, nuschelte sie.

»Ich wusste gar nicht, dass unter den Opfern auch Yvette ist. Das tut mir wirklich leid.«

»Ja.« Sie hatte keine Lust, mehr als nötig mit ihm zu sprechen. Ihr war ganz entfallen, dass Lars Yvette natürlich auch kannte, immerhin waren sie ein paarmal zu zweit bei Ziegler gewesen.

Peinlich berührt schwiegen sie sich an.

»Yvette war Programmiererin. Irgendjemand hat die ganzen Computer geklaut, richtig?«, durchbrach er die Stille. »Ich hab Tennhaus vorgeschlagen, nach Daten in der Cloud zu suchen. Die hatte sicher Dateien bei einem Anbieter liegen. Wenn sie mal ein Start-up hatte. AWS, Azure, Snowflake, Hetzner. Der Kram ... Tennhaus meint, ich soll da nachforschen.«

Svea ging nicht darauf ein. »Könnte ich?«

»Äh. Klar. 'türlich.« Endlich schob er sich an ihr vorbei, ging aber nicht, sondern blieb noch einen Moment stehen. Während sie sich einen Kaffee eingoss, registrierte sie im Augenwinkel, wie er nach Worten rang.

»Lass gut sein«, sagte sie, damit das Thema von gestern Nacht nicht wieder aufkam. »Lass es einfach stecken, Lars.«

Er lächelte milde. »Ich mache eine Therapie. Ich meine, ich will damit anfangen.«

Nun überrumpelte er Svea innerhalb von Sekunden zum

zweiten Mal. Damit hätte sie nie gerechnet. Eigentlich hatte sie immer vor Augen gehabt, wie er tiefer und tiefer in den Alkohol und seine Trauer abrutschen würde. Prompt fiel ihr auf, dass er gar nicht nach Schnaps oder Bier roch. Zur Kontrolle sah sie ihm in die Augen, konnte aber nicht erkennen, ob er wie sonst schon einen zum Frühstück genommen hatte. Außerdem hatte der Sommer ihm ein wenig Bräune ins Gesicht und auf die Brust getrieben, was ihr im Hausboot gestern gar nicht aufgefallen war. So wie es aussah, hockte er wohl nicht mehr 24/7 in seiner Computerbutze herum.

»Vielleicht wär's schlau – und flipp nicht gleich wieder aus ...«, tastete er sich vor. »Vielleicht wär's schlau, wenn du mitmachst.«

»Ich?!« Kopfschüttelnd goss sie sich Milch ein.

»Denk mal drüber nach, Svea«, hörte sie ihn noch sagen, dann war er verschwunden.

Sie biss sich auf die Lippen, starrte den Kühlschrank an und nippte schließlich stumm an ihrem Kaffee.

Therapie ... Quatsch.

Svea wollte zu ihrem Platz gehen, als Tennhaus in die Kochnische trat. »Es gibt Neuigkeiten.« Der Chef hatte noch tiefere Augenringe als sonst, und das mochte bei seinen Tränensäcken was heißen. »Jan?«, rief er über die Schulter, und kurz darauf kam ihr Kollege herbeigeeilt.

»Hier steckst du. Morgen«, begrüßte er Svea herzlich.

»Der Bericht von der Zahnmedizin ist da«, meinte Tennhaus und übergab Jan das Wort.

»Wir haben den Tätowierten identifiziert. Roland Lohmann.

Er ist ... Warte, wie heißt das?« Er zog einen Zettel aus der Hemdtasche und sah nach. »Reachstacker. Im Hafen.«

»Reachstacker? Du meinst Reachstacker*fahrer*? Containerstapler?«

Jan nickte. »Er hat im Terminal Burchardkai gearbeitet, Waltershof. IIMB Container Terminal GmbH.«

»Burchardkai? Der Überseehafen?« Svea nippte an ihrem Kaffee. »Ist riesig da.«

»Und ihr fahrt da gleich hin«, mischte sich Tennhaus ein. »Beide. Schaut mal, welche Verbindungen dieser Lohmann so hatte. Würd mich nicht wundern, wenn da was mit dem Zoll lief ...«

»Illegales Umschlagen?«, warf Svea ein.

»Vielleicht.«

Sie nippte weiter an ihrem Kaffee.

»Sofort wäre hübsch«, sagte Tennhaus. »Jetzt.«

Seufzend trank sie aus und wollte mit Jan los, als Hendrik sich in die Nische drückte. »Ich ... ich wollte nicht stören.«

»Is' wie auf 'ner guten Party«, stellte Jan amüsiert fest. »Alle hängen in der Küche rum.«

»Ja. Das ist eine Merkwürdigkeit, der ich einmal nachgegangen bin«, meinte Hendrik. »Sozialisierung und Fliehkräfte.«

Alle sahen ihn fragend an.

»Erklär ich wann anders. Die WaPo hat sich gemeldet. Eine Familie hat wohl ein Auto in der Elbe gefunden und sich bei der Wasserschutzpolizei gemeldet. Bei Tespe.«

»Sind wir da noch zuständig?«, wollte Svea wissen.

»Tespe?« Tennhaus schüttelte den Kopf. »Zu weit draußen.«

»Der Wagen ist komplett unter Wasser. Die WaPo hat die Bereitschaft angefragt und braucht noch wen zum Tauchen.«

»Svea? Du und Lars – ihr unterstützt«, meinte Tennhaus. »Ich klär das mit der WaPo.«

»Und der Containerhafen?«, wollte Svea wissen.

»Brixn, Sie fahren mit Hendrik da hin. Ich will endlich mehr Informationen, wer die Opfer sind.«

14

Svea streifte ihre Bluse ab und zog die Jeans aus. Sie hatte sich nicht hinter den Paravent zurückgezogen, den Hansen extra für seine Taucher aufgestellt hatte, weil sie bereits einen schlichten Sportbikini im LKA angezogen hatte. Davon hingen immer zwei griffbereit in ihrem Spint.

Sie ließ ihren Blick über das Ufer gleiten, während sie in ihren Neoprenanzug schlüpfte. Der letzte Meter des Ufers war mit Steinen befestigt, und man konnte einfach in die Elbe gelangen. Ein hübscher Badeort, dachte Svea. Wenig Menschen, schön ruhig, trotz der Schiffe, die ständig flussauf und flussab fuhren. Hier, einige Kilometer außerhalb von Hamburg, hockten normalerweise nur wenige Badegäste auf den Ufersteinen oder sonnten sich auf Handtüchern auf der Wiese hinter der Uferstraße. Der schmale, gewundene Weg führte unweit des Wassers entlang, an einem Spielplatz vorbei und endete irgendwo an einem Campingplatz.

Heute bot sich ein anderes Bild. Keine zehn Meter vor ihr waren Büsche umgefahren worden, wahrscheinlich als der Wagen ins Wasser geschossen war. Svea streifte sich den Anzug über die Schultern und versuchte, flussabwärts Hamburg zu erkennen, sah die Stadt aber nicht. Stattdessen Bäume auf der anderen Uferseite, Büsche, einen niedrigen Hügel, ein Fachwerkhaus.

Eine Traube Kinder hatte sich neugierig zwischen den Schaulustigen bis an die Absperrung aus Flatterband vorgewagt. Sie gafften und schickten ab und an einen aus ihren Reihen zum Campingplatz los, Eis zu holen.

»Kannst du mir kurz helfen?«, wandte Svea sich an Hansen, der ihr ein Tauchjacket brachte.

»Sicher.« Er zog ihren Reißverschluss hoch und prüfte, ob der Anzug gut saß. »Alles okay mit dir?«

Svea seufzte. »Eigentlich schon, ja. Wieso?«

»Du wirkst so unkonzentriert.« Er nickte zu Lars. »Ist wieder was mit ihm?«

»Nein ... nein, gar nicht.«

»Okay. Hätt' mich auch gewundert.«

»Inwiefern?«

»Ich find, Lars fängt sich grad wieder. Nur so ein Gefühl. Scheint ihm die letzten Wochen besser zu gehen.«

»Ja. Denk ich auch«, gab Svea zu. »Ich meine, ich weiß nicht. Aber irgendwie schon.«

Einen Moment beobachtete Hansen sie, wie sie ihren Neoprenanzug zurechtzupfte, dann hakte er doch noch einmal nach: »Ist es wegen Ziegler?«

Sie stutzte. Sicher, Hansen kannte Ziegler. Die beiden waren sich ein paarmal über den Weg gelaufen. Als sie noch Jugendliche war, später Studentin ... Das alles war so lange her.

»Wegen seiner Tochter?«, präzisierte er, und sie wusste, was er sagen wollte: Weil seine Tochter gestorben ist und du auch deine Tochter verloren hast?

Sie versuchte, sich nichts anmerken zu lassen, erwischte sich aber dabei, wie sie sich auf die Lippe biss. Stumm schüttelte sie den Kopf.

Die Antwort schien Hansen nicht zu überzeugen. Sein besorgter Blick hätte nicht drolliger sein können, denn er passte so gar nicht in dieses zerknitterte, von Falten durchzogene Gesicht, das stets so viel Klugheit und Lebensweisheit ausstrahlte.

»Wirklich.« Sie winkte ab.

»Ich bin immer da, wenn du reden willst, Svea.«

»Weiß ich, Karl.«

»Einfach rumkommen. Immer der gleiche Hocker.«

»Ich weiß.« Sie strich ihm über den Arm. »Vielleicht komm ich wirklich mal drauf zurück.«

»So wie früher?«

»So wie früher.« Sie war jetzt seit knapp sieben Jahren beim Technischen Dienst und tauchte mit den Kollegen. Genau wie Ziegler hatte Hansen sie immer wie eine Tochter behandelt und war tatsächlich so etwas wie ein Vaterersatz geworden. Allerdings hatten sie außerhalb der Einsätze, ganz privat, das letzte Mal in den Wochen nach Lenas Tod miteinander gesprochen. Er hatte sie besucht und ihr Hilfe angeboten – sie hatte sie nie in Anspruch genommen.

Ja, weil du Angst hattest, alles wieder aufzureißen, wenn du mit Hansen über dich und deine Situation redest. Lieber erst gar keine Situation, als drüber zu sprechen. Lieber im Hausboot hocken – oder noch besser: in der Finsternis unterm Boot und an nichts denken ...

»Gut. Geht in fünf Minuten los«, riss er sie aus den Gedanken.

Svea nickte.

»Die Presse is' da.« Er nickte zum Flatterband, wo sich eine Frau und ein Kameramann durch die Horde Kinder drängten. »Ihr beide kommt klar?«

Abermals nickte sie. »Kein Problem.«

Er tätschelte ihre Wange mit seinen rauen, starken Händen. »Komm mal rum, ja«, meinte er und zwinkerte ihr zu, dann ging er in seinem typischen wiegenden Cowboy-Gang zum Lkw, bei dem bereits die Presse auf ihn wartete.

Svea nahm ihr Tauchjacket, da trat Lars zu ihr. Er hatte seinen Anzug erst über den Hintern gezogen und lief oben ohne herum.

»Dann wollen wir mal«, meinte er lächelnd.

»Siehst gut aus.« Die Worte waren ihr einfach rausgerutscht, wahrscheinlich weil sie stimmten, denn anscheinend hatte das Trinken seinem straffen Bauch wenig angetan – oder er hatte wieder zu trainieren angefangen?

»Danke«, er zog seinen Tauchanzug an, und sie half ihm mit dem Reißverschluss. »Vorhin, da ... Ich wollte dich nicht überrumpeln. Und gestern ... also da auch nicht.«

»Schon gut.«

»Nein, ich mein's ernst. Ich hätte dich gestern nicht so angehen sollen«, entschuldigte er sich.

Zögerlich gab sie zu, dass sie am Abend einfach schlecht gelaunt und extrem müde gewesen war. »Das mit deiner Therapie. Machst du das wirklich?«, tastete sie sich vor und hielt ihm das Jacket hin, damit er reinschlüpfen konnte. Statt nach Bier roch er nach Ambassador, seinem Lieblingsparfüm. Sie konnte sich noch daran erinnern, wie sie es ihm zum fünfundzwanzigsten Geburtstag geschenkt hatte. Seitdem hatte er es immer wieder gekauft.

»Wie gesagt, ich gehe hin. Aber das dauert noch. Die haben mich auf 'ner Liste eingetragen. Irgendwas muss sich ändern, oder?« Er schenkte ihr ein offenes Lächeln und fuhr sich durch die Haare. Seine ungezwungene, fröhliche Art gefiel ihr. Irgendwie hatte Lars es geschafft, einigermaßen zurückzufinden. In dieses Leben ohne Lena.

Hatte er recht, dass sie auch in Therapie musste? Würde ihr das helfen? Ihr guttun?

Vielleicht. Vielleicht tatsächlich.

Sie wusste es nicht. Sie war einfach noch nicht so weit.

»Wenn du mitwillst, kann ich dich einfach dazusetzen lassen«, sprudelte er los. »Ich denke, das ist kein Problem, wenn du ...«

»Lars?«

»Ja?«

»Ich möchte keine Therapie. Ich brauche keine. Okay?«

Die Überraschung war ihm anzusehen, aber dann rang er sich ein Lächeln ab. »Klar. Kein Problem.«

»Mir geht's gut, Herrgott!«

Er hielt ihr das Tauchjacket hin. »Ja. Wenn du meinst«, sagte er enttäuscht.

Ein Blinklicht streifte sein Gesicht, als ein Wagen der Freiwilligen Feuerwehr bis nah an die Ufersteine fuhr. Eine junge Feuerwehrfrau schrie »Stopp« und packte den Haken der Winde, begann, das Stahlseil ein Stück abzuwickeln.

Ohne ein weiteres Wort rüstete Svea sich aus und stellte sich hin, damit Lars alles überprüfen konnte.

»Soll ich? Oder Hansen?«

»Mach du ruhig.« Seit ihrer Scheidung ließ sie den Bodycheck lieber Hansen machen, doch dafür sah sie jetzt keine Notwendigkeit. Immerhin war ihr Lars' Nähe nicht mehr unangenehm.

Geduldig ließ sie ihn ihre Ausrüstung checken, bemerkte, wie sehr er sich Mühe gab, sie nur sehr vorsichtig anzufassen. Sie spürte seine Hände auf ihrer Schulter, an ihrer Hüfte, während er den Reißverschluss kontrollierte und weiter zuzog, und fühlte sich leicht unbehaglich. Allerdings war eine gründliche Überprüfung der Ausrüstung wichtig, obwohl sie reichlich Taucher kannte, die keine Lust auf Buddy-Checks hatten. Lars ging die einzelnen Punkte routiniert durch, alles nach der BWRAF-Regel: BCD, Weights, Releases, Air, Final Check.

Lars begann mit der Tarierweste, überprüfte, ob Sveas Jacket korrekt angezogen war und ob der Inflatorschlauch ordnungsgemäß angeschlossen war, dann füllte er das Jacket mit Atemgas und prüfte, ob es sich entleerte.

Auch der zweite Schlauch war richtig mit Sveas Anzug verbunden.

»Okay. Die Ventile sehen gut aus.« Er lehnte sich vor, um die Gurte zu prüfen. Alles war fixiert. »Und nun zum wichtigen A.«

Svea lächelte. Zu spüren und zuzusehen, wie professionell und sicher er an die Sache heranging, beruhigte sie, und seine sanften Berührungen waren nach einiger Zeit gar nicht mehr so unangenehm.

Das A stand für Atemgas.

»Hat mal Zeiten gegeben, da hab ausschließlich ich das bei dir checken dürfen«, stellte er fest, während er sich gewissenhaft darum kümmerte.

»Ja«, gab sie zu. »Die hat es mal gegeben.«

»Waren keine schlechten Zeiten.«

Svea seufzte, wusste aber nicht, was sie davon halten sollte. Machte Lars sie an? Oder war er nur auf einem Nostalgietrip, wie so oft? Vergessen konnte er nicht, und meist lebte er in der Vergangenheit. Oder wollte er nur einfach nett sein?

»Nein«, gab sie schließlich zu. »Aber sie sind rum, Lars.«

»Keine Sorge, das weiß ich ... So.« Er klopfte ihr auf die Schulter. »Sieht alles gut aus. Check beendet.«

»Okay. Dann ich.« Sie riss sich zusammen und wollte keinen Hermann daraus machen, ihn zu berühren. Präzise und gründlich führte sie die Kontrolle durch, doch insgeheim grübelte sie über Lars und ihre Zeit als Paar nach.

Seltsam, dachte sie, wie sich die Dinge so ändern. Wo ist die Liebe nur hin? Wo ist all das hin, was wir mal gemeinsam hatten?

Es ist im Wasser, Svea. Bei Lena.

Sie schluckte. Da hatte es doch zwischen ihnen noch mehr gegeben als ihre Tochter. Es hatte doch mehr gegeben?

Die Frage verschwand so schnell, wie sie aufgetaucht war. Svea half nach, sperrte sie zurück in irgendein dunkles Loch, in irgendeine Unterwasserhöhle, in der eine Moräne lauerte und jeden, vor allem sie selbst, daran hinderte, weiter darüber nachzudenken.

Das mit Lars ist aus.

Schon lange.

Mit Lars war Schluss, und sie hatte auch keine Ambitionen, es jemals wiederaufleben zu lassen.

Dieses Kapitel hast du abgeschlossen.

Abhaken. Finde einen neuen Anfang.

»Können wir?«

Der Anblick der Logistik, der Schiffe, Kräne und Container ließ Jans Herz höherschlagen. Er hatte nie seinen Frieden mit Hamburg gemacht, aber die Umschlagplätze und Terminals immer geliebt. Als er aus dem Wagen stieg, überfiel ihn ein seltsames Gefühl, das er schwer beschreiben konnte. Es war eine Mischung aus Fernweh und Verbundenheit mit der ganzen Welt.

Hier, in einem der größten Häfen Europas, lagerten Tausende Container, wurden von Spezialkränen zu Lkw und Zügen gebracht, wurden aufgeladen, entladen, sortiert, gelagert und verschifft.

Jan schirmte die Augen mit der Hand ab und beobachtete, wie ein Container erst in den Himmel gezogen wurde und dann hinüber zu einem der riesigen Containerschiffe schwebte. Die Frachtkräne ragten wie die Arme von Riesen über das gigantische Containerschiff. Einen Moment stellte Jan sich die Körper zu diesen Armen vor, wie diese Riesen unter ihnen schliefen. Sie schnarchten unter den haushohen Stapeln aus bunten Containern, während auf ihren Bäuchen Dutzende computergesteuerte Gerüste auf Rädern vollautomatisch ihre Wege fanden und Hunderte Arbeiter ihrer Schicht nachgingen.

»Straddle Carrier«, erklärte Hendrik, der Jans Blick gefolgt war.

Es herrschte im Terminal ein Treiben, das er ehrlich gesagt selbst in Berlin so noch nie beobachtet hatte. Ein stetes Kommen und Gehen von Gütern und Waren, Spezialfahrzeugen und Zügen.

Jan kam sich klein und verloren vor, hatte aber gleichzeitig das Gefühl, mitten im Zentrum einer riesigen Maschine zu stehen, die die Welt am Laufen hielt. Hunderttausende Tonnen an Waren, die über Deutschland, über Europa verteilt werden mussten, landeten hier an und wurden umgeschlagen.

»Der Handel ist die Schule des Betrugs«, stellte Hendrik ohne große Begeisterung fest.

Der bissige Kommentar des jungen Kollegen – sicher irgendein Zitat – riss Jan aus seinen Gedanken. Er sah sich zum Hauptgebäude um. Eine füllige Frau kam bereits auf sie zu. Sie trug einen Hosenanzug zu bequemen Sportschuhen und machte ein Gesicht wie sieben Tage Regenwetter. Es war eindeutig, dass sie keine Lust hatte, mit ihnen zu sprechen. Hinter ihr eilte ein unscheinbarer Mittfünfziger her, der Jan spontan an einen Lehrer aus einem 1950er-Jahre-Film erinnerte. Seine schlaksige Gestalt steckte in einem furchtbaren karierten Hemd mit breitem Kragen und Bundfaltenhosen, die die Farbe von Pudelscheiße hatten. Er trug eine braune Ledertasche unterm Arm und hatte Probleme, seiner Herrin zu folgen.

»Herr Brixn? Sie sind früh dran.«

»Wirklich? Ach ... Ihnen auch einen guten Morgen ... Wir hatten wohl Glück mit dem Verkehr. Sie sind Frau Lürs?«

Sie streckte ihm die Hand hin. »Lürs, ja. Das ist Herr Werner. Er ist hier für die Koordination unserer Sicherheitsmaßnahmen zuständig.«

Der karierte Sicherheitsmann wollte Jan die Hand reichen, aber Lürs würgte die Geste ab, weil sie bereits zum Gebäude zurückgehen wollte. Jan hielt mit ihr Schritt, während Werner hinter ihnen herdackelte und Hendrik sich noch ein wenig umsah.

»Ich habe leider nur wenig Zeit«, meinte Lürs. »Wir müssen das Ganze relativ schnell hinter uns bringen. Das ist doch sicher möglich?«

»Selbstverständlich. Ich habe nur ein paar Fragen zu Ihren Mitarbeitern.« Während Jan ihr zum Gebäude folgte, überlegte er, wieso sie überhaupt den Mann für die Sicherheit hinzugezogen hatte. »Hat Lohmann für die Sicherheit gearbeitet?«

»Was?«

»Weil Sie Herrn Werner hinzuziehen.«

»Nein. Nein, nein. Ich dachte, Herr Werner kann Sie über unsere internen Ermittlungen gegen Herrn Lohmann in Kenntnis setzen.«

»Interne Ermittlungen?«

Ein Kranwagen, so groß wie ein Einfamilienhaus, fuhr knapp an ihnen vorbei. Er beförderte einen Container, um ihn auf einen Lkw zu laden. Jan verstand Lürs kaum, als sie antwortete: »Wir hatten mehrfach Kontakt mit der Polizei. Lohmann hat hier die Reachstacker gefahren. Das sind spezielle Kräne. Aber er wollte aufhören. Es gab Gerüchte, dass er Waren verschoben hat.«

»Geschmuggelt?«

»Wenn Sie es so nennen wollen.« Sie hielt ihm die Tür zu einem Bürocontainer auf, aber Jan zögerte.

»Wir vermuten, dass er Waren am Zoll vorbeigeschleust hat«, mischte sich der Sicherheitsbeauftragte ein.

»Sie vermuten ...?«

»Wir haben ihn nicht auf frischer Tat ertappt«, führte Werner weiter aus. »Wir haben lediglich Hinweise. Videoaufnahmen. Unregelmäßigkeiten. Im Hamburger Hafen werden zwanzigtausend Container umgeschlagen.«

»Täglich«, ergänzte Lürs. »Neun Millionen im Jahr.«

»Neun Millionen? Ach du Scheiße«, meinte Jan anerkennend. »Ich würde mir gern ein paar tausend davon angucken. Den Platz hier zum Beispiel. Ihr Terminal. Oder, Hendrik? Wollen wir doch?«

Hendrik hatte zu ihnen aufgeschlossen und nickte. Er erntete ein Auflachen von Lürs: »Da brauchen Sie aber Tage.«

»Also *ich* habe Zeit«, zog Jan sie ein bisschen auf.

Murrend zückte Lürs ihr Smartphone und meldete sich bei jemandem, dessen Namen Jan nicht verstand. Sie trat ein paar Schritte beiseite, um ungestört sprechen zu können.

»Herr Werner und ich können Sie ein bisschen herumführen«, wandte sie sich schließlich wieder an ihn. »Aber nur, wenn Sie sich einen Helm aufsetzen.«

Um ihm über die Steine ins Wasser zu helfen, reichte Svea Lars die Hand. Die teils kopfgroßen Steine waren mit Algen besetzt und scharfkantig. Es dauerte einen Moment, bis die beiden bis zur Hüfte im Wasser standen. Schließlich befeuchtete Svea ihre Tauchmaske und zeigte ihm ein Daumenhoch.

»Okay. Kann losgehen«, gab er zurück.

Das ließ sich Svea nicht zweimal sagen. Mit drei kräftigen

Zügen schwamm sie in die Elbe hinaus und spürte sofort die wohltuende Kühle um sich. Ein paar Atemzüge lang genoss sie es einfach, einen Moment schwerelos zu treiben und in den Himmel zu sehen, an dem sich zarte Wolken abzeichneten. Dann gab sie Lars zu verstehen abzutauchen. Im Gegensatz zu ihrem Tauchgang bei den versunkenen Fässern musste sie diesmal nicht suchen, denn kaum unter Wasser, konnte sie bereits den Schatten des Autos erkennen.

Undeutlich zeichnete sich seine Form ab, schälte sich schließlich das Heck des Wagens aus dem milchigen Nass. Soweit Svea erkannte, handelte es sich um einen alten Mercedes, ein in die Jahre gekommenes Modell. Kein echter Oldtimer, aber sicher fünfzehn, zwanzig Jahre alt. Allerdings kannte sie sich mit Autos nicht gut aus.

Der Mercedes lag etwa zwei Meter unter Wasser und nah am Ufer. Er war vollkommen ausgebrannt und steckte bis über dem Schweller im Schlick. Der Kofferraum reckte sich Richtung Wasseroberfläche, als hätte ein Riese einen rostigen Keil schief in den Dreck gebohrt.

Sieht aus wie Kunst, schoss es Svea durch den Kopf.

Fast überall war der Lack verbrannt oder zu welliger Haut verformt. Die Scheiben waren geplatzt, nur noch Reste hingen in den Rahmen.

Sie tauchte näher, konnte aber noch nicht viel im Innern erkennen.

Sie gab Lars Zeichen, auf die andere Seite zu schwimmen, dann ließ sie den Schein ihrer Lampe über die Seite des Fahrzeugs gleiten. Auch wenn der Wagen ausgebrannt war, erkannte sie, dass er noch nicht lange hier unten lag. Sicher keinen Monat, wahrscheinlich erst Tage, wenn nicht Stunden. Denn weder Muscheln noch Tang hatten sich an dem Wrack festgesetzt.

Die Fahrertür hing verzogen in den Angeln. Das Fenster war geborsten. Sie versuchte, einen Blick hineinzuwerfen, konnte jedoch durch das trübe Wasser wenig erkennen.

Lars ließ den Lichtkegel seiner Lampe durch den Wagen gleiten. Der Schein zauberte gespenstische Schatten neben Svea ins milchig dunkle Wasser.

Behutsam tauchte sie näher heran und fürchtete, dass sie gleich eine verkohlte Leiche erblicken würde. Entsprechend langsam ließ sie den Schein ihrer Lampe über das geborstene Fenster und in den Innenraum des Wagens gleiten.

Sicher saß noch jemand hinter dem Steuer ... Bis auf die Knochen verbrannt, die Skelettfinger am Lenkrad, das verschmorte Gesicht zu ihr gewandt, starrte sie gleich ein zerfetztes Gesicht an ...

Sie machte sich auf das Schlimmste gefasst.

Jan und Hendrik folgten Lürs und Werner durch die Containerreihen. Zwischen den unzähligen Straßen aus Stahlboxen wirkte das Gelände zwar immer noch wie die Innereien eines Uhrwerks, aber die Erhabenheit blieb im Labyrinth der Gänge auf der Strecke. Durch die Masse von Containern war das Areal derart zergliedert, dass es Jan nun eher wie ein unüberschaubarer Irrgarten vorkam.

Sicher keine einfache Aufgabe, dachte er beim Anblick des lehrerhaften Sicherheitsbeauftragten, hier den Überblick zu behalten.

Der Mann schien seine Gedanken gelesen zu haben. »Wir arbeiten eng mit dem Zoll zusammen«, erklärte er. »Aber die machen auch nur Stichproben. Was anderes bleibt uns nicht übrig, wissen Sie?«

»Wie viel gelangt denn ins Land?«, wollte Hendrik wissen.

Werner zuckte mit der Schulter. »Drogen? Das weiß niemand. Aber es sind sicher Tonnen. Und es hat zugenommen. Kokain ist wieder extrem angesagt.«

»Stimmt. In Hamburg kannst du an jeder Ecke welches kaufen«, meinte Hendrik zu Jan.

Jan fröstelte. Eine steife Brise wehte zwischen den haushohen Stahlblöcken. In seinem kurzärmligen Hemd war es recht kühl im Schatten der Containergassen.

»Haben Sie mal was von den Mhallamis gehört? Könnte Lohmann zu denen Verbindungen gehabt haben?«, fragte er.

»Zu denen oder einem anderen Clan«, gab Werner seufzend zurück. »Kann sein. Wissen wir nicht.«

»Wie stellt sich denn das genaue Handlungsschema dar? Den Schmuggel betreffend«, wollte Hendrik wissen.

»Der Beipack ist meist gar nicht versteckt«, erklärte Lürs.

»Beipack?«, fragte Jan.

»Das Schmuggelgut. Meistens nur Sporttaschen oder Säcke«, ergänzte Werner. »Oben auf den Paletten oder davor geworfen.«

Jan drehte sich um. Zwischen den rechts und links zig Meter aufgetürmten Containern folgte ihnen ein Gabelstapler mit einer leeren Palette. Er hielt Abstand. Zwar versuchte Jan, ins Innere des Staplers zu sehen, erhaschte aber lediglich einen

Blick auf eine – wahrscheinlich männliche – Silhouette. Ein Schatten mit weißem Helm.

»Sie müssen schnell an den Beipack ran«, erklärte Werner. »Tür vom Container auf, reinpacken, die Tasche nehmen und weg.«

»Verstehe.«

»In anderen Terminals haben sie auch schon ganze Container rausgefahren«, ergänzte Lürs und bedeutete den beiden Polizisten, ihr zu den Hafenkränen zu folgen.

»Am Zoll vorbei?«, hakte Jan nach.

»Ja. Wenn sie den richtigen Zollbeamten bestechen. Hier in diesem Bereich werden die Container für den Zoll zwischengelagert. Da drüben geht's zu den Güterzügen«, erklärte Lürs, die ein paar Schritte voraus war. »Kommen Sie?«

»Sicher.« Jan warf noch einen Blick zurück, aber der Stapler war irgendwo abgebogen.

»Wenn sie jemanden vom Zoll bestechen oder die Frachtpapiere fälschen, können sie den Container mitnehmen«, erklärte Werner. »Sie brauchen einen Lkw-Fahrer und jemanden beim Zoll. Oder wen, der die Papiere fälscht, so dass der Container gar nicht durch den Zoll muss.«

»Auf welche Weise fälscht man diese denn?« Hendrik rutschte der Helm vom Kopf. »Oh. 'tschuldigung.« Er sprang dem Ding nach.

»Ist windig hier. Passen Sie auf«, ermahnte Lürs ihn.

»Sie brauchen jemanden, der sich mit Computern auskennt. Ins System reinkommt. Ist ja alles digital heutzutage«, erklärte Werner.

»Digital ...« Jan ließ sich das Wort auf der Zunge zergehen.

Yvette war Computerexpertin. Wenn sie mit Sameer Patel deswegen zusammengearbeitet hatte …?

Svea richtete den Strahl der Lampe wieder ins Innere des Wagens. Ein Blitz. Sie zuckte zurück. Nur ein Wolfsbarsch. Seelenruhig schwamm er aus dem Fenster, an ihr vorbei und fort in die trübe Finsternis.

Noch einmal leuchtete Svea ins Innere.

Nichts.

Kein verbrannter Körper. Keine Leiche.

Entspannt atmete sie – so gut es das Mundstück zuließ – durch.

Der Fahrersitz war verwaist. Ebenso der Beifahrersitz, auf den Lars jetzt seinen Lichtstrahl richtete. Zwar war auch er vollkommen verbrannt, aber niemand saß dort.

Rückbank?

Svea fuhr herum, ließ den Strahl am Fahrersitz vorbei auf die Rückbank fallen. Auch sie war leer, wenn auch zerstört. Alle Sitze waren bis auf die Metallteile heruntergebrannt, Plastik war geschmolzen und alles bis zur Unkenntlichkeit verschmort.

Hatten sie vielleicht Yvettes Wagen gefunden?

Konnte es sein, dass der oder die Mörder ihn abgefackelt und hier versenkt hatten?

Allerdings hatte Hendrik keinen Führerschein im Polizeicomputer gefunden. So wie es aussah, besaß Yvette kein Auto.

Sie versuchte, die Fahrertür weiter aufzuziehen, aber die war – wahrscheinlich durch die Hitze und den Aufprall – zu stark verzogen. Mit aller Kraft musste Svea ihre Flossen gegen das Auto stemmen, bevor die Tür ein Stück nachgab. Schlick wirbelte vom Elbgrund auf.

Ihr Licht strich über das Lenkrad, das nur noch als Skelett am geschmolzenen Armaturenbrett hing. Sie schwenkte weiter in den Fußraum und sah, dass jemand einen Feldstein auf das Gaspedal gelegt hatte. Es sah ganz danach aus, als habe jemand Beweismittel vernichten wollen – von einem schlichten Autounfall war das hier weit entfernt.

Sie zog sich aus dem Wrack und deutete Lars an, dass sie das Stahlseil für die Winde anbringen wollte. Er gab ihr ein »Okay« und tauchte auf, um die Mannschaft am Feuerwehrwagen zu instruieren.

Als Svea an die Luft kam, sprach Lars bereits mit Hansen und erklärte ihm die Lage. Svea bat die Frau von der Feuerwehr um das Seil, woraufhin diese vorsichtig ins Seichte watete und ihr das Kabel mit dem Karabiner reichte. Svea musste sich ins Seil legen, um mehr von der Winde abgewickelt zu bekommen, dann nickte sie der Frau zu und tauchte wieder ab.

Nur schleppend gab die Winde nach. Es war mühsam und kostete Svea Kraft, mit dem Seil voranzutauchen, nach fünf, sechs schweren Zügen war sie endlich am Kofferraum angelangt und suchte nach einer geeigneten Stelle für den Karabiner. Es war nicht das erste Mal, dass sie half, einen Wagen aus der Elbe zu ziehen.

Sie entschied sich für die C-Säule, die mal die Heckscheibe eingefasst hatte. Die Scheiben waren geborsten, es würde einfach sein, das Seil um die Verstrebung zu legen und den Karabiner festzuzurren.

Sofort tauchte sie hin und zerrte noch einmal kräftig am Stahlseil. Dann schlang sie es um die Säule und hakte es ein. Nicht schön, aber effektiv. Die letzten Splitter im Rahmen waren kein Problem, weil es Sicherheitsglas war, aber der Rahmen selbst war teils gebrochen und an einigen Stellen äußerst scharfkantig. Als sie den Karabiner einklinken wollte, schrammte sie mit ihrem Arm über eines der geborstenen Teile und schnitt sich den Anzug auf.

Vor Schmerz zuckte sie zurück.

Blut sickerte ins Wasser. Sie hatte sich den Arm aufgerissen. Innerlich fluchend presste sie die Wunde ab. Sie war nicht tief, nur ein kleiner Schnitt, trotzdem verlor sie Blut. Sie sah sich nach Lars um. Er war ihr nachgekommen und fragte per Handzeichen, ob alles okay sei. Sie bestätigte und zeigte ihm, dass der Wagen zum Ziehen fertig war. Lars gab sein Okay und tauchte wieder auf, um Hansen und den Männern Bescheid zu geben. Nachdenklich sah Svea ihrem Blut nach, wie es im Wasser – tanzenden Fäden im Wind gleich – davonzog und sich auflöste.

Sie blickte von ihrem verletzten Arm auf, direkt in ein bleiches Gesicht.

Ihr blieb das Herz stehen.

Vor Schreck schrie sie auf, wich zurück.

Lena.

Lena starrte sie aus dem Heck des Wagens an.

Ihre Tochter.

Nur ein Schatten mit weit aufgerissenen Augen. Dort im Dunkeln, im total ausgebrannten Wagen.

Lenas Mund öffnete sich, und sie schrie, schrie verzweifelt

um Hilfe, während sie ihre Hände gegen die Heckscheibe presste und ...

Es konnte nicht sein!

Svea schüttelte es. Sie fror am ganzen Körper, sah mit einem Mal, wie der Wagen mit ihrer Tochter wegkippte. Er wurde in die Tiefe gerissen, verschwand ... Wurde von tausend Klauen in das Reich des Todes gezogen.

Lena schrie und schrie, aber ihr bleiches Gesicht wurde vom Wasser geschluckt, von der Dunkelheit gefressen.

Svea riss den Kopf herum, wollte sich von diesem Albtraum befreien, als jemand sie mit ungeheurer Kraft am Fuß packte und sie auf den Grund der Elbe zog.

Sie schrie vor Schreck.

Stirb! Stirb mit Lena!

Der eiserne Griff hielt sie fest, schnürte ihren Fuß ab. Schlick wirbelte um sie, fing sie in einer schwarzen Wolke ein.

Wo war oben? Wo unten?

Brutal wurde sie durch den Modder gezogen, über den Grund, über Steine.

Das Stahlseil!

Allerdings spürte sie keinen Schmerz. War es gar nicht um ihr Bein geschlungen?

Was zum ...?

Sie knallte mit dem Kopf gegen einen Stein, wurde weiter Richtung Ufer gezogen, durchpflügte den Grund. Und hinter ihr der Wagen. Ihre Tauchmaske wurde ihr vom Kopf gerissen.

Ruhe, Denken, Herzschlag. Cool bleiben.

Was hielt sie fest?

Sie versuchte, ihre Panik zu bekämpfen.

Bleib ruhig.

Wenn es dein Bein ist ... Das Seil hätte das Fleisch bis auf den Knochen durchtrennt ... Da sind keine Schmerzen ...

Nein. Da waren keine Schmerzen. Nur ihr Arm, die Schnittwunde, der Kopf ...

Dennoch zerrte das Seil unerbittlich, die Winde zog sie durch den Schlick, der sie in einer schwarzen Wolke umschloss.

Konzentrier dich.

Ein heftiger Schlag an der Pressluftflasche. Mit dem Rücken schrammte sie über Steine, spürte jäh, wie ihr das Mundstück herausgerissen wurde, der Atemregler wegflog. Augenblicklich versank er im schwarzen Schlamm. Sie bekam den Schlauch zu fassen, zog. Kein Widerstand. Der Schlauch – war durchtrennt.

Ein weiterer Stein traf sie am Kopf. Irgendwo verhakte sich ihre Flasche, sie wurde herumgerissen.

Der Wagen!

Sie drohte darunterzurutschen, vom Wrack überrollt zu werden.

Fuck ... Luft! Erst mal Luft!

Der Wagen kam näher, und sie driftete weiter auf diesen verbrannten Klotz aus Eisen und Blech zu.

15

Sätze wehten herüber. Lilo hielt den Gabelstapler an und schnappte einige Worte auf, die zwischen den Containern widerhallten. Die beiden Typen waren eindeutig wegen Lohmann hier. Und der Ältere mit seinem lässigen Hemd, den schwarzen Halbschuhen und dem Holster roch förmlich nach Drogenfahndung.

Grübelnd strich sich Lilo über seinen vernarbten Handrücken. Gewöhnlich kratzte die alte Brandnarbe bloß im Herbst, wenn es draußen klamm wurde. Doch manchmal meldete sie sich auch, wenn Ärger in der Luft hing.

Und so, wie er das beurteilte, flog Ärger gerade zentnerweise herum.

Sie hatten nicht nur das Boot in der Elbe viel zu schnell gefunden, sondern stocherten jetzt auch schon wegen Lohmann herum. Alle fünf verschwinden zu lassen – und das zu diesem Zeitpunkt, nur Tage bevor die Aktion starten sollte – war ein Fehler gewesen. Das hatte er auch gesagt.

Auf der anderen Seite hatten diese Verräter es ja so gewollt. Lohmann, dieses Arschloch. Der blöde Angeber hatte es verdient, im Fass zu landen. Erst die ganze Kohle greifen, dann alles auf den Putz hauen und schlussendlich den Schwanz einkneifen. Entweder man zieht es durch, oder man stirbt. So einfach war das. Außerdem war ihr Plan bereits viel zu weit fortgeschritten, um auszusteigen. Die verfluchte Karre, in der sie alle saßen, steuerte bereits mit dreihundert Sachen über die Autobahn.

Nein, dachte er, keine Karre, eher einer von den riesigen Dieselzügen, die hinter ihm standen und mit Containern beladen wurden. Eher ein Zug als ein Auto. Hunderte Tonnen Stahl, die man nicht aufhalten konnte, waren mit ungeheurer Geschwindigkeit bereits auf dem Gleis. Die Sache lief. Da sprang man nicht ab.

Und wenn, dann in den Tod.

Neugierig fuhr er den Gabelstapler ein Stück vor, sprang vom Bock und spähte um die Ecke.

Die Chefin zeigte den beiden Bullen die Kräne am Pier, dann wies sie auf das Schiff der Rio-Klasse, das gestern aus Cartagena, Kolumbien, kommend angelegt hatte und entladen wurde. Der ältere Typ hieß anscheinend Brixn. Sportlich, gut gebaut – aber schwer einzuschätzen, ob er wirklich ein harter Gegner werden würde.

Der andere sah eher wie sein Lehrling aus.

»Und wieso haben Sie nicht?«, konnte er den Beamten fragen hören.

Lilo strich den Bart glatt. Was sollte er machen? Wenn er weiter hier rumlungerte, würde er auffallen, und der Ältere hatte sich schon so komisch nach ihm umgesehen.

»Wir haben ihn nicht als vermisst gemeldet, weil er die letzten Monate eh ständig gefehlt hat«, meinte die Chefin. »Was soll ich sagen? Herr Lohmann war tagelang nicht da. Wir hatten ihm bereits gekündigt. Sein Arbeitsverhältnis läuft nächsten Monat aus.«

»Hat er sich woanders umgesehen?«, wollte dieser Brixn wissen.

»Am O'Swaldkai«, meldete sich Werner zu Wort. »Ein paar Kollegen meinten das. Aber wahrscheinlich wollte er nur Abstand gewinnen.«

»Wegen Ihrer internen Untersuchungen?«

»Davon gehen wir aus«, hörte Lilo den Sicherheitschef sagen und tauchte wieder in den Schatten ab. Als er erneut auf seine Hand hinabsah, bemerkte er, dass er die Narben aufgekratzt hatte. Der Handrücken war ganz rot vom verschmierten Blut. Innerlich fluchend, wandte er sich ab und zückte sein Handy. Er wählte eine Nummer, die er auswendig kannte.

»Ja?«, meldete sich sein Kontakt.

»Hier sind Beamte. Zwei Stück. Wahrscheinlich Drogenfahndung.«

»Hm. Wegen Lohmann?«

»Ja. Was wollen wir machen?«

»Das ging schneller, als ich dachte. Bleib an denen dran, unauffällig.«

»Okay. Und wenn sie weiterstochern?«

»Manche Probleme lösen sich in Luft auf.« Klick. Aufgelegt.

Lilo wusste, was das hieß, allerdings hatten sich die letzten fünf Probleme nur für kurze Zeit in Luft aufgelöst.

Oktopus … Wo ist der Okto … ?

Sveas Herz raste. Ihr Körper verlangte nach Atem.

Endlich griff sie den gelben Atemregler, der als Back-up diente. In den Mund. Luft! Luft holen! Und ...

Da war nichts.

Kein Sauerstoff.

Die erste Stufe ...!, schoss es ihr durch den Kopf. Wahrscheinlich war der Verteiler, von dem ihr Atemregler und der Oktopus abgingen, so ungünstig auf den Stein geschlagen, dass er zerstört worden war.

Mit einem Ruck schoss der Wagen auf sie zu. Ihr Fuß steckte noch immer fest, ihr Kopf schlug unter die Heckschürze.

Der Reifen! Sie drohte unter den Reifen gezogen zu werden. Verzweifelt klammerte sie sich an die Schürze, wurde samt Wagen weiter rückwärts durch den Schlick gezerrt.

Die Gedanken strudelten wie die Wasser der Charybdis. Aufkommende Panik drohte sie zu verschlingen, tiefer in den dunklen Schlund zu ziehen, der schon Lena geholt hatte.

Konzentrieren! Keine Panik. Du bist Profi! Keine Panik. Keinepanikkeinepanikkeine ...

Sie spürte das Blut in den Ohren hämmern. Ihr Herzschlag ein einziges Stakkato. Ihr Kopf fühlte sich an, als würde er gleich zerbersten. Sie sah rein gar nichts und spürte den Reifen an ihrem Becken, an ihrem Bauch ...

Nein! Wenn der Wagen über mich weggezogen wird, dann ...

Noch mehr Steine. Sie schlug hart auf. Klammerte sich fest, versuchte, ihren trainierten Körper mittig unter den Wagen zu ziehen und ...

Scheiße!

Ihr wurde langsam schwarz vor Augen.

Luft! Du brauchst Luft!

Sie konnte nicht mehr denken, da waren nur noch Reflexe. Sie riss den Kopf herum und erschrak.

Da!

Lena!

Sie war dahinten. Im Dunkel, in den Unterwassergewitterwolken des Schlicks, dort in der Finsternis. Das Weiß ihrer Augen strahlte durch die Dunkelheit, während sie Svea mit diesem flehenden Blick anstarrte.

Hilf mir! Mama!

Längst konnte Svea nicht mehr klar denken, wurde von einer Welle Dunkelheit gepackt, spürte den Wagen an ihrem Bauch, ihrem Becken ... Der schwere Reifen walzte sich über sie und ...

Svea sah ihre Tochter im Dunkeln davondriften, dann schwappte die Schwärze wie eine mächtige Welle über sie. Die Dunkelheit riss sie vom Ufer, das man Leben nannte, ins Meer des Todes.

16

Als Svea die Augen öffnete, blickte sie in Lars' Gesicht, und für einen winzigen Moment kam sie sich zwanzig Jahre jünger vor. Für eine Schrecksekunde dachte sie, im Hotelzimmer in Barcelona in seinen Armen zu liegen, als hätte er sie eben liebevoll geweckt, wie damals, als die Welt noch eine andere und sie verliebt gewesen waren.

Der Eindruck verflog so schnell, wie er gekommen war.

Sie spuckte Wasser, rang keuchend nach Atem und fand sofort ins Hier und Jetzt zurück.

»Schhhhhhh. Nicht so schnell.« Lars hielt aufmunternd lächelnd ihre Hand. »Komm erst mal zu Atem. Svea, ganz ruhig.«

Neben ihm knieten ein Sanitäter und die junge Feuerwehrfrau, die Sveas Puls nahm.

»Das Auto ...«, brachte Svea keuchend hervor und wollte checken, ob sie sich verletzt hatte. War etwas gebrochen? Ihr Becken? Der Reifen ... Sie wollte sich aufrichten.

»Es ist noch alles dran. Alles gut, Svea«, beruhigte Lars sie und drückte sie sanft zurück. »Hol erst mal Luft.«

Sie atmete durch und schloss die Augen. Es tat gut, einen Moment innezuhalten.

»Sie ist stabil. Hat Schwein gehabt«, hörte sie die Frau sagen. »Haben Sie gut gemacht.«

»Danke«, erwiderte Lars, und sie spürte seine Hand in ihrer. »Du bist gleich wieder auf den Beinen.«

Ein paar Atemzüge lang genoss sie die Wärme der Sonne auf ihren Wangen. Dann fragte sie: »Was ist passiert?«

»Deine Flosse. Das Seil hat sie abgeschnürt. Hast echt Glück gehabt.«

Deswegen also keine Schmerzen. Nur die Flosse, nicht ihr Bein.

»Hast du mich ...?«

»Ich hab dich unterm Auto weggezogen. Deine erste Stufe ist im Eimer.«

»Wie ... wie lange war ich weg?«

»Nur ein paar Sekunden. Gott sei Dank hat's nur die Flosse erwischt.« Zärtlich strich er ihr über das Haar. Es war verwirrend, ihn so liebevoll zu erleben, normalerweise hätte sie sich seiner Berührung entzogen. Aber jetzt tat es gut, seine Hand auf ihrem Haar zu spüren, ihn hier bei sich zu wissen, auch wenn sie sich das nur schwer eingestehen konnte.

Svea schluckte. »Danke.«

»Gern geschehen.« Er bot ihr die andere Hand an, sie schlug ein, dann zog er sie vorsichtig hoch, dass sie aufrecht saß. Sie atmete durch und sah sich um. Das ausgebrannte Wrack stand auf der Straße, und ein halbes Dutzend Beamte von der KTU umschwirrte es wie Bienen den Nektar.

»Bereit?«, fragte Lars, und sie nickte.

Fürsorglich half er ihr auf die Beine.

Ein wenig schwindelig stand sie da und atmete ein paarmal

tief ein und aus, genoss den Geschmack der Luft. »Das ging alles so schnell«, meinte sie schließlich und sah zu den Kindern hinter der Absperrung, die Selfies schossen und Quatsch mit ihrem Eis machten.

»Sie war da unten, oder? Du hast sie gesehen, richtig?«, fragte er behutsam.

Svea nickte. »Ich ...« Sie seufzte. »Ich sehe sie jeden Tag. Ich ... Das war früher nicht so, aber jetzt ... Ich seh Lena fast jeden Tag.«

Noch einmal nahm Lars ihre Hand. »Ich auch. Ich seh sie auch ständig. Aber ... aber ... Na ja.«

»Was?«

»Ich hab keine Angst vor ihr.«

Er sprach es nicht aus, aber sie verstand, was er sagen wollte, und er hatte recht: Sie hatte Angst vor ihrem Anblick. Sie hatte Angst, dass Lena zu oft plötzlich auftauchen und sie aus der Bahn werfen, dass sie selbst vor lauter Leere keine Luft mehr bekommen könnte.

Allerdings nicht nur unter Wasser.

Keine Luft im Leben.

»Du hast mal gesagt, ich soll loslassen.« Lars klaubte eines der Handtücher auf, die sie um Svea geschlungen hatten, und reichte es ihr, damit sie ihre Haare und ihr Gesicht trocken wischen konnte. »Ich versuch das jetzt. Ist nicht leicht. Auch, nicht zu trinken.«

»Glaub ich.«

»Normalerweise hat Trinken geholfen, irgendwie in der Trauer rumzuschwimmen, aber nicht unterzugehen. Die richtige Balance zu finden, das is' wohl das Schwerste.«

Svea antwortete nicht.

Auch wenn sie immer versucht hatte, die Trauer zu überwinden, indem sie die Erinnerungen weggesperrt hatte – in letzter Zeit hatte sie oft an Lena denken müssen. Die Strategie, bloß nichts an sich heranzulassen, lieber alles in Kisten wegzuschließen, funktionierte immer weniger.

Mit Balance hatte das wenig zu tun, und das war ihr sehr wohl schon kurz nach Lenas Tod klargeworden. Dass sie verdrängte und sich nicht wirklich mit ihrem Tod auseinandersetzte – für diese Erkenntnis brauchte man weder Studium noch Therapie.

Der Tod von Yvette, der Umstand, dass Ziegler seine Tochter verloren hatte, genau wie sie – es hatte etwas in ihr aufgewühlt. Es hatte das feine Gespinst, das sie als Abwehr gesponnen hatte, mit einem Schlag noch durchlässiger gemacht, als es die ganzen Jahre zuvor bereits gewesen war.

Sie musste sich endlich mit Lenas Tod auseinandersetzen.

Irgendetwas musste sie ändern.

Aber eine Therapie? Sie war doch nicht verrückt. Und krank war sie auch nicht.

»Entschuldigen Sie?« Eine Stimme riss sie aus den Gedanken.

»Ja?« Svea schirmte die Augen vor der Sonne ab. »Was gibt's denn?«

Einer der Kriminaltechniker trat auf sie zu. »Frau Roth, wir haben was gefunden. Im Wagen.«

Der Beamte führte Svea und Lars hinter das Wrack, wo sie einen Campingtisch aufgestellt hatten, um Fundstücke und Spuren auszulegen und zu verpacken.

Er wies auf eine flache Plastikschüssel, in der etwas schwamm.

»Was ist das?« Svea trat näher.

Im Wasser lag ein klobiger Ring. Neugierig hob Svea ihn auf. Er war schwerer, als sie angenommen hatte, und für einen Ehering viel zu auffällig. Sie wischte mit dem Daumen etwas Schlick weg und legte ein Siegel frei.

»Interessant. Wo lag das?«

»Fußraum«, meinte der Beamte. »Eingeklemmt in der Schiene für den Fahrersitz.«

Sie zeigte ihn Lars, der sich vorbeugte und ihre Hand nahm, um das Siegel ins Licht zu drehen. »Sieht aus wie ein Anker in einer Sonne. V+H+K.«

»Ein Siegelring.« Sie wandte sich an den Beamten. »Kann ich mal Ihr Handy?«

Kurz darauf suchte sie im Internet nach der Abkürzung und dem Siegel. Es dauerte lediglich ein paar Klicks, dann wurde sie fündig.

»Es ist keine Sonne. Das ist ein Steuerrad. Ein Steuerrad mit Anker drin. *Verband der Hamburger Kapitäne.*«

17

Der Verband der Hamburger Kapitäne war in einem imposanten Backsteinbau unweit der Landungsbrücken untergebracht. Bereits eine Eins-a-Lage seit Gründung des Vereins 1780.

Nachdem die Sanitäter Svea eingehend untersucht hatten, hatte sie sich selbst aus deren Obhut entlassen und wollte zurück zum LKA fahren. Sie hatte Tennhaus und Songül angerufen und ihnen von ihrem Fund berichtet. Selbstverständlich hatte die ganze Abteilung längst von ihrem Unfall gehört, und es kostete sie erhebliche Mühe, von Tennhaus nicht für ein paar Stunden aus dem Spiel genommen zu werden. Auf mitleidige Blicke und Kommentare hatte sie nach dem ganzen Gerede mit Lars und Jan absolut keine Lust mehr. Jan, der mit Hendrik gerade an den Bruno-Georges-Platz zurückgekehrt war, hatte mit ihr abgesprochen, sich direkt beim Verband zu treffen, und so wartete Svea jetzt auf ihn unweit des Eingangs im Schatten einer Kirsche.

Auch Lars hatte mit zum Verband kommen wollen, aber Hansen hatte ihn für weitere Tauchgänge gebraucht, denn es lagen noch Reste und Splitter am Grund, die es aufzulesen galt. Schweren Herzens hatte Lars Svea ziehenlassen.

Ein paar Minuten später kam Jan die drei Stufen zum Eingang zu ihr herauf und wollte sich nach ihrem Wohlergehen erkunden. Sie stoppte ihn jedoch mit einem äußerst entschlossenen Blick.

»Ich halt schon die Klappe«, meinte er und sah sich zu den beiden imposanten Steinlöwen um, die das Eingangsportal bewachten. »Hier wohnen feine Fatzkes, was?«

»Wie?«

»Ziemlich imposantes Gebäude, mein ich. Geht's dir wirklich …?«

»Jan …«, ermahnte sie ihn, woraufhin er seine Lippen mit einem unsichtbaren Reißverschluss schloss. »Lass uns.«

Durch die gelblichen Riffelglasscheiben war das Innere nur zu erahnen. Svea öffnete die Tür, und sie traten ein.

Der Geruch von kalten Fliesen und Bohnerwachs wehte den beiden entgegen. Der Eingangsbereich war ein eindrucksvolles Vestibül, gut fünf Meter hoch. Statuen von halbnackten Frauen, wahrscheinlich Göttinnen, stützten die Ecken des Raums, während beide Seiten der Halle von Vitrinen und uralten Landkarten gesäumt wurden. Edle Fliesen wiesen den Weg ins Innere, und zwei aufwendige Lüster, auf denen zahlreiche elektrische Kerzen glommen, hingen wie zu üppiger Weihnachtsschmuck von der stuckverzierten Decke.

»Hab ich mich schon entschuldigt?« Jans Frage echote durch die Halle.

»Wofür?« Svea blieb kurz an einer der Vitrinen stehen, in der zwei Modelle aufgetakelter Großsegler, ein Stück einer historischen Karte und Skizzen von einem raketengetriebenen Rettungshaken zu sehen waren.

»Für gestern. Das mit deiner Tochter. Ich hätte mir da kein Urteil erlauben dürfen.«

Sie drehte sich zu ihm um und musterte ihn eindringlich. Er meinte es ernst. »Schon gut«, sagte sie. »Ich bin's nur leid. Dieses Aburteilen.«

»Herablassend war ich nicht, oder?«

»Nein ...« Sie winkte ab. »Ist schon gut.« Gott sei Dank verstand er, dass sie die Sache nun wirklich nicht noch weiter aufwärmen wollte, und schwieg.

Die beiden waren kaum fünf Meter durch die kühle Eingangshalle gegangen, als eine alte Frau in luftig buntem Kleid und mit Goldkettchen über dem fülligen Busen aus einer der Türen trat. Sie hatte sichtlich Mühe beim Gehen, was eindeutig an ihrem leicht schiefen Rücken lag. Ihr Gesicht, durchfurcht von vergeblich übergepinselten Falten, strahlte eine einschüchternde Freundlichkeit aus. »Kann ich Ihnen helfen?« Sie schob ihre goldene Brille, die sie mit einem Kettchen um den Hals trug, zurecht und lächelte über beide Ohren.

»Ja. LKA. Ich bin denen vom Bruno-Georges-Platz gefolgt. Die sind am Holländer dran«, sagte Lilo ins Handy.

»Fuck.«

Auf der anderen Seite der Leitung konnte Lilo Atmen hören, ansonsten war es still. Er lehnte sich vor, um besser durchs Beifahrerfenster des BMW auf das Verbandshaus sehen zu können, in dem der Bulle vom Terminal mit einer Frau verschwunden war.

Er musste sich anstrengen, nicht nachzuhaken, was er tun sollte. Oft war es besser, einfach geduldig zu warten.

Ein paarmal atmete sein Auftraggeber schwer, sagte aber nichts. Lilo konnte förmlich hören, wie die Zahnräder in dessen Kopf auf Hochtouren liefen.

»Kümmer dich drum«, kam schließlich der Befehl.

»Egal wie?«

»Kümmer dich.«

»Beide?«

»Kümmer dich.«

Bevor Lilo noch etwas sagen konnte, war die Leitung bereits wieder tot. Seit Jahren sorgte er dafür, dass die Drogen wohlbehütet aus dem Hafen kamen, setzte die kleinen Renner unter Druck, damit die Arschlöcher nicht mit dem Beifang abhauten oder andere Faxen anstellten. Ein paar der Renner, diese Araberteens und Afrikaboys, die zu viel geplaudert oder sie beschissen hatten, trieben als Möwenfutter vor England. Für die bessergestellten Kontakte, für die Business-Herren ab dreißig oder Staatsbedienstete, hatte er ein Parkhaus. Lilo war schon öfter mit den Kontakten beim Zoll in die Tiefgarage Hafentor gefahren und hatte den Beamten ein paar Finger gebrochen. Das half eigentlich immer, um sie wieder auf Kurs zu bringen und ihre Habgier einzudämmen.

Jemanden zu erschießen war das äußerste Mittel. Aber wenn es sein musste, scheute er nicht davor zurück. Job war Job. Und nach all den Jahren, in denen er sich den Ruf als Mann fürs Grobe erarbeitet hatte, blieben die Albträume noch immer aus. Die Toten, die er in die Elbe geworfen, die er vor Bad Bramstedt in der Walachei verscharrt hatte – keiner von denen hatte sich je in seinen Träumen gezeigt.

Noch einmal klingelte sein Handy.

»Ja?«, meldete er sich.

»Hallo, Papa!«

»Darya! Süße! Woher hast du die Nummer?«

»Von Mama. Ich will doch lieber den Blauen.«

Lilo stöhnte innerlich auf. Er liebte es zwar, die Stimme seiner sechsjährigen Tochter zu hören, dass sie allerdings auf dem Kryptohandy anrief, war weniger schön – es hieß, dass er die Nummer eher gestern als heute wechseln musste.

»Den Blauen?« Lilo musste jetzt doch lachen. »Nicht den in Rosa?«

»Nee. Den mit den zehn Armen und den komischen Augen.«

Als sie das letzte Mal in der Innenstadt gewesen waren, hatte sich Darya in einen riesigen Stoffoktopus verliebt und ihn sich zum siebten Geburtstag gewünscht.

»Dann soll es der Blaue sein, mein Schatz.« Er griff unter den Fahrersitz und löste das Klettband, mit dem er seine alte Makarow PB befestigt hatte. Die Pistole hatte ihm stets gute Dienste erwiesen. Und das Schöne an diesem sowjetischen Modell aus ostdeutschen Beständen war der Schalldämpfer. Ein solides Stück Arbeit. »Den find ich auch süßer.«

»Ich auch. Der guckt so blöd.«

»Aber süß.«

»Ja, voll! ... Du, Papa. Wann kommst du?«

»Das kann spät werden.« Er schraubte den Schalldämpfer auf, checkte, ob die Waffe gesichert war, und steckte sie in den Jeansbund.

»Wo bist du denn?«

»Auf der Arbeit. Weißt du doch.« Noch einmal ließ er seinen Blick zum Eingang des Gebäudes wandern. Zwei Kameras überwachten die Stufen, und sicher gab es drinnen noch ein paar weitere. »Du, Schätzchen. Ich muss Schluss machen.«

»Schaaade.«

»Kuss, du. Hab dich voll lieb. Kuss.« Er legte auf und zog seine Skimaske aus dem Konsolenfach. Einen Moment überlegte er, trotz der Kameras rüberzugehen und die Sache direkt in diesem protzigen Hanseatenschuppen durchzuziehen.

Die alte Frau schürzte die Lippen und hielt den Siegelring noch einmal ins Sonnenlicht, das durch eines der Buntglasfenster in den gediegenen Aufenthaltsraum fiel, in den sie Svea und Jan gebeten hatte. Die farbigen Scheiben zeigten Schiffe in tosender See und erhabene Leuchttürme.

An einem Kamin, der seit Jahren nicht benutzt worden war, konnte sich Svea die Kapitäne vorstellen, wie sie hier saßen, schnackten und schmauchten. Viel schmauchten, denn überall warteten Standaschenbecher neben den schweren Ledersesseln auf Zigarren, deren Geruch aufdringlich in der Luft hing. Ein paar exotische Tierköpfe – Gnus oder Antilopen, genau wusste sie es nicht – starrten von den Wänden. Eine uralte Seekarte mit Ungeheuern drauf zeigte die Küste Kolumbiens, und Svea erkannte sofort Santa Marta, die erste spanische Siedlung ganz Kolumbiens.

»Aaaalso«, holte die Frau Svea ins Jetzt zurück. »Selbstverständlich ist dieses hübsche Exemplar einer unserer äußerst begehrten Siegelringe. Da gibt es keinen Zweifel.«

»Das ist doch schon mal was. Schön, Frau ...«, suchte Svea nach dem Namen, den sie vor wenigen Minuten genannt bekommen, aber schon wieder vergessen hatte.

»Marie«, sagte sie, wandte sich aber an Jan und ergänzte flirtend: »Nur Marie. Also für Sie gern auch Mariechen.«

»Ah. Das ist ein wundervoller Name«, shakerte Jan zurück. »Mariechen. Wenn kein Zweifel besteht, wem aus dem Club …«

»Verband …«

»Bitte?«

»Verband. Kein Club.«

Jan lächelte unsicher, woraufhin Svea sich einmischte: »Sehr schön. Und wem könnte er gehören? Der Ring, mein ich?«

»Aaaaalso …«, setzte die alte Frau mit ihrem Lieblingswort noch einmal an und rückte abermals ihre goldene Brille auf ihrer Nase zurecht. »Wo haben Sie diese wunderbare Arbeit denn her?«

»Das können wir Ihnen aus ermittlungstechnischen Gründen leider nicht sagen«, wandte Svea ein. »Aber es wäre für unsere Arbeit wichtig zu wissen, wem er gehört.«

»Geht es um diese armen Seelen in den Fässern?«

Der Fund war noch nicht lange her, aber natürlich schon stadtbekannt. Svea fiel auf, dass sie selbst noch gar keine Zeitung gelesen hatte, wie sie es sonst gern mal in der Kantine des LKA tat.

»Das wissen wir leider auch noch nicht«, lenkte Jan lächelnd ein und nahm die Hand von Mariechen. »Wird zufällig jemand vermisst? Sie passen doch sicher auf die Herren hier auf und bekommen alles mit, was hier so besprochen wird.«

»Selbstverständlich habe ich immer ein Ohr für jede Sorge.«

»Vielleicht hat jemand sich nicht zurückgemeldet?«, versuchte es Svea.

»Also nicht dass ich wüsste.«

Svea warf Jan einen Blick zu, der sofort verstand und das Foto der fünf Leichen zückte, das sie am Ufer aufgenommen hatten.

»Mariechen. Ich möchte Ihnen …«

»Dir …«

»… dir ein Foto zeigen. Es ist nicht ganz leicht, das anzusehen.«

Die Frau nickte tapfer, und Jan hielt ihr das Foto hin.

Jäh hob sie die Hände vor den Mund und schrie auf: »Um Himmels willen! Das ist ja … Ach Gott!«

»Mariechen.« Tröstend legte er eine Hand auf ihre Schulter. »Einer der Männer? Ist einer davon aus Ihrem – Verband?«

Sie spähte aus den Augenwinkeln aufs Foto, sah schnell weg und schüttelte den Kopf, so dass ihr Goldkettchen an der Brille schwang. »Also nein. Nein, also nein. Davon kenn ich keinen. Also wir haben so viele Mitglieder … Da kenne ich natürlich nur die aktiven. Wir sind da leider nicht anders als andere Verbände oder Vereine. Also hundert angemeldet, aber bloß ein Dutzend engagiert sich. Stecken Sie es bitte wieder weg.«

Jan kam der Aufforderung enttäuscht nach.

»Handelt es sich um einen älteren Kapitän? Sie sagten, der Ring ist älter?«, gab Svea zu bedenken.

»Also ja. Eindeutig. Das sieht man hier am Anker.« Froh, nicht mehr auf das Foto sehen zu müssen und sich ablenken zu können, deutete sie auf den Ring. »Also hier. Die Flunke. Das ist das, was sich dort unten am Anker biegt. Die Enden, also die nennt man Ankerhände, die sind bei Ihrem Ring noch viel breiter. Bei den neuen Siegelringen ist das alles ... wie sagt man?«

»Gradlinig?«, schlug Svea vor.

»Stilisiert?«, meinte Jan.

»Das ist das Wort, Herr Oberhauptkommissar! Stilisiert. Also das hab ich gesucht.«

Lilo hatte sich gegen die Maske entschieden. Er senkte den Kopf, als er unter den Kameras vorbei zur Eingangstür ging und sie aufzog. Sofort blieb er stehen und horchte, bremste schnell die Tür, so dass sie mucksmäuschenstill zufiel. Stimmen drangen aus einem Raum am Ende der Eingangshalle.

Er zog die Makarow, checkte, ob das Magazin saß, und steckte die Waffe zurück in den Hosenbund.

»Also der Ring stammt aus den späten 1980ern bis zur Jahrtausendwende«, hörte er eine Frau erklären, während er in den hinteren Bereich der Halle schlich. »Ich glaube, die neueren Ringe sind erst ab 1985 vergeben worden.«

»Gibt es ein Register?«, fragte wahrscheinlich die Beamtin, die mit diesem Brixn gekommen war.

»Sicher. Also so viele Neuzugänge haben wir nicht. Wenn Sie das interessiert.«

Lilo erreichte die Tür, hinter der die Stimmen zu hören waren. Sein Herz schlug schneller. Er spürte, wie sein Mund langsam trocken wurde.

»Man bekommt den Ring, wenn man aufgenommen wird?« Die Stimme dieses Brixn. Eindeutig seine Stimme.

Lilos Blick fiel auf den Knauf. Sollte er einfach stürmen und sie hier kaltmachen? Zwei Polizisten?

Wenn er das durchzog, musste er dringend über seine Bezahlung reden.

Mariechen ließ ihre lackierten Fingernägel über die Rücken einer Reihe gebundener Bücher gleiten. »Also ich tippe mal auf den älteren Herrn von Ihrem ... Ihrem Gruselfoto. Hier drin müssten die Neuzugänge der Dekade sein, also die wir suchen. 1990 bis 1999.« Sie wollte den Wälzer herausziehen, doch Jan sprang ihr bei, nahm ihr das Ungetüm ab und klatschte es auf den nächsten Tisch.

»Sitzungsprotokolle, Wohltätigkeitsveranstaltungen, unser Engagement fürs Wattenmeer, Auslandstreffen mit anderen Verbänden.« Sie blätterte nach hinten, suchte eine Übersicht mit Passfotos und schob das Buch Jan hin. »Also hier hinten hat Manfred immer ein Register angelegt. Von jedem Neuzugang.«

Neugierig trat Svea näher.

»Also wenn er im Kapitänsverband ist und den Ring bekommen hat, dann ist es einer von diesen Männern.« Sie schob ihre Goldrandbrille zurecht und machte stolz Platz für Jan.

Sofort musterte Svea Gesicht für Gesicht. Es waren tatsächlich bloß Männer. Es gab zehn Seiten mit jeweils einem Jahrgang. Und pro Jahr waren nicht viele Kapitäne aufgenommen worden, lediglich fünf bis zehn Personen. Einmal sogar nur drei. 1994.

»Warte mal ... Hier. Der Rechte. Das ist der ältere Mann unter den Opfern«, meinte sie.

Skeptisch beugte sich Jan über das Bild. »Ja. Sieht so aus.« Er wandte sich an Mariechen. »Können wir das mitnehmen?«

»Also selbstverständlich, Herr Oberhauptkommissar. Und es wäre mir eine außerordentliche Freude, wenn Sie es mir zurückbrächten. Also persönlich.«

»Das tue ich mit Vergnü...«

Weiter kam Jan nicht, denn jemand riss die Tür auf. Svea fuhr herum. Eine Waffe. Im Anschlag. Svea reagierte instinktiv. Ohne zu überlegen, riss sie das Buch schützend hoch und zog die alte Dame in Deckung, hinter den Tisch. Jan, der mit dem Rücken zur Tür stand, fuhr herum und ...

Nur ein leises *Fapp*.

Jan schrie vor Schmerz auf, schleuderte herum.

Ein weiteres *Fapp*. Das Projektil krachte ins Tischbein, direkt bei Svea, die ihre Waffe bereits aus dem Holster gezogen hatte.

Sie wollte zielen, aber die alte Frau klammerte sich mit eisernem Griff und wimmernd an sie. Entsetzt sah sie, wie Jan unter Schmerzen auf den Mann zusprang. Keine freie Schussbahn.

Ihre Gedanken waren ein einziger Mahlstrom, in dem die Zeit festzustecken schien. Sie sah Jan auf den Mann mit der Waffe zuspringen. Wie er den Arm packte. Ein weiteres *Fapp*. Eine Vitrine zersprang in tausend Stücke.

Der Typ riss die Waffe herum, zielte auf Jan ...

Erst einmal in ihrem Polizeidienst hatte Svea erleben müssen, wie ein Polizist getötet worden war. Aber sie hatte schon oft, wenn geschossen wurde, Flashs durchlebt. Das Knallen des Mündungsfeuers erinnerte sie schlagartig an den Strand in Santa Marta. An den Tag, als die Männer auf den Strand kamen ... Zweimal in ihrer Laufbahn hatte sie wegen eines Flashs geradezu wie versteinert dagestanden, unfähig, etwas zu unternehmen. Die Momente dauerten für gewöhnlich nur einen Wimpernschlag, dann war der Spuk verflogen.

Doch diesmal kam kein Flash. Keine Bilder vom Steg, vom Blut auf den Planken oder den wundervoll schimmernden Muscheln, die sie an diesem Tag vor so vielen Jahren gesammelt hatte.

Vielleicht weil der Mann einen Schalldämpfer benutzte und es sich nicht nach Schüssen anhörte? Svea wusste es nicht.

Diesmal war sie voll da und drückte ab.

Der Knall ließ ihre Ohren klingeln und hallte im Raum wider. Ihre Hand wurde zurückgerissen, ihr Handgelenk weggeschlagen. Heftiger Schmerz. Wie ein Blitz durch den Arm.

Das Bein. Sie hatte den Mann ins Bein getroffen.

Mit einem dumpfen Stöhnen sackte der Kerl ein Stück weg, und in diesem Moment packte Jan seinen Schussarm, riss ihn zurück gegen die Tür, krachte mit dem Mann gegen den Rahmen.

Sofort gab Svea ihre Deckung auf. »Waffe weg! Waffe fallen lassen!« Ihre Stimme überschlug sich, als sie auf die beiden zueilte. Ihr Handgelenk schmerzte so sehr, dass sie die Pistole nur zitternd halten konnte. Mit voller Wucht ließ Jan die Hand des Kerls gegen den Türrahmen knallen. Der Typ knurrte und stöhnte, aber ihn verließen die Kräfte. Unter Schmerzen schrie er auf, als er endlich die Waffe verlor.

Jan gab ihr einen Kick, und sie rutschte unter einen der Ledersessel, dann zwang er den Angreifer, der sich unter seinem Griff wand und fluchte, endlich zu Boden.

Das Adrenalin peitschte durch Sveas Adern, und sie hatte das Gefühl, alles in Zeitlupe wahrzunehmen, sich selbst zu sehen, wie sie sich auf den Rücken des Mannes kniete, half, diesem vor Schmerz stöhnenden, aber aggressiven Typen die Handschellen anzulegen.

Als ihr Blick zu Jan wanderte, sah sie, dass sein Shirt am Arm vor Blut rot war. »Jan?«

»Scheiße«, brummte er. Er kam hoch und schob sein Shirt am Arm beiseite. Blut sickerte aus seinem linken Oberarm.

»Ich ... ich mach Meldung.« Wie in Trance zückte sie ihr Handy und nannte ihre Kennung. »Schusswechsel«, begann sie und gab, ganz mechanisch, alles Wichtige durch.

Jan stöhnte, als der Sanitäter seine Wunde am Oberarm untersuchte. Er warf Svea einen zerknirschten Blick zu, die mit ihm in einem der zwei Rettungswagen saß.

»Sie haben Glück«, meinte der junge Notarzt und tupfte die Wunde noch einmal mit Desinfektionsmittel ab. »Ein Streifschuss. Die Notaufnahme muss sich das ansehen.«

»Und der andere?« Svea nickte zum zweiten RTW hinüber.

»Steckschuss, wie es aussieht. Oberschenkel.«

»Komplizierte Verletzung?«

»Kann ich nicht sagen.«

Während er Jan verband, winkte Svea Tennhaus zu sich.

Ihr Chef war sofort gekommen, um sich persönlich ein Bild von der Lage zu machen. Streng musterte er den verletzten Verdächtigen, der im RTW lag, und die Männer von der KTU, die bereits das Fahrzeug des Angreifers untersuchten und das Haus des Kapitänsverbands weiträumig abgesperrt hatten.

»Tennhaus«, rief Svea und riss ihn aus den Beobachtungen.

Er kam zu ihr und erkundigte sich sofort nach den Verletzungen.

»Sind wir abgezogen vom Fall?«, wollte Svea wissen. »Ich meine, bis die Staatsanwaltschaft den Schusswaffengebrauch …«

Tennhaus winkte ab. Als einer der Mitarbeiter mit einem Plastikbeutelchen aufkreuzte, in dem die Waffe mit Schalldämpfer steckte, meinte er sarkastisch: »Putativnotwehr können wir wohl ausschließen. Die Staatsanwaltschaft wird trotzdem ermitteln müssen. Auch gegen dich, Svea.«

Sie nickte. Das war ihr schon klar. »Der ist Jan wohl vom Containerhafen gefolgt. Das sieht alles nach Organisierter Kriminalität aus.« Sie zog ihre Dienstwaffe und bot sie Tennhaus zur Übergabe an.

Der zögerte jedoch, sie zu nehmen, betrachtete sie stattdessen einen Moment. Dann schüttelte er den Kopf. »Die Staatsanwaltschaft kommt noch früh genug. Und bis dahin …«, sagte er.

»Okay.« Svea steckte sie schnell wieder zurück. Sie wusste, was für ein Risiko er einging, ihr die Dienstwaffe weiter zu überlassen.

»Solange mir niemand auf den Schreibtisch steigt oder ihr euch krankmeldet, bleibt ihr dran«, bekräftigte Tennhaus. »Aber erst mal lasst euch untersuchen. Verstanden?«

»Und der Angreifer?« Sie nickte noch einmal zum anderen RTW, der gerade losfuhr. »Wir sollten ihn sofort vernehmen.«

Tennhaus rieb sich die Tränensäcke. »Svea, sobald die Ärzte ihn freigeben, kümmer ich mich drum. Fahrt ihr beide jetzt erst mal ins Krankenhaus und lasst euch durchchecken.«

»Aber …«

»Nichts aber. Abfahrt.« Tennhaus ließ den Notarzt aus dem Wagen steigen, dann half er ihm, die Tür zu schließen.

18

Die Beats krachten Reinhold Ziegler entgegen. Jedes Wummern des Basses war wie eine Faust, die ihm mit voller Härte in den Magen schlug.

Menschenmassen schoben sich von links nach rechts und zurück durch das Puls8ion. Unter den Blitzen des Stroboskoplichts verschmolzen ihre Körper zu einer einzigen Masse aus Bewegung und Tanz. Die bunten Strahler zuckten wie Nachwehen einer Explosion und ließen die wogende Menge zu einem zerfetzten Film werden. Alle feierten, als gäbe es kein Morgen. Sämtliche Sorgen schienen wie weggeblasen; und das Jubeln und Rufen klang in seinen Ohren wie der Abgesang auf die Welt da draußen.

Ziegler bekam kaum Luft. Der süße Duft von exotischen Früchten, von Dope und warmem Schweiß, von Alkohol und Sex hing in der verbrauchten, stickigen Luft. Die Zeit schien stillzustehen, während er vom Beat und den Leibern weitergeschoben wurde.

Es war so laut, dass er sich kaum konzentrieren konnte. Am liebsten hätte er sich die Ohren zugehalten, aber die Blöße wollte er sich nicht geben. Überall Köpfe, Körper, Gesichter.

Etwas hilflos sah er sich nach seinem Kontakt um.

Die Bar hinter der wogenden Masse, der DJ – schwitzend, eine E-Zigarette paffend, die schweren Kopfhörer im Nacken –, die Stangen mit den kaum bekleideten Tänzerinnen ...

Zentimeter um Zentimeter schob er sich zwischen den Tanzenden hindurch und hoffte, seinen Kontakt irgendwo in diesem Meer aus gischtendem Fleisch zu erkennen.

Er steuerte die Toiletten an, vor denen sie sich treffen wollten, doch schon auf halbem Weg legte sich eine Hand auf seine Schulter.

Eine junge Frau, nicht älter als Yvette, stand kaugummikauend direkt vor ihm. Sie hatte kurz geschorene bunte Haare und mehr Ringe im Gesicht, als seine Frau im ganzen Leben an den Händen getragen hatte.

»Ey! Wir sind da drüben«, brüllte sie und zeigte neben dem Durchgang zu den Toiletten auf einen dahinterliegenden Raum mit Bar und Séparées. Ziegler war erst einmal in seinem Leben hier gewesen, vor knapp einem halben Jahr. Er konnte sich noch daran erinnern, wie er Yvette aus einem dieser Séparées gezogen hatte. Sie hatte aus der Nase geblutet und wirres Zeug gestammelt. Ihr mit Strass besetztes Shirt war voll von weißem Pulver und Blut gewesen. Dennoch hatte sie sich geweigert, ihn einen Notarzt rufen zu lassen.

Er schrie der Frau ein »Ja« entgegen und folgte ihr durch den Hagel aus Soundschnipseln und Bassschlägen.

Im Nachbarraum war es nur unverhältnismäßig leiser. Grüppchen saßen in den abgeteilten Bereichen, rauchten Shisha, knutschten oder unterhielten sich. Die Frau führte ihn zum letzten Séparée auf der linken Seite, zu drei von Pflanzen und Raumteilern umgebenen, schweren Kunstledersofas.

Als Ziegler zwischen die mannshohen Bäumchen trat, bemerkte er zwei Männer. Sie trugen Hemden, hatten manikürte Fingernägel und trotz der Hitze Anzughosen an. Die junge Frau ließ sich in eines der Sofas fallen, und als Ziegler näher trat, nickten ihm die beiden Männer zu, die anscheinend schon eine ganze Weile hier saßen, wie die halb ausgetrunkenen Cocktails verrieten. »Setz dich doch«, forderte der dickere der beiden ihn auf. »Bloß kein Stress.«

Misstrauisch kam Ziegler der Aufforderung nach und quetschte sich neben ihnen auf die Couch. Er kannte die beiden nicht. Die Frau hingegen schon. Sie war es gewesen, die ihn damals wegen Yvette angerufen hatte. Ob sie wirklich besorgt um sie gewesen war oder nur verhindern wollte, dass die Polizei in den Club kam – er wusste es nicht, aber immerhin hatte sie ihn alarmiert.

Und nur deswegen hatte er sie vor drei Tagen angerufen. In diesem Milieu kannte er kaum jemanden, und das wollte er auch auf keinen Fall ändern.

Unsicher zog er einen Umschlag heraus, wurde aber sofort von den beiden Männern gestoppt. »Ey, ganz ruhig. Sei nicht so fickerig.«

Verunsichert ließ er den Umschlag wieder in seiner Hosentasche verschwinden. »Wie läuft das jetzt ab?«, wollte er wissen und war über seine eigene Stimme überrascht, die so gar nicht nach einem gestandenen Kapitän klang, sondern viel zu unsicher und dünn.

»Schätzchen, möchtest du ihm bitte das Prozedere explizieren«, forderte der Dicke die junge Frau übertrieben eloquent auf, lehnte sich zurück und zog an der Shisha.

Die Frau zog sich einen Fingernagel voll Kokain in die Nase. »Ähm. Okay? ... Also ... Du entspannst dich mal und kommst runter. Das ist alles keine große Sache. Tägliches Geschäft. Kapiert?«

Unsicher nickte Ziegler.

»Gut. Schon besser. Willst du was trinken?«

»Was?«

»Trinken. Willst du was?«

Ziegler brauchte einen Moment, um zu verstehen. Seine Gedanken stoben herum wie die Masse im Club, außerdem war er nicht darauf vorbereitet, hier einfach Small Talk zu betreiben.

Sicher, er hatte schon in ganz anderen Spelunken gehockt, in finsteren Löchern auf der ganzen Welt – aber das war eine halbe Ewigkeit her, und dort hatte er keine solchen *Geschäfte* eingeleitet. Sein wildes Kapitänsleben war schon lange passé. Er war längst im Ruhestand und vermisste nur selten die Ausflüge in irgendwelche Bordelle. Aus allen Surabaya Johnnys der Welt waren spätestens in diesem Jahrtausend längst Just-in-time-Johnnys geworden. Zu viel Bürokratie, zu viel Technik, zu viele enge Terminpläne und gestreamlinte Vorgänge. Manchmal war er froh, nicht mehr zur See zu fahren.

»Ich weiß nicht.« Ziegler wischte sich die Stirn ab. Mit schwüler Luft kam er klar. Immerhin war er jahrelang in den Nahen Osten und nach Südamerika gefahren. Dennoch rutschte er unruhig auf dem Ledersofa herum, weil er diese Sache einfach hinter sich bringen wollte.

»Du weißt nicht, ob du was trinken willst?« Die beiden Männer lachten. Auch die Frau musste grinsen.

»Ein Bier. Ein Bier ist gut.«

Mit einem lässigen Fingerzeig machte die Frau auf sich aufmerksam, und wenig später kam eine Bedienung, die gelangweilt die Bestellung aufnahm.

Kaum war sie gegangen, nickte die Frau zum Blumenkübel neben dem Sofa. »Die Tasche«, erklärte sie knapp.

Er hatte es gar nicht gesehen, aber dort auf dem Fußboden stand eine große Damenhandtasche, ein billiges Modell.

»Lass! Alles gut«, stoppte sie ihn, als er sich zu ihr beugen wollte. »Der Sameer kriegt schon nichts mit.«

Abermals nickte er fahrig. Was zum Henker tat er hier nur?

»Ist denn alles wie besprochen?«, wollte er schließlich wissen.

»Wie besprochen. Scheißalt, aber okay.«

»Wertarbeit. Extrem effektiv«, mischte sich der Dicke ein. »Aber sieh zu, dass du sie loswirst, wenn du es getan hast.«

Die Bedienung brachte sein Bier.

»Du trinkst es jetzt aus, ganz cool«, meinte die Frau. »Dann nimmst du die Tasche und gehst.« Der Dicke reichte ihr die Shisha, und sie zog daran, blies den Qualm lächelnd Ziegler ins Gesicht. »Du bleibst einfach cool.«

»Und das Geld?«

»Du nimmst die Tasche und gehst zur Bar, du bezahlst dein Bier mit deinen Scheinchen, und wir holen's uns später. Sameer hat hier überall seine Augen, aber wir sind ja nicht ganz doof, okay?«

Ziegler stimmte zögerlich zu, entspannte sich jedoch nur wenig. Er nippte an seinem Bier und sah sich stumm um. Selten hatte er sich so hilflos gefühlt, so ausgeliefert, und das lag nicht nur an diesem Club und den drei Fremden, und es lag auch nicht daran, dass er in solchen Kreisen für gewöhnlich nicht verkehrte ...

Etwas viel Schlimmeres machte ihn zu einem Getriebenen.

Heute Nacht war er schreiend hochgeschreckt, weil er hilflos im Meer getrieben war und die Haie gekommen waren. Erst als er an sich hinuntergesehen hatte, hatte er bemerkt, dass er keine Beine mehr hatte. Diese Biester hatten sie ihm weggefressen, und er trieb wie ein Korken auf den Wellen, völlig hilflos.

Den Gezeiten ausgeliefert.

Aber du wirst etwas dagegen unternehmen.

Du bist Kapitän. Du führst das Schiff. Du wirst dir die Hoheit über dein Schiff, das sich Leben nennt, zurückerobern.

Entschlossen trank er sein Bier aus, dann stand er auf und griff sich die Frauenhandtasche. Sie war leichter, als er vermutet hatte.

»He, Taxi Driver! Bleib cool. Stress hier nich' rum!«, meinte sie, aber er hatte keine Lust mehr auf ihre dämliche Unterhaltung.

Ohne ein weiteres Wort ging er zum Barmann, zog im Gehen den Umschlag raus und nahm die Scheine. Vierhundert glatt. Er schob die Fünfziger zum Mann. Der Krauskopf nickte bloß, checkte das Geld nicht, sondern ließ die Scheine mit geübtem Schwung unter dem Tresen verschwinden. Ziegler bekam einen Fünfer raus. Wie auch immer die vier das untereinander geregelt hatten, Ziegler war's egal.

Hauptsache, die Ware war in Ordnung. Hauptsache das.

Er hatte gar nicht nachgesehen. Und wenn sie ihn verschaukelt hatten?

Ängstlich fasste er die Handtasche fester und schob sich durch die Menge zum Ausgang. Die Türsteher achteten nicht auf ihn, als er in die warme Nachtluft stolperte. Er ging ein Stück vom Puls8ion weg und setzte sich an eine Bushaltestelle.

Vier Betrunkene belästigten zwei Frauen, die Mühe hatten, die Typen auf Abstand zu halten.

Normalerweise hätte Ziegler eingegriffen, aber heute Nacht nicht. Heute nicht. Er holte tief Luft und nahm die Tasche auf den Schoß, zog langsam den Reißverschluss auf.

Diese Frau mit den Ringen und die beiden Shishatypen hatten Schminke und Lippenstift hineingepackt.

Spaßvögel.

Er griff hinein und spürte sie sofort. Es war alles da, zwei lose Magazine, mit Munition bestückt, eine Schachtel mit Patronen und das Schmuckstück.

Die alte SIG P225. Er ließ seine Hand darüber gleiten, überraschenderweise fühlte sich ihr Metall sehr warm an. Seine Finger umschlossen den Griff, langsam, ganz behutsam, ohne die Waffe aus der Tasche zu ziehen, strichen sie über den Schlitten, über die Mündung und zurück ... Ganz warm. Gar nicht kalt.

Nur mal fühlen, wie es ist, wenn der Abzug unter dem Zeigefinger liegt.

Nein.

Es fühlte sich nicht gut an, den Finger am Abzug zu haben.

Nicht gut, aber notwendig.

19

»Ab jetzt geh ich immer rechts von dir.« Jan legte die Tüte mit Fischbrötchen auf seinen Küchentisch. »Dann bin ich dein rechter Arm und du mein linker.«

»Pat und Patachon. Na großartig.«

Zusammen waren sie ins UKE gebracht worden, wo die Warterei losgegangen war. Über drei Stunden hatten sie zusammen in der Notaufnahme gesessen, bis man sie gründlich untersuchte. Tennhaus hatte sie die ganze Zeit auf dem Laufenden gehalten und ihnen freigestellt, ob sie sich krankmelden wollten.

Er hatte die beiden auch informiert, dass sie in den nächsten Tagen zum psychologischen Gespräch mussten. Vor allem Svea kam nicht drumherum, weil sie die Waffe abgefeuert hatte. Dienstvorschrift.

Zu ihrer Überraschung steckten sie beide den Anschlag auf ihr Leben gut weg, aber sie ahnte, dass ihr das ganze Ausmaß erst in ein oder zwei Tagen bewusstwerden würde. Wenn der Stress nachließ, würden sicher Schuldgefühle und Ängste kommen.

Vielleicht war es nicht schlecht, sich rechtzeitig psychologische Hilfe zu holen. Einen Moment lang dachte Svea an ihre

Schwester Lizeth, die auch sämtliche Hilfe ablehnte und immer tat, als wäre nichts gewesen – und an Lars, der sie unbedingt bei einer Therapie wissen wollte.

»Was ist los?«, riss Jan sie aus den Gedanken und setzte sich zu ihr aufs zerschlissene Sofa. Die Couch war gemütlich, auch wenn man sitzend kaum über den Küchentisch sehen konnte. Das Ungetüm im Biedermeierstil bildete das Zentrum der kleinen Küche. Und Svea vermutete, dass es noch aus Studentenzeiten stammte oder von Sophie aus ihrer Wohnung nach Hamburg mitgebracht worden war, als Jan sich letztes Jahr hierher hatte versetzen lassen.

Er war nach Hamburg gekommen, weil seine ehemaligen Kollegen ihn bedroht hatten, nachdem er ihre illegalen Machenschaften angezeigt hatte. Nun war er in Berlin als Nestbeschmutzer verschrien, und so einige hätten ihn lieber tot gesehen.

Lieber tot ... Was ist, wenn noch mehr kommen?, schoss es Svea durch den Kopf. Wenn das nicht der letzte Anschlag war?

»Du siehst blass aus. Noch Schmerzen?«

»Ist alles okay«, behauptete sie und schenkte ihm ein zerknirschtes Lächeln. Sie strich sich eine Strähne ihrer roten Haare aus dem Gesicht. »Nur so ein Pochen, und es kribbelt ganz schön.« Durch den Rückstoß hatte sie sich das Handgelenk gezerrt, und trotz Kühlen war es gehörig angeschwollen. »Du, sag mal, mit meinem Hausboot, da ...«

»Ja?«

»Ich weiß nicht ... Man kann ja vom Ufer alles sehen. Ich meine, was, wenn die mehr Leute schicken? Auf dem Hausboot, da ... Ich bin da quasi 'ne Zielscheibe.«

»Verstehe. Willst du hierbleiben?«

Das war gar nicht ihre Absicht gewesen, sie hatte nur schlicht erklären wollen, über was sie so nachgrübelte. Oder? Oder hatte sie gefragt, weil sie gern in seiner Nähe bleiben wollte? Sie waren ein perfektes Team, und es tat gut, sich auf ihn verlassen zu können.

Jaja, Svea, lüg dir doch in die eigene Tasche. Natürlich hast du das angeschnitten, um zu sehen, was er sagt.

»Musst du wissen«, fuhr er fort, als sie nicht antwortete. »Ich kann's dir nur anbieten. Das Sofa hier ist so richtig schön unbequem. Eine phantastische Vollkatastrophe. Aber, hey, du kannst von hier glatt in den Kühlschrank langen, falls du den Arm kühlen musst – oder Nervennahrung brauchst. Unteres Fach. Ich hab da Schokolade versteckt. Salted Caramel. Aber ... pssst. Nicht Sophie sagen.«

»Verlockend.«

»Ansonsten wär da noch das Wohnzimmer.«

»Ich hab gar keine Klamotten hier, um bei dir zu übernachten ...«

»Das wäre ja wohl kein Problem, oder?«

Sie lächelte. Nein, das war wirklich nicht das Problem. Noch einmal sah sie ihn an und versuchte, in seinem Blick zu ergründen, an was er dachte. Wollte er nur helfen, oder war da mehr?

»Ihr habt euch Fischbrötchen besorgt? Um zehn Uhr nachts?«, unterbrach Sophie die Zweisamkeit.

»Die sind aus'm Krankenhaus und echt 'ne Wucht. Und wir hatten Hunger.« Jan warf Svea einen Blick zu, der so viel sagte wie: Überleg's dir. Du kannst hier gerne bleiben.

»Wir haben dir auch eins mitgebracht«, meinte Svea etwas

verlegen, weil sie sich nicht entscheiden konnte. Sie zog mit der bandagierten Hand die Tüte heran und öffnete umständlich mit links das Papier. Sie fischte ein Brötchen mit Heringen raus.

Angewidert inspizierte Sophie das Schauspiel.

»Außerdem könntest du ja auch ruhig mal ein bisschen Mitleid zeigen«, meinte Jan. »So was wie: Papa, Scheiße, was ist dir denn passiert? Tut es weh? Soll ich dir einen Drink holen? Willst du ins Wohnzimmer auf die Couch? Heute kannst du gern mal Playstation zocken.«

»Als könntest du zocken. Ob mit Arm oder ohne«, meinte Sophie, fragte dann aber doch besorgt nach: »Das waren aber nicht *die*, oder?«

Jan seufzte. »Das wissen wir nicht. Aber ehrlich gesagt, glaub ich nicht, dass die aus Berlin jemanden schicken, um mich zu töten.«

»Du sagst nächsten Monat aus«, stellte Sophie besorgt fest und nahm ein paar Möhren aus dem Kühlschrank.

»Die wollen uns nur einschüchtern, Sophie. Aber die schießen nicht gleich. Mach dir keine Sorgen, okay?«

Sophie biss in eine der Möhren. »Fällt mir angesichts der Brötchen mit toten Kiementierchen schwer.«

Jan musste lachen. »Im Ernst. Der Gerichtstermin ist nur die Eröffnung der Hauptverhandlung. Da passiert nicht viel. Das wird sich eh ein Jahr ziehen.«

»Hm.« Sophie schien daran kein bisschen zu glauben, wie Svea sehen konnte. Und sie spürte noch etwas anderes, nämlich echte Angst. Auch wenn Sophie es mit Sarkasmus zu überspielen versuchte, die Sorge, ehemalige Kollegen vom Berliner

BKA, gegen die Jan aussagen musste, könnten hinter einem Attentatsversuch stecken, ängstigte Sophie bis ins Mark.

»Das waren nicht meine Ex-Kollegen, Sophie. Keine Sorge ...«

Svea biss von ihrem Brötchen ab. »Ja. Wahrscheinlich haben wir mit unserer Fragerei in unserem aktuellen Fall in ein Wespennest gestochen, und da geht einer über Leichen«, sagte sie mit vollem Mund.

»Fein!« Sophie grinste fies. »Wenn jemand anderes ihn tot sehen will, ist das natürlich nur halb so wild.«

»Sophie, komm schon.« Er wollte sie aufhalten, doch sie hatte sich bereits abgewandt. »Das war nur irgendein Bekloppter! Ehrlich. Mach dir bitte keine Sorgen!«

Kopfschüttelnd zog Sophie ab und meinte im Rausgehen: »Ihr benehmt euch, als wär das Leben 'ne Runde *Last of Us*. Auf euch ist *geschossen* worden.«

Jan wartete, bis seine Tochter gegangen war, bevor er leise eine Antwort murmelte: »Keine Sorge. Wenn der Schock weg ist, dann kommt die Angst.«

Sophies Zimmertür flog krachend ins Schloss, und Jan zuckte zusammen. »Ich rede nachher mit ihr.«

»Das wär gut. Sie macht sich wirklich Sorgen.«

»Ich weiß.« Grummelnd wollte er nach einem Brötchen greifen, aber sein Arm schmerzte.

Svea reichte es ihm mit der heilen Hand. »Also ein Bekloppter, ja?«, fragte sie. »Sameer Patel?«

»Möglich. Der Clubtyp hat 'ne Menge auf der Liste und kennt genug Leute. Kann schon einer von seinen Jungs gewesen sein. Ein echter Profikiller sieht aber anders aus.«

»Gott sei Dank. Wenn der Typ ein bisschen professioneller gewesen wäre …« Während sie ihm ein zerknirschtes Lächeln schenkte, nahm er mit einem Mal ihre Hand.

»Wird schon werden. Wenn der noch mal aufkreuzt, sind wir vorbereitet.«

Seine stahlblauen Augen suchten ihre, und Svea stellte überrascht fest, dass sein Blick ungewöhnliche Ruhe ausstrahlte, eine Zuversicht und Stärke, die ihr überaus willkommen waren. Sie konnte sich nur vage vorstellen, wie es in Berlin gewesen sein musste, als er gegen seine eigenen Leute ermittelt und hinter jeder Ecke eine Bedrohung gelauert hatte.

Ohne nachzudenken, streichelte sie kurz seine Wange. Ihn zu berühren, tat gut. Vor allem das längst vergessene Kribbeln, dieses elektrisierende Kitzeln bis in den Nacken, als er ihren Arm berührte.

Du solltest jetzt wirklich besser gehen, Svea …

Nein. Bleib. Entspann dich doch mal. Komm runter.

»Ich sollte gehen«, sagte sie. »Wir sind einfach nur geschockt und … und neben uns. Wir sind nicht mehr Herr der Lage.«

»Wahrscheinlich. Wir sind wahrscheinlich traumatisiert.«

»Ja.« Sie nahm trotzdem seinen Kopf und zog ihn zu sich.

»Wir sind komplett durch den Wind und vollkommen verwirrt«, flüsterte er. »Das bin ich allerdings, seit wir uns das erste Mal gesehen haben. Da am Schiff, weißt du noch?«

»Du, der großspurige Waffenkenner.«

»Sagte die Nixe vom LKA.«

»Sicher weiß ich das noch.« Sie lehnte sich ein wenig vor, nur einen Hauch. Er war ihr so nah, dass sie die Wärme seiner Lippen spüren konnte.

Wie es wohl schmeckt, ihn zu küssen?, überlegte sie und musste innerlich schmunzeln. Wahrscheinlich schlicht nach Fischbrötchen.

Svea, du bist doch auch einsam. Und so einsam wie du will ich nicht werden. Da bin ich tot.

Das hatte Lizeth gesagt. Und sie hatte verdammt noch mal recht.

Jede Nacht fühlte sie sich wie verflucht, wie ein Geist in ihrem eigenen Leben – einsam, kalt und isoliert. Als wäre ihr Leben wirklich das einer Meerjungfrau. Als könnte der erste Sonnenstrahl sie töten ...

»Wir sollten das nicht tun«, flüsterte sie.

»Hast du schon gesagt ...«

Sein Atem auf ihren Lippen, das zärtliche Kribbeln unter ihren Fingerkuppen. Ihr wurde heiß. Sie strich durch seine Haare, und die wohligen Schauer brandeten wie sanfte Wellen an, umspielten sie, als stünde sie nackt im Meer, und die Brandung ...

»Wir sollten das auf keinen, keinen Fall tun«, hauchte sie und zog ihn noch einen Zentimeter näher. Seine Lippen berührten ihre, und sie spürte zufrieden ein leichtes Zittern auch bei ihm, als ihre ...

»Aaaalter!«

Sophie.

Sofort war der Zauber dahin. Mit einer Möhre im Mund und einem Handy in der Hand stand sie da und glotzte die beiden perplex an, bevor sie lässig mit einem lauten Knacks von der Möhre abbiss. »Upps. Traumabewältigung? ... Also ... Sorry ... äh, Hendrik ist dran.«

Sie warf Jan das Telefon zu und verschwand wieder. Jan schenkte Svea einen bedauernden Blick. Angesichts seines Stirnrunzelns hätte sie beinahe losgelacht. Er stellte das Telefon auf Freisprech.

»Ja?«

»Jan? Ist es gerade ein ungünstiger Moment?«

»Absolut«, warf Svea ein.

»Oh. Hi, Svea. Gut, dass ich euch beide erwische. Es geht auch ganz schnell. Wir haben die Fotos aus dem Verbandsbuch ...«

»Wie geht's denn der Frau?«, unterbrach ihn Jan.

»Wie bitte? Ach so, die Dame vom Verbandshaus. Marie Dräger. Laut meinem Kenntnisstand ist sie erstversorgt worden und steht unter Schock. Aber pro re geht es ihr wohl gut ... Also was ich sagen wollte. Wir haben die Fotos aus dem Buch mit unseren abgeglichen. Wahrscheinlich haben wir einen zweiten Treffer. Das ist natürlich nicht zu einhundert Prozent sicher, aber der Ring und das Buch aus dem Verein, das ...«

»Komm zur Sache!« Svea stand auf.

»Der Mann heißt Rick van Leeuwen.«

»Hübscher Name.«

»Das entzieht sich meiner Beurteilung«, erwiderte Hendrik auf seine trockene Art. »Er ist – war – Niederländer. Kapitän seit 1992 und seit 1994 im Verband Hamburger Kapitäne. Geboren 1964.«

»Und niemand hat ihn bisher vermisst?«, wollte Jan wissen.

»Nein.«

»Wo hat er als Letztes gearbeitet?«

»Das ist ein äußerst interessanter Fakt.«

»Inwiefern?«

»Er ist für die IIMB Container Terminal GmbH gefahren.«

»Burchardkai ... Das heißt, dieser Roland Lohmann, der Reachstackerfahrer, und der Kapitän haben sich gekannt?«

»Durchaus im Bereich des Möglichen. Ich meine, steckten sozusagen ja in einem Fass.« Hendrik giggelte.

»Hendrik!«

»Unpassend. 'tschuldigung ... Es existieren noch mehr Verbindungen. Ich habe mir die Prozessakten vom Sameer-Patel-Fall kommen lassen. Und dabei handelt es sich um dreiundzwanzig Aktenordner mit je vierhundert bis fünfhundert Seiten, was addiert die Summe ...«

»Hendrik!« Svea, die die ganze Zeit durch die Küche getigert war, ertappte sich dabei, wie sie aus dem Kühlschrank die Karamellschokolade holte, als würde sie hier wohnen.

»Ich bin noch dran!«

»Ja, aber wir bald nicht mehr«, brummte Jan.

»Was?«

»Komm zur Sache.«

»Natürlich. Nun, die Akten von dem Sameer-Patel-Fall. Der Drogenfund im Hafen. Es war Rick van Leeuwens Schiff. Er war der Kapitän damals.«

»Man hat die Drogen auf van Leeuwens Schiff gefunden?«

»Korrekt. Er hat seine Aussage gemacht. Das war's. Er war Kapitän und nicht angeklagt. Er ist ständig die Route Hamburg–Santos, Südamerika, gefahren. Außerdem oft in den Oman. Es gibt eine Halbschwester. Sie wohnt hier in Hamburg. Dana van Leeuwen.«

Svea hakte nach, und Hendrik schickte ihr die Adresse aufs Handy.

Nachdem sie sich von Hendrik verabschiedet hatten, wandte Svea sich zum Gehen.

»Du möchtest nicht hierbleiben?«, fragte Jan höflich.

»Nein. Ich … ich schließ ab, zieh die Planke aufs Schiff und lass das Licht brennen. Aber danke.« Sie ging zur Wohnungstür. »Sprich du mit Sophie, und wir sehen uns morgen bei Lohmanns Adresse?«

Er nickte.

»Wenn was ist, melde ich mich.«

»Das vorhin …«, tastete er sich vor und ließ die Worte wie eine Frage in der Luft schweben.

Statt einer Antwort beugte sie sich vor und küsste ihn zärtlich auf die Wange. »Vielleicht wiederholen wir das … Okay?«

»Vielleicht?«, fragte er enttäuscht nach.

Sie nahm noch einmal zärtlich seinen Kopf in ihre Hände und gab ihm einen ordentlichen Kuss auf den Mund. »Schlaf gut.«

Sie bemerkte genau, dass er sie nicht gehenlassen wollte, aber er war zu sehr Gentleman, um sie überreden zu wollen.

»Wenn irgendwas ist, rufst du an, ja?«, ermahnte er sie, als sie schon auf der Treppe war. »Nimm das Handy mit ins Bett.«

»Keine Sorge. Ich pass auf mich auf.« Sie winkte ihm noch einmal, dann beeilte sie sich, auf die Straße zu kommen.

Kaum draußen, sah sie sich um, konnte aber niemand entdecken, der ihr eventuell auflauerte. Noch einmal ließ sie sich durch den Kopf gehen, was gerade zwischen ihr und Jan passiert war, und musste bei dem Gedanken unwillkürlich lächeln.

Hoffentlich, dachte sie, sind wir nicht wirklich einfach nur geschockt und völlig verwirrt durch die Attacke. Hoffentlich ist das echt und bleibt, selbst wenn der Schockzustand aufhört. Hoffentlich.

Sie atmete die Hamburger Sommernacht ein.

Svea versicherte sich mehrfach, dass kein fremder Wagen am Straßenrand stand, dann schloss sie das Pförtchen auf und ging über die Laufplanke zu ihrem Boot.

Sie war mit dem Taxi gekommen und hatte sich die ganze Fahrt über Gedanken über Jan und ihre Gefühle gemacht. War es ein Fehler, dass sie sich so nah gekommen waren? Oder war es gut?

Der Gedanke, ihn um sich zu wissen und mit ihm mehr zu unternehmen, ihn zu küssen, ließ ihr Herz höherschlagen. Eigentlich ein gutes Zeichen.

Ein verdammt gutes Zeichen.

Nach all der Zeit, in der das Tauchen ihre einzige Leidenschaft gewesen war, würde ein Mann in ihrem Leben guttun. Die Schmetterlinge in ihrem Bauch waren die gesamte Taxifahrt über aufgeregt herumgeflattert, doch jetzt im spärlichen Licht der Laternen und angesichts ihres Heims, das dunkel auf dem Kanal auf und ab schaukelte, verschwanden die Tierchen. Eine aufmerksame Vorsicht brach sich Bahn.

Wenn Sameer den Angreifer geschickt hatte, dann wusste er, wer sie waren. Allerdings hieß das noch lange nicht, dass er ihre privaten Adressen kannte. Sameer Patel, dachte sie. Die Schlinge um seinen Hals zieht sich enger zusammen.

Sie mussten mit der Staatsanwältin reden und Sameer zum

Verhör vorladen – und sie mussten eine Durchsuchung bei ihm durchführen. Im Club und bei ihm privat. Allerdings bezweifelte Svea, dass die wenigen Zusammenhänge, die sie bisher gefunden hatten, den Richter überzeugen würden.

Sie mussten noch tiefer bohren. Wenn es um Drogen ging und Sameer bereit gewesen war, fünf Mitwisser zu töten, dann ging es um sehr, sehr viel Geld. Oder Einfluss.

Was, wenn es ein Konkurrent von Sameer gewesen war? Ein konkurrierender Clan? Fragen über Fragen.

Kaum an Deck, zückte sie ihre Waffe, doch sie konnte sie mit der rechten Hand kaum halten. Das Handgelenk tat zu sehr weh, und sie bezweifelte, überhaupt abdrücken zu können. Sie nahm sie in die Linke und lauschte, konnte aber bloß den Verkehr auf der Brücke und leise Musik wahrnehmen. Ein Blick durchs Bullauge half nicht viel: Das Schiff lag dunkel und verlassen da. Selbst Maigret hatte anscheinend heute Nacht keinen Zugang gefunden.

Sie schloss auf und checkte die Lage im Innern. Auch hier war alles ruhig. Heute mal keine Chips-Party im Wohnzimmer. Mit gezückter Waffe prüfte sie auch ihr Schlafzimmer und die Küche. Niemand war hier. Als sie die Haustür abschließen wollte, fiel ihr Blick auf den Steg. Sie ging noch einmal hinaus und verriegelte die Pforte.

Gegenüber Jan hatte sie geflunkert, denn den Steg konnte man nicht so einfach hochklappen. Er war viel zu schwer, um ihn ohne Hilfsmittel zu bewegen. Und mit einem beherzten Sprung konnte man von Land eh herübergelangen.

Zurück im Hausboot, verrammelte sie die Haustür und schloss die Glastüren zum Wohnzimmer, dann zog sie sich um. Sie holte ein Kühlpack für ihre Hand, verzichtete aber auf Zähneputzen und Waschen, sondern nahm ihre Waffe sowie das Handy und schlüpfte gleich unter die Decke.

20

Obwohl es erst kurz nach acht Uhr war, brannte die Sonne vom Himmel und entfaltete eine ungeheure Kraft. Es würde ein schwülheißer Tag werden. Irgendeine melancholische Rockballade plärrte aus dem Autoradio, die Svea trotz ihrer Liebe zur Musik nicht zuordnen konnte. Eine kaum spürbare Brise trug den süßen Duft von Lindenblüten durch die geöffneten Seitenscheiben. Svea fand einen Parkplatz direkt bei ihrem Treffpunkt. Als sie aus dem Wagen stieg, wartete bereits Jan vor dem Schaufenster des Friseursalons. Ein mit kitschigen Rosen verziertes Schild kündigte an, dass der Laden erst später geöffnet wurde. Das Geschäft war kaum fünf Schritte breit und zwischen zwei Häuser gequetscht worden. Auf Svea machte es einen gepflegten Eindruck, auch wenn es in die Jahre gekommen war.

»Gut geschlafen?«, begrüßte Jan sie. »Alles ruhig geblieben?«

»Gott sei Dank.« Sie wich seinem Blick aus, unsicher, wie sie mit dem, was gestern Abend geschehen war, umgehen sollte. War es doch nur der Schock gewesen?

»Was macht die Hand?« Er klopfte an die Tür, ließ Svea aber nicht aus den Augen.

Um ihn nicht anzusehen, betrachtete sie ihre bandagierte Hand und bewegte das Gelenk probeweise. »Ist besser, aber immer noch geschwollen.« Sie holte Luft und wollte gerade ansetzen, noch etwas zu gestern zu sagen, als ihr Handy klingelte. Es war Lars. Svea zog sich ein paar Schritte zurück.

»Hi!«, begrüßte er sie. »Ich hab erst heute Morgen von dem Anschlag erfahren. Geht's dir gut?«

»Ja.« Etwas aus dem Konzept, dass er nach ihrem Wohlbefinden fragte, meinte sie: »Doch. Ist nichts Schlimmes.«

»Gut. Ich wollte nur hören, wie es dir geht.«

Svea beobachtete, wie eine Frau in buntem Batikkleid den Laden aufschloss.

»Frau Lohmann?«, fragte Jan, und die Frau nickte.

»Das ist nett, Lars«, meinte Svea. »Du, ich bin hier in einer Befragung ...«

»Kein Problem. Wenn alles so weit okay ist, dann ... Entschuldige.«

»Wofür? Alles gut. Tschüss.« Sie legte auf und ging zu Jan und der Ladenbesitzerin.

Die Frau trug reichlich Schmuck und hatte goldene Verzierungen auf ihren aufwendig manikürten Fingernägeln. In dem luftigen Kleid, mit all dem Goldschmuck und den massigen Haaren, die sich auf ihrem Kopf türmten, war sie eine Erscheinung. Doch ihr Blick wirkte abgespannt und müde, und sie musterte Jan und Svea nur einen kurzen Moment.

Bevor sie beide ihre Ausweise zücken konnten, schien sie den Grund ihres Besuchs bereits zu kennen.

»Er war in einem der Fässer, richtig?«, sagte sie schlicht und brachte Svea damit leicht aus dem Konzept.

Sie warf Jan einen Blick zu, der ebenfalls ein bisschen konsterniert war.

»Sie haben recht. Leider«, gab Svea zu. Offenbar hatte Frau Lohmann nicht nur damit gerechnet, dass die Polizei bei ihr anklopfen würde, sie hatte auch den gewaltsamen Tod ihres Sohns vorausgesehen.

»Kommen Sie rein«, brummend stieß sie die Tür weiter auf und schlappte nach hinten in den Friseursalon.

»Brixn, das ist meine Kollegin Roth. Wir sind vom LKA Hamburg und haben ein paar Fragen bezügliche Ihres Sohns ...«

Frau Lohmann schien das alles nicht hören zu wollen. Sie winkte im Gehen ab, schob sich hinter ihren Tresen und fummelte unterhalb der Kasse herum. »Wollen Sie auch einen?«

Der Laden war sauber und aufgeräumt, bot gerade mal für zwei Kunden Platz, was Svea vermuten ließ, dass Frau Lohmann ihn ganz allein betrieb.

Als sie mit Jan näher kam, sah sie, dass ein Minikühlschrank hinter dem Tresen stand. Er war mit Mineralwasser und Softdrinks gefüllt, aber in der Tür steckten zwei Flaschen Jägermeister und ein Likör.

Jan lehnte dankend ab.

»Ich nehm einen«, sagte Svea und quittierte Jans erstaunten Blick mit einem charmanten Schulterzucken. »Aber nur ’n Lütten ...« Natürlich war Alkohol im Dienst nicht erlaubt, aber sie hatte so eine Ahnung, dass diese Befragung besser laufen würde, wenn sie sich mit Frau Lohmann zumindest etwas verbrüderte.

»Likör? Pfirsich?«

»Ja, gern …« Neben den Friseurstühlen gab es nur noch einen Rollhocker. Dafür allerdings jede Menge Kunstpalmen. »Vielleicht sollten wir uns setzen und in Ruhe …«, begann Svea.

»Nee, passt schon«, blockte Frau Lohmann ab.

Passt schon, dachte Svea und schüttelte innerlich den Kopf. Passt schon. Was hatte diese Frau nur so gleichgültig werden lassen?

Lars hatte wohl recht. Jeder ging mit seiner Trauer anders um – und manche Mütter verspürten vielleicht gar keine. Kalte Welt. Auf der anderen Seite war es gut möglich, dass Frau Lohmann jetzt eiskalt tat und heute Abend weinend allein in der Küche hockte und vielleicht nie wieder aufstand. Alles möglich.

Lohmann drückte aus einer Silikonform fischförmige Eiswürfel in ein Wasserglas und goss es mit Pfirsichschnaps auf. Dann nahm sie ein winziges Schnapsgläschen aus einem Fach und füllte es für Svea voll.

»Lütt genug?«

»Ja, danke.«

»Sie denken sicher, was is 'n das für eine. Stimmt's?« Es lag weder Herausforderung noch Schalk in ihrem Blick, sondern nur blanke Resignation.

»Ja, das denke ich«, entgegnete Svea deshalb geradeheraus.

Lohmann lachte und trank ein Schlückchen, dann lief sie an den beiden vorbei zur Eingangstür und schloss wieder ab. »Als ich das in der Zeitung gelesen habe, na ja … da hab ich mir schon gedacht, Heidrun, hab ich gedacht, das ist doch bestimmt er.«

»Aber ... aber wieso?«, fragte Jan. Er hatte sich bisher zurückgehalten, doch Svea konnte ihm ansehen, dass er über Lohmanns Verhalten ebenso irritiert war wie sie.

»Wie ich drauf gekommen bin?«

»Ja.«

»Weil er seit Jahren mit den falschen Arschlöchern abhängt. Diesen ganzen Verbrechern. Diesen verfickten Kameltreibern.« Die Goldarmreifen klirrten an ihrem Handgelenk, als sie mit dem Glas in der Hand einen weiten Bogen beschrieb, der vermutlich die gesamte Welt einschloss.

Jan warf Svea einen Blick zu, aber sie stoppte ihn, Lohmann zu berichtigen. Sich rassistische Scheiße anzuhören war für die beiden an der Tagesordnung.

»Wen meinen Sie? Marokkaner, Algerier, Tunesier? Oder Thailänder?«, hakte sie nach.

»Ja. Die alle.« Lohmann winkte ab. »Ach, hören Sie mir doch auf. Die wollen doch alle nur Geld und rumvögeln wie die Säue.«

»Hat er mal was über die Mhallamis gesagt?«, fragte Jan.

»Mhall...? Nein.«

»Vielleicht hat er mal den Namen Sameer Patel erwähnt?« Er zeigte ihr ein Foto auf seinem Handy.

Prüfend sah sie es an, nahm noch einen Schluck vom Likör. »Ja«, sagte sie schließlich. »Der hat so einen widerlichen Club, oder? Das Puls-dings.«

»Das sagt Ihnen was? Und dieser Mann auch?« Aus irgendeinem Grund überraschte es Svea. Obwohl Frau Lohmann ja sofort über das Schicksal ihres Sohns Bescheid gewusst hatte.

»Sicher.« Sie winkte ab und ließ sich in einen der beiden

Kundenstühle fallen, sah sich im Spiegel an und prostete sich zu. »Dieser Mistkerl da. Dieser Sameer. Da hat Roland immer seine Drogen geholt, da im Puls-dings, und was weiß ich noch gemacht.« Der Likör hinterließ eine feuchte Spur unter ihrer Nase, als sie noch einen Schluck trank.

Svea hielt ihr das Foto von Yvette hin. »Was ist mit ihr?«

»Was soll mit der sein?«

»Vielleicht war diese Frau mal hier?«

»Keine Kundin. Nee.« Sie trank noch einen Schluck. Die Eiswürfel klirrten.

»Vielleicht hat Ihr Sohn sie mal getroffen?«

»So 'ne Hübsche?« Sie lachte. »Mit mei'm Sohn?«

»Sehen Sie die Frau noch mal genau an, bitte.«

Frau Lohmann nahm das Bild und betrachtete es aufmerksam.

»Vielleicht hat Ihr Sohn mit ihr im Internet gechattet?«, schlug Jan vor.

»Im Internet? Da hat der sich nur mit …« Sie winkte ab. »Vergessen Sie's.«

»Was hat Ihr Sohn?« Jan schien hellhörig geworden zu sein, und auch Svea dachte sofort an Drogendeals.

»Pornos geguckt. Der hat doch nur mit so Weibern, mit so Nutten rumgemacht. Hat ja seine ganze Kohle immer aufn Putz gehauen.«

»Hm.« So kamen sie nicht weiter. Das alles klang nach einem klassischen Absturz und Mutter-Sohn-Konflikt. War aber nichts, das ihnen half, Licht ins Dunkel des Falls zu bringen.

»Aber is' doch so! Der hätte hier mit'm Laden was Anständiges gehabt. Aber was is'? Schmeißt alles. Kriegt's grad noch geschissen, am Terminal anzufangen. Immer nur Scheiße im Kopp.«

»Aber«, wandte Svea ein, »Roland hatte doch einen anständigen Job als Reachstackerfahrer.«

»'n Scheiß hatte der. Der is doch da nur hin, um zu klauen.« Diesmal trank sie das Glas auf ex aus. »Sind Sie sicher, dass Sie keinen …?« Sie hielt für Jan ihr leeres Glas hoch.

»Nein. Nein danke«, meinte er. »Hören Sie, was ich Ihnen jetzt zeige, ist vielleicht ein bisschen brutal für Sie.«

»Brutal für mich?« Sie stand auf, um sich noch einen einzugießen.

Die beiden folgten ihr wieder zur Kasse, wo noch immer Sveas Likör stand. Sie nahm ihn, trank aber noch immer nicht.

»Ich sag Ihnen beiden mal was: Dass ich dieses Arschloch nicht längst vor die Tür gesetzt habe, das war brutal. Schmeißt mit der Kohle rum, ist immer weg und besoffen und fickt irgendwelche Nutten. Das ist brutal. Das mit anzusehen als Mutter is' brutal.« Sie goss sich das Glas randvoll, während Jan das Foto mit den Leichen herausholte und es auf den Tresen legte.

»Erkennen Sie da jemanden? Außer Ihrem Sohn, mein ich?«

Sie hatte eindeutig keine Lust mehr, sich irgendetwas anzuschauen, sondern sortierte lieber Kugelschreiber, bloß widerwillig streifte ihr Blick darüber.

»Nee …« Sie stutzte. »Doch. Den Typen da links.«

Sie stellte ihren Drink ab und nahm sich das Bild. Seufzend ließ sie den Blick über die nackten Wasserleichen schweifen. Bei ihrem Sohn angelangt, meinte Svea endlich – zumindest für einen Wimpernschlag – so etwas Entferntes wie Mitleid zu erkennen. Nur ein kurzes Zucken im Mundwinkel, ein Schatten, dann war der Eindruck wieder verflogen.

»Der links da. Den hab ich mal hier gesehen. Und den da. Der da vorne neben dem alten Typen.« Sie tippte auf die beiden Männer und schob das Bild zu Jan zurück. »Die waren ein paarmal hier.«

»Hier im Laden?«

»Nee, da drüben in Hollywood. Ja, hier! Hier im Laden ... Aber nich' zum Haareschneiden, Herr Kommissar. Die hat Roland mal angeschleppt. Drei-, viermal. Keine Ahnung, wie die hießen. Der hat die irgendwo Weihnachten oder so aufgegabelt. Scheiß Kameltreiber. In irgend'nem Puff bestimmt oder in diesem Club. Er hat mal gesagt, dass er da arbeiten will, wo die sind.«

»Und das wäre?«, wollte Svea wissen.

»Keine Ahnung, wie der Laden heißt. Auch irgend so 'n Nuttenclub. Irgendwas mit Rock 'n' Roll ... Ach!« Sie trank wieder einen Schluck, pulte sich dann ein Haar aus dem Mund und nickte schließlich zur Decke. »Is' sicher was oben.«

»Was oben?«

»Na, in seinem Zimmer. Papiere oder so. Da, wo er sich vorgestellt hat. Hat sich sogar 'ne Krawatte für gekauft.« Sie lachte bitter. »'ne Krawatte! Roland! ... 'ne Krawatte!«

Die Wohnung über dem Laden erstrahlte in einer unerwarteten Klarheit und Ordnung. Die Möbel verströmten den biederen Schick der 1980er Jahre. Ein Hauch von frischem Zitronenreiniger lag in der Luft, und Svea war gleichermaßen beeindruckt von der makellosen Sauberkeit, wie sie von der Spießigkeit abgeschreckt wurde. Nicht ein einziges Stäubchen oder herumliegender Krimskrams waren zu entdecken – ein deutlicher Kontrast zu ihrem Hausboot, wo immer irgendwas irgendwo herumflog, selbst wenn Maigret keine Partys feierte.

»Sein Zimmer is' da links.« Fahrig nickte Frau Lohmann den schmalen Flur hinunter.

An der Tür pappten noch Aufkleber aus Rolands Kindheit. Irgendwelche Computerspiele, die Svea nur vom Hörensagen kannte.

Kaum die Tür geöffnet, schlugen den beiden abgestandene Luft und der Geruch von ungewaschenen Klamotten entgegen. Sie türmten sich neben einem vollen Aschenbecher und ein paar Bierflaschen, die neben dem Bett lagen. Automagazine stapelten sich vor dem Schreibtisch auf dem Boden. Auf dem Tisch thronte ein älterer PC, der Kleiderschrank stand halb offen. Svea hatte sich ein größeres Chaos vorgestellt. An der Wand pinnten mehrere Hochglanzaufnahmen von extrem teuren Sportwagen. Auf einem Foto stand Roland posend mit zwei Kumpels vor einem Ferrari. Sie hielten Bierdosen hoch und taten, als wären sie die Coolsten. Svea schätzte Roland auf dem Foto auf zwanzig, zweiundzwanzig Jahre. Er sah nicht schlecht aus. Gute Figur und klare Gesichtszüge. Sie schaute sich die anderen Gesichter genau an, holte sogar das Leichenfoto noch einmal heraus, fand aber keine Übereinstimmungen mit seinen Freunden.

Jan trat an den Schreibtisch und sah sich einige Ablagefächer an, in die Briefe und Rechnungen gestopft worden waren. Er zog den Stapel Unterlagen heraus und blätterte mit

Svea alles durch. Das meiste waren irgendwelche Lieferungen von Onlineshops und Mahnungen.

»Hier, Burchardkai.« Sie hielt Jan einen Brief hin. Roland war wegen Fehlzeiten abgemahnt worden.

»Zeugnisse oder Bewerbungen sind nicht darunter.« Jan wandte sich an Frau Lohmann, die in der Wohnung verschwunden war. »Hat er irgendwo Ordner? Aktenordner?«, rief er in den Flur.

»Nee. Ordner? Nee!«

»Frau Lohmann«, sagte Svea. »Wir müssen den PC mitnehmen.«

»Ja, und? Bloß weg mit dem Scheißteil. Machen Sie ruhig.«

Noch einmal sah sich Svea im Zimmer um und folgte schließlich ihrer Intuition. Sie nahm sich den Kleiderschrank vor. Unter ein paar teuren Jeans und einem Designer-Hoodie fand sie einige dünne Ordner. Alte Zeugnisse aus der Stadtteilschule. Sie überflog sie nur kurz. Erster Bildungsabschluss mit ziemlich schlechtem Schnitt, mehrere Auszeichnungen beim Kartrennen, ein paar Unterlagen aus seiner Ausbildung zum Mechatroniker, die er abgebrochen hatte. Und tatsächlich eine Bewerbung auf eine neue Stelle.

Schmunzelnd hielt sie Jan das Schreiben hin. »Eigenartiger Rock-'n'-Roll-Club, bei dem er sich beworben hat ...«

»Oh.« Auch Jan musste lächeln. In ihrem Desinteresse für ihren Sohn hatte Frau Lohmann wohl nicht richtig zugehört. »Oiler. Auf einem Roll-on-Roll-off-Schiff.«

»Interessant. Die legen am O'Swaldkai an.«

Die speziellen RoRo-Transporter konnten dort be- und

entladen werden. Mit ihnen wurden Fahrzeuge transportiert. Lkw, Züge, Panzer, Autos.

»Kein Wunder, dass er sich bei seiner ganzen Autoliebhaberei« – Jan nickte zu den Magazinen und Fotos – »mehr für einen Job auf einem RoRo-Frachter interessierte, als am Terminal Spezialkräne zu fahren.«

»Aber als Oiler? Als Schmierer, da verdient er ja kaum was. Das ist 'n ganz schöner Abstieg in der Gehaltsklasse.«

»Auch wieder wahr.« Jan zog eine weitere der dünnen Mappen heraus. Sie war mit Hochglanz-Flyern von Audi gespickt, dazu Korrespondenz mit einem Autohaus. Er stutzte.

»Was ist denn?«, wollte Svea wissen.

»Sie sagten, er hat sein Geld immer auf den Putz gehauen?«, rief Jan Frau Lohmann zu.

»Ja. Der war immer pleite«, kam prompt die Antwort von draußen. »Ich schüttle mal den Pfirsichbaum. Bin unten. Wenn Sie fertig sind, Tür zu.«

Svea hörte sie auf der Treppe. Wenn der Likörstand kritisch war, spülte sie sicher mit Jägermeister nach.

Jan hielt Svea die Unterlagen hin. »Krass, oder?«

Es war ein Kaufvertrag. Roland Lohmann hatte sich ein gebrauchtes Audi RS 5 Coupé gekauft.

»Anzahlung 43 000 Euro und 750 Euro über 72 Monate? Ich hab den falschen Job«, brummte Svea und überflog weiter den Kaufvertrag. Er war erst ein paar Wochen alt. »Das sind knapp hunderttausend für … für ein« – sie bekam das Wort kaum heraus – »… ein Auto.«

»Wo das Herz für schlägt …«

»Drogengeld?«

»Möglich. Sogar wahrscheinlich.«

Svea sah sich weiter um, entdeckte ein paar Pornos im Schrank, vermutlich noch aus seiner Jugend. Ansonsten fand sich nichts mehr, das ihnen weiterhalf.

Vielleicht war noch mehr auf dem PC, aber damit musste sich Lars in der Computerforensik beschäftigen.

Nachdem sie sich weitere zehn Minuten umgesehen hatten, zückte Jan schließlich sein Handy und rief bei Hendrik durch. Er sollte einen Trupp schicken, um sämtliche Papiere und den PC mitzunehmen.

21

Ziegler sah sich noch einmal das YouTube-Video an. Eine Frau mit auffälligem Make-up und langen Fingernägeln zerlegte eine Pistole, um sie zu reinigen. Er schob seinen Laptop auf Lisas Schminktisch und dadurch ein paar ihrer Lippenstifte und Nagellackfläschchen beiseite, dann spulte er vor, bis die Frau die Waffe wieder zusammensetzte.

Erst das kurze Stück Lauf, dann die Feder. Spannen und einrasten.

Müde rieb er sich die Augen, betrachtete einen Moment die ganzen Plakate von Loredana und Lisas Band, den *Fiiireborn Seraphim*, die überall angepinnt waren.

Nachdem er ein paarmal tief durchgeatmet hatte, sah er sich das Video weiter an. Er griff sich den Schlitten und schob ihn auf die Schiene, zog ihn ganz nach hinten durch, und ein sattes Klacken ertönte. Alles griff ineinander. Auf tödliche Art.

Er befolgte die letzten Schritte, dann war die SIG P225 wieder einsatzbereit.

»Wer sagt's denn«, knurrte er und ließ das gefüllte Magazin einrasten, lud durch.

Die Waffe lag gut in der Hand. Befriedigend schwer, erstaunlich ausgewogen. Probehalber hielt er sie hoch und zielte auf sich selbst in Lisas Spiegel. Auf seinen Kopf. Zwischen die Augen.

Da hockst du jetzt ... Hast nichts dagegen tun können, aber jetzt willst du alles ändern ...

Du hockst hier. Hier. In diesem furchtbar stillen Haus. Diesem toten Haus. Und glaubst, du kannst es durchziehen? Wirklich?

Er zielte auf sich im Spiegel und ließ die Waffe einen Moment auf seine Stirn gerichtet.

Ich zieh's durch!

Sicher. Aber wenn es nichts wird, was dann?

Dann schieß ich mir genau hierhin. In den Kopf.

Er ließ den Gedanken einen Moment sacken, während er sich in die Augen sah.

So ist's recht, Herr Kapitän. Es gibt kein Zurück. Du gehst als Letzter von Bord.

Das Klingeln seines Handys ließ ihn zusammenfahren.

Du hast das Teil nicht gesichert, du Vollidiot!

Sein Herz tat noch einen Sprung. Über seine Fahrlässigkeit geschockt, schob er schnell die Sicherung rein, suchte sein Handy.

»Ja?«

»14 Uhr. Am Kai.«

»Nein! Ich will erst ... «

Aufgelegt. Einfach aufgelegt.

»Scheiße!«, entfuhr es ihm wütend. »Fuuuuuck!« Ohne nachzudenken, packte er den Laptop und riss ihn mit einem Ruck vom Tisch. Er krachte auf den Boden. Lisas Schminkfläschchen, Pinsel und Stifte prasselten hinterher und verteilten sich im Teenagerzimmer.

»Verfickte …«, fluchte er noch einmal, diesmal leiser. Bebend vor Wut saß er da und betrachtete still das Chaos. Die Nagellack-Pistolen-Frau pries ihre Waffe an. Der Laptop lag auf der Seite, und die geschminkte Schönheit redete gekippt auf ihn ein. »… and always remember: only guns bring freedom.«

Sein Blick wanderte von dem Schminkchaos seiner Tochter Lisa zu seiner Waffe, die neben ihm auf dem Bett lag. Sie wirkte so unscheinbar, so harmlos …

Du ziehst das durch!

22

Dana van Leeuwen nickte stumm. »Ich ...« Sie versuchte, etwas zu sagen, doch die Tränen waren schneller. »Entsch...«, mehr brachte sie nicht heraus, fuhr mit ihrem Rollstuhl den Meter von der Couch zu einem Tischchen und wollte ein Papiertuch aus dem Spender ziehen. Es gelang ihr vor Zittern nicht.

Svea konnte schwer sagen, ob die Schwester des Kapitäns wegen ihrer Krankheit zitterte oder wegen der schlechten Nachricht. Von Lohmann aus waren sie direkt zu ihr gefahren. Hendrik hatte sie ausfindig gemacht. Dana van Leeuwen wohnte in einer Zweizimmerwohnung. Das meiste Leben schien sich im Wohnzimmer abzuspielen, das mit kitschigen, goldgerahmten Ölschinken von Segelschiffen in aufgewühlter See vollhing. Im Ascher neben dem Papierspender qualmte eine Zigarette vor sich hin, die Fernbedienung lag auf dem Häkeldeckchen, während der Fernseher tonlos flackerte.

Jan reichte ihr eines der Tücher. Dana wischte sich die Augen, es half allerdings nur wenig, denn sofort kamen neue Tränen.

»Es tut mir leid um Ihren Bruder.« Jan reichte ihr noch ein Tuch. »Ich weiß, dass es Ihnen nicht wirklich hilft, aber wir gehen jedem Hinweis nach.«

»Und wir werden den drankriegen, der Ihren Bruder ermordet hat. Das können Sie uns glauben«, versuchte Svea, die Frau aufzubauen.

Dana nickte fahrig, dann langte sie nach der Packung Papiertücher und fuhr zu ihrer Zigarette um den Tisch herum.

Dana war sehr viel jünger als ihr Bruder. Mitte vierzig. Ihre Hände wirkten kräftig und machten ebenso wie ihre muskulösen Arme einen gesunden Eindruck. Ganz im Gegensatz zu ihren Beinen, die ausgezehrt wirkten. Sie trug ein besticktes Shirt, das glamourösen Frohsinn verbreiten sollte, jedoch die Tragik nur unterstrich, denn sie hing schief und ohne Halt im Stuhl. Dana musste ihr rechtes Bein mit beiden Händen nehmen, um es über das andere zu schlagen.

Sie rang nach Fassung, zupfte sich ein weiteres Tuch aus der Packung, die jetzt in ihrem Schoß lag, und tupfte sich die Augen ab.

»MS?«

Dana nickte. »Seit gut zehn Jahren, ja.« Sie nahm einen Zug von ihrer Zigarette.

Wirkten ihre Worte wegen der Krankheit leicht abgehackt oder wegen des Todes ihres Bruders? Schwer einzuschätzen.

»Sie haben eine Pflege, nehm ich an?«

»Ina, ja. Sie kommt in« – sie drehte sich zu einem Digitalwecker um – »einer Dreiviertelstunde.«

»Ich weiß, das ist hart für Sie«, setzte Svea neu an. »Aber wie gesagt, wir gehen jedem Hinweis nach, und es wäre sehr hilfreich, wenn Sie uns ein paar Fragen bezüglich Ihres Halbbruders beantworten.«

Schluchzend nickte Dana. »Er hat ... hat immer auf mich

aufgepasst. Lag wohl am Alter. Vierzehn Jahre. Ich meine, der Altersunterschied.«

»Verstehe. Sie hatten also ein gutes Verhältnis zueinander?«

Sie nickte.

»Ihr Bruder ist seit ungefähr einer Woche tot. Sagen Sie, haben Sie ihn gar nicht vermisst?«

»Rick? Nein. Ich ... ich dachte, er wäre längst unterwegs.«

»Auf einem Schiff?«, wollte Jan wissen und schaltete den Fernseher ab.

Wieder nickte sie. »Er wollte in den Oman. Zumindest hatte er mir das so gesagt. Rick war ganz aufgeregt und hat gemeint, er freut sich drauf.«

»Wieso? ... Darf ich? ... Ist da was Besonderes? Im Oman, mein ich?« Svea setzte sich auf die Couch, um mit Dana auf Augenhöhe und möglichst nah bei ihr zu sein.

»Es war mal seine Stammstrecke. Da gibt's ja nicht viele Häfen. Ich glaub, nur einen für große Containerschiffe.«

»Wissen Sie, wann genau er abreisen wollte?«

»Na, letzten Montag. Also nicht diesen, sondern vor ... vor ...«

»Rund zehn Tagen?«, schlug Jan vor und holte sein Handy heraus, um sich Notizen zu machen.

Sie wischte sich wieder Tränen weg. Ihre Wangen wurden langsam rot. »Ja. Kommt hin.«

Svea traute ihrem Instinkt und nahm Danas Hand zärtlich in die ihre, obwohl ihre Hand noch verbunden war. »Gab es irgendwas Auffälliges? An seinem Verhalten? Was er gesagt hat? In den letzten Wochen oder Monaten? Neue Freunde? Andere Gewohnheiten?«

Dana überlegte. »Wissen Sie, Rick war in letzter Zeit immer so ... so besorgt. Einmal ist er hergekommen und hat doch nur die ganze Zeit rausgeschaut.«

Jan nickte zum Fenster. »Hier raus?«

»Ja.« Sie zog an der Zigarette. »Er hat da rausgesehen, und dann ist er wieder weg. Er war nur ein paar Minuten hier. Sonst ist er immer ein oder zwei Stunden bei mir. Ich hab ihm schon oft gesagt, er muss nicht so oft kommen und ... Ich meine, er zahlt ja meine Pflege mit. Die Kasse übernimmt ja nicht alles und ... Ich ... Da muss er ja nicht unbedingt bleiben, stundenlang. Er hat ja auch noch ein Leben und ...« Sie bemerkte erst jetzt, was sie gesagt hatte, und begann wieder laut zu schluchzen. »'tschuldigung. Ich ...«

Jan war ans Fenster getreten, studierte die Aussicht, warf Svea dann aber bloß ein Schulterzucken zu, während die beruhigend Danas Hand streichelte.

»Wir kommen später wieder, ja?« Sie wollte schon aufstehen, doch Dana hielt sie zurück.

»Nein«, meinte sie unter Schluchzen. »Bleiben Sie. Ich ... Wer das gemacht hat, er ... soll dafür büßen. Fragen Sie ruhig.«

»Na schön.« Langsam holte Svea Luft. Würde Dana eine Befragung wirklich aushalten? Aber sie mussten endlich Antworten finden! »Ihr Bruder benahm sich also merkwürdig. Seit wann?«

»Seit Wochen schon. Immer so gehetzt und abwesend und ... ich weiß nicht.«

»Ängstlich?«, schlug Svea vor.

Ratlos sah Dana sie an. »Ich weiß nicht. Vielleicht machte er sich nur Gedanken um die Fahrt.«

»Hat er sich mit wem getroffen? Hat er über wen geredet?«

Mit einem Mal klarten sich Danas Augen für einen Moment auf. Ein zartes Lächeln durchbrach kurz die Trauer. »Eine Frau, ja.«

»Frau?«

»Er war so lange Single. Als Kapitän, da ... Ich hab ihm das immer gewünscht.«

»Er hat sich mit einer Frau getroffen?«, wollte Jan wissen. »Wann?«

»In den letzten Wochen ... Irgendwie hatte ich das Gefühl, dass ihm eine Last von den Schultern fiel ...« Dana überlegte einen Moment und fuhr sich mit zitternden Händen durch das Haar. »Als er hier war, das letzte Mal. Da hat er telefoniert. In der Küche. Heimlich.« Sie musste schmunzeln. »Ich hab's trotzdem gehört, dass es eine Frau war. Er klang ganz aufgeregt, fast schon euphorisch. Ich dachte, er hätte sich endlich verliebt und dass es ihm guttut. Sie glauben doch nicht, dass diese Frau ...«

»Ihn getötet hat? Wir wissen es nicht«, meinte Svea, dachte aber sofort an Yvette.

»Habe Sie einen Namen gehört?«, fragte Jan. »Vielleicht einen Ort, wo sie sich treffen wollten?«

»Könnten Sie mal?« Dana hielt ihm die aufgerauchte Zigarette hin. Jan nahm sie und drückte sie im Ascher aus.

»Irgendeine Adresse oder einen Hinweis?«, fragte Svea. »Damit wir diese Frau finden?«

Dana schüttelte langsam den Kopf, während ihr die Tränen über die Wangen liefen. »Nein, nichts. Er hat nie ihren Namen erwähnt. Aber ich glaube, sie war in seiner Crew.«

»Crew? Auf dem Containerschiff in den Oman?«

Dana zuckte mit der Schulter, wegen ihrer Krankheit sah es zu ruckhaft aus.

Svea überlegte angestrengt. Es war frustrierend, dass sie keine konkreten Informationen hatte. »Dana, versuchen Sie, sich zu erinnern. Irgendwas muss Ihnen doch aufgefallen sein. Jedes noch so kleine Detail könnte uns weiterhelfen.«

Dana wischte sich die Tränen ab und dachte intensiv nach. »Er war ja in der Küche. Ich hab die Frau nicht gehört. Aber er … er hat von einem Schiff gesprochen. Vom achten Deck.«

»Achtes Deck?« Svea fing Jans skeptischen Blick auf. »Vielleicht das Achterdeck?«

»Kann sein. Ja.« Dana drehte sich zu den Ölschinken an der Wand. »Die sind von ihm. Er hat gern gemalt. Schifffahrt und so, das war mir immer egal. Aber ihm zuliebe …« Sie musste tief durchatmen, um nicht wieder zu weinen.

»Achterdeck …«, grübelte Svea. »Sagen Sie, haben Sie ein aktuelles Foto von Ihrem Bruder?«

23

Kaum hatte sie das Café Achterdeck betreten, fühlte sich Svea an die Ausflüge nach Barranquilla, in das edle Restaurant an der Carrera 52, erinnert, das sie mit ihren Eltern und ihrer Schwester immer besucht hatte, wenn es etwas zu feiern gab. Ob es noch existierte? Als Kind war ihr das Restaurant mit seinem vielen Holz und den riesigen Deckenventilatoren wie ein Ort aus einem Märchen erschienen. Vor allem der Geruch von Tee und Kaffee, der sich mit dem Duft vom gewienerten Holzboden vermischte, ließ sie an ihre Kindheit in Santa Marta am Karibischen Meer denken.

»Warum lächelst du?« Jan sah sich nach einem Kellner um. Am Empfang hatte man ihnen gesagt, dass man sich sofort um sie kümmern würde.

»Ich habe nur an Kolumbien gedacht. An das schöne Kolumbien. Nicht das schlimme.« Das Kolumbien von heute war sicher nicht mehr ihr Kolumbien von vor dreißig Jahren. Sie war in den vierundzwanzig Jahren, seit sie in Hamburg wohnte, nicht ein Mal in die alte Heimat gefahren, obwohl es sie durchaus gereizt hätte.

Ob es ihr Haus und die Tauchschule noch gab? Das winzige Anwesen hinter der Küstenstraße mit der verwachsenen

Hecke? Und noch viel wichtiger: die Schule selbst? Das Holzhaus am Strand mit dem Bootsanleger, dem schmalen Steg, der ins Meer hinausführte und auf dem sie so gern nach der Schule gesessen und auf die Wellen gesehen hatte? Die aufgehängten Muscheln hatten immer so fröhlich im Wind geklirrt.

»Du solltest öfter mal lächeln«, meinte Jan und zwinkerte. »Steht dir.«

Sie schenkte ihm ebenfalls ein Lächeln. Eins von Herzen. »So?«

»Perfekt«, antwortete er und musste schmunzeln. Er stellte sich zu ihr und legte seinen Arm um ihre Schulter. »Ich hab über gestern nachgedacht.«

»Ach? Und?« Fast hätte sie sich auf die Lippe gebissen wie ein verlegenes Schulmädchen. Sie hatte auch über gestern nachgedacht.

Er beugte sich zu ihrem Ohr. Sein Atem so nah an ihrer Haut schickte ein Prickeln über ihren Hals. »Ich glaube, es war nicht der Schock«, flüsterte er.

»Hab ich auch schon gedacht.« Nur mit Mühe überwand sie den Drang, ihn zu küssen. Diesmal richtig. »Schau mal. Von hier aus kann man das Terminal sehen«, lenkte sie vom Thema ab, entzog sich seiner Nähe und trat an die Panoramascheibe. Sie waren im Dienst. Es war nicht die Zeit und nicht der Ort, um eine Affäre – eine Beziehung? – mit ihrem Kollegen anzufangen! Konzentriert suchte sie die Elbe ab, die sich in einiger Entfernung und vom Himmel glänzend durch Hamburg zog. Tatsächlich meinte sie die Kräne des Burchardkais hinter den Häusern und zwischen den anderen Containerkränen hervorstechen zu sehen. Ihr auffälliges Blau-Rot zeichnete sich in der Ferne ab.

»Okay. Wer ist alles tot?«, fragte Jan grübelnd, der zum Glück ebenfalls wieder zum Job zurückkehrte. »Also Yvette Ziegler. Sie hat bei der Reederei Krogmann gearbeitet und hatte mal ein Verhältnis mit dem Firmenjunior. Rick van Leeuwen, ein Kapitän für Containerschiffe. Roland Lohmann, Hafenarbeiter. Ebenso zwei Männer von einer Firma, bei der Lohmann anheuern wollte. Bei Yvette wurde eingebrochen. Wahrscheinlich hat sie Drogen genommen. Es gibt Verbindungen zu Sameer Patel. Eine Kiezgröße, die auch mit Drogen zu tun hat. Rick van Leeuwens Auto wurde in der Elbe entsorgt. Roland Lohmann hat für einen Hafenarbeiter zu viel Geld. Wo kommt das her?«

»Sameer Patel?«

»Möglich ... Yvette ist tot, und jemand hat ihre Wohnung verwüstet. Wer hat das getan?«

»Wahrscheinlich derselbe, der uns tot sehen wollte.«

»Hm. Wenn das mal wirklich derselbe war ...«

»Also ich geh davon aus«, meinte Svea. »Yvette war oft im Puls8ion und hatte Sameer Patels Nummer. Ich dachte, dass sie alle zusammengearbeitet haben. Also Sameer Patel und die drei Hafenarbeiter. Er bezahlt sie. Deswegen das viele Geld. Vielleicht hat Yvette was mitbekommen, und vielleicht sollte van Leeuwen im großen Maßstab Drogen mit dem Containerschiff herbeischaffen.«

»Aus dem Oman? Ziemlich unwahrscheinlich. Afghanistan, okay. Aber der Oman? Da steht auf Drogen die Todesstrafe. Und warum sollte Sameer seine ganze Crew ausschalten?«

»Vielleicht weil sie alle aussteigen wollten?«

»Alle auf eins?« Er sah sie zweifelnd an. »Und Yvette? ... Es muss um viel Geld gehen. Nicht wegen Lohmann, sondern weil uns jemand umbringen wollte.«

Sie nickte.

Ein makellos gekleideter Kellner bewegte sich zwischen den stilvollen Sitzgelegenheiten auf sie zu. »Wenn Sie kurz mitkommen möchten«, bat er die beiden höflich. Sie folgten ihm zu einem jungen Mann, der, mit Hemd und Fliege herausgeputzt, gerade dabei war, die Theke von der Tagschicht zu übernehmen.

»Benjamin? Die Beamten wollen mit dir reden«, kündigte der Kellner sie an.

Der Mann band seine Schürze noch zu, dann wandte er sich freundlich an die beiden. »Hallo. Was kann ich denn für Sie tun?«

Svea zeigte ihren Ausweis.

Sofort wurde Benjamin blass. »Ist ... ist was mit Yvette?«

»Was?« Svea fiel beinahe die Kinnlade runter. »Yvette, woher ...?«

»Yvette, na, weil sie nicht wiedergekommen ist.«

Svea warf Jan einen erstaunten Blick zu, der nicht minder überrascht war. Endlich schienen sich Puzzleteile zusammenzufügen. Hatte sich van Leeuwen tatsächlich hier mit Yvette getroffen? Svea musste sich anstrengen, den Mann nicht mit Fragen zu bestürmen, sondern ruhig zu bleiben. »Sie kennen sie also?«

»Sicher. Klar. Sie ... sie hat hier mal gearbeitet. Während ihres Studiums. Und ist öfter hergekommen. So zum Kaffee.«

Jan zog einen Flyer des Restaurants aus einem goldenen Spender. »Wir glauben, sie hat sich hier mit einem älteren Herrn getroffen. Grauer Vollbart. Gesunde Statur.«

»Ja. Stimmt. Das letzte Mal war sie mit einem Mann hier. So Anfang sechzig ...«

Als Svea ihm das Foto, das Dana ihnen von ihrem Bruder mitgegeben hatte, über die Theke schob, bejahte er abermals. »Das ist er. Waren aber nicht lange hier. Die beiden haben da drüben gesessen.« Er zeigte auf einen der Tische beim Fenster.

»Hatten die beiden Streit?«

»Nein. Nein, wieso? Nein. Sie haben geredet. Sie hat ihm was gezeigt auf ihrem Laptop, und dann ... dann sind sie beide übereilt weg. Yvette wollte hinten raus.«

»Geflohen?«

»Danach sah's fast aus. Sie war plötzlich ganz hektisch und hatte Angst. Sie wollte durch die Küche nach unten auf die Straße raus. Ist sie dann auch.«

»Und?«, hakte Jan nach.

»Ja. Was ist dann passiert? Vor wem geflohen? Haben Sie jemanden gesehen, der ihr nach ist?«

»Kaum dass sie mit dem Mann da weg war«, er nickte zu van Leeuwens Bild, »sind drei Typen aufgekreuzt. Sahen nicht gerade nach unserer Kundschaft aus.«

»Schläger?« Jan, der nebenbei den Flyer durchgeblättert hatte, steckte ihn ein. »Gibt es Videoaufnahmen?«

»Das war vor einer Woche. Ich glaube, wir speichern nur achtundvierzig Stunden. Aber das müssten Sie mit dem Chef klären.«

»Gut. Können Sie die drei beschreiben? Und würden Sie mitkommen, damit wir Phantombilder erstellen können?«

»Sicher. Ist ihr was passiert? Yvette, mein ich.« Er zögerte. »Lebt sie noch?«

Svea horchte auf. »Wieso gehen Sie davon aus, dass sie tot sein könnte?«

»Weil das LKA hier ist? Nachdem sie vor drei Schlägern geflüchtet ist ... Und weil Yvette mir ihren Laptop hiergelassen hat.«

»Laptop?«, fragte Svea erstaunt.

Er nickte. »Aber sie ist nicht gekommen, um ihn zu holen. Ich habe schon bei ihr angerufen, aber da is' niemand rangegangen.«

Svea warf Jan einen überraschten Blick zu, dann wandte sie sich noch einmal an den jungen Mann. »Wo ist der Laptop?«

»Sah aus, als hätte sie den lieber nicht bei sich. Aber ... aber dann kommt sie nicht und holt ihn ab. Also, was ist passiert?«

Svea ging nicht auf seine Frage ein. »Wo ist er?«, wiederholte sie und konnte kaum ihre Aufregung in der Stimme unterdrücken.

Wenige Minuten später hatten sie sich mit Yvettes Laptop an einen der Tische zurückgezogen. Erwartungsvoll schaltete Svea ihn ein. Es dauerte einen Moment, bis er gebootet hatte und ein Anmelde-Screen erschien.

»Passwort«, sagte sie enttäuscht. »War ja klar.«

»Klick mal auf Passwort-Hilfe.«

»Ich glaube kaum, dass ...« Erstaunt hielt sie inne: Yvette

hatte tatsächlich etwas eingetragen. Allerdings wurde Svea nicht schlau daraus. »Flügelmusik.«

»Piano? Gib mal ein.«

Fehlanzeige.

»Flügelmusik ... Steinway? Klassik?«, grübelte Jan.

»So kommen wir nicht weiter.« Kurzerhand rief sie bei Ziegler an, der sofort nachfragte, was sie herausgefunden hatten. Svea hätte ihm am liebsten alles haarklein erzählt, aber sie wusste, dass sie es nicht durfte, und solange sie noch ermittelten, würde sie Reinhold auch nichts sagen. »Es geht voran«, meinte sie vage. »Wir haben Yvettes Laptop und brauchen ein Passwort.«

»Da werde ich euch wohl kaum helfen können. Bist du verletzt?«

Sie stutzte. »Woher ...?«

»Stand heute Morgen in der Zeitung. Eine Schießerei gestern im Kapitänsverband. Ein Beamter angeschossen, eine Beamtin verletzt. Als ich's gelesen habe, dachte ich, vielleicht hat es was mit dem Fall zu tun.«

»Geht. Nur was verstaucht.«

»Mir geht's übrigens auch gut«, mischte sich Jan ein.

»Bist du auch in dem Kapitänsverband?«, fragte Svea Ziegler.

»Ich? Nein. Nein, ich bin da nicht drin. War mir immer zu steif. Tritt niemals in einen Verein ein, der dich als Mitglied haben will.«

»Okay. Reinhold. Was fällt dir zum Wort *Flügelmusik* ein?«

»Keine Ahnung. Yvette hat nie Musik gemacht. Lisa ist in einer Band ... Aber Klavier spielt sie nicht.«

»Sondern?« Jan zog den Rechner zu sich und sah sich den Screen und die Hilfe noch einmal an. Er versuchte es schlicht mit »Flügelmusik«, aber so einfach war es nicht.

»Schlagzeug. Lisa spielt Schlagzeug«, antwortete Ziegler.

»Schlagzeug. Hm …«

»Ja. Seit drei Jahren. Die Band hat auf diesen ganzen Musik-Dingern im Netz schon eine ganz schöne Welle gemacht, und ein paar Liveauftritte hatten sie auch. Ich glaube, Yvette war oft da. *Fiiireborn Seraphim*, wenn ihr mal googeln wollt. Mit drei i.«

»Sonst fällt dir nichts ein? Niemand, der Flügel oder … Warte mal … Jan!«

»Ja?«

»Gib das mal ein. *Fiiireborn Seraphim* … Seraphim sind doch Engel, oder? Und die haben Flügel.«

Nicht sehr geübt suchten Jans Finger die Tasten. Langsam gab er »Seraphim« ein. Fehlanzeige. Dann tippte er »FiiirebornSeraphim«.

Sofort verschwand der Screen, und sie waren eingeloggt.

»Wow. Danke.«

»Hat's geklappt?«

Svea versprach Ziegler, sich zu melden, dann legte sie auf.

»Lass uns mal sehen, was wir hier haben.« Jan klickte auf einen Ordner namens »Projekte«, aber er ging nicht auf. Eine Warnung erschien, die unmissverständlich klarmachte, dass der Ordner verschlüsselt war und nach einem weiteren Passwort verlangte.

Jan versuchte es mit dem Bandnamen, aber diesmal funktionierte es nicht. »Scheiße.« Er klickte einen Ordner mit dem

Namen »SetecOcean« an, aber auch der war verschlüsselt. Er versuchte es bei ein paar anderen, bekam aber nur nichtssagende Dateien auf. Der Rest war passwortgeschützt.

»Da muss Lars ran«, seufzte Svea. »Wäre ja auch zu schön gewesen.«

24

Ein paar Stunden später folgte Svea Jan durch zwei Büros und schließlich in einen Gang mit Eisenregalen, in denen Computer lagerten. »Wollen wir wetten? Ein Abendessen, dass Lars den Rechner von Yvette nicht knackt.« Jan hielt an einer verschlossenen Rauchglastür, hinter der Lars' Heiligtum lag.

»Das Currywurst-light-Dinner?«

»Dinner nach deiner Wahl«, entgegnete er grinsend. »Kann auch Curry-Pommes werden.«

»Bin dabei.« Die beiden sahen hoch in die Kamera und warteten, dass Lars den Summer drückte. »Ich kenn meinen Ex. Man kann ja viel über ihn sagen, aber er hat flinke Finger.«

»Aaaaalso! Frau Roth!«

Sie lachte, dann schnarrte der Summer, und sie drückte die Tür auf.

In der Abteilung für Computerforensik des LKA arbeiteten sechs Fachleute, alles erfahrene Experten auf dem Gebiet der digitalen Ermittlung. Lars kam sofort auf die beiden zu. Das Rauschen von Computerlüftern erfüllte den Raum und untermalte leises Radiogedudel, in dem Axel Rose von einer Demokratie in China sang.

»Hi«, begrüßte er Svea, während er Jan links liegen ließ. »Kommt mit.«

Er führte sie zu seinem Arbeitsplatz im Labor, wo Yvettes Laptop stand, umringt von Kabeln und zwei weiteren PCs. Der Geruch nach Metall und Lötzinn stieg Svea in die Nase. Sie kannte ihn aus der Küche im Hausboot, wo Lars oft in Ermangelung an Platz gebastelt hatte.

»Wie sieht's aus? Irgendwas Hilfreiches gefunden?« Svea trat näher zu ihm und roch sein Aftershave. Jedoch keine Spur von Alkohol, wie sie zufrieden feststellte.

»Dir geht's wirklich gut?«, fragte er ehrlich besorgt.

Sie nickte und hielt ihre verbundene Hand hoch. »Geschwollen, Schmerzen beim Greifen und wenn ich was hebe.«

»Dann lass das mal lieber.«

»Und bei dir? Fortschritte?«

»Ich hab mir die Festplatte angesehen, das Betriebssystem, installierte Programme ... Sieht aus, als hätte sie die meisten Ordner mit AES-256 verschlüsselt.«

»Und das heißt?«, fragte Svea geduldig.

»Dass es übel ist. Fort Knox. AES-256 nutzt die US-Regierung für streng geheime Dokumente.«

»Die dann bei Trump aufm Klo liegen?«, warf Jan ein, der sich im Hintergrund gehalten hatte.

»Ja, genau die. Da irgendwelche Passwörter durchzuprobieren, kann man vergessen. Wenn es schlecht läuft, braucht man 2 hoch 250 Versuche. So rund.«

»Na, dann los.« Aufmunternd klopfte Svea ihm auf die Schulter.

»Witzig. Das ist 'ne Zahl mit rund achtzig Nullen. Eine Brute-Force-Attacke kannst du da vergessen.«

»Und das heißt jetzt?« Jan nahm einen der Lötkolben hoch und sah ihn sich gelangweilt an.

»Ich suche nach einem anderen Ansatz. Ich scrape gerade alles, was ich – leg das bitte hin! Danke – was ich über Yvette im Netz finde. Social Media, Fotos, Websites, Lebensläufe. Alles, was ich irgendwie zusammentragen kann. Du hast doch mit Reinhold geredet, vielleicht weiß der was.«

»Der hat kaum noch Kontakt zu ihr gehabt. Inzwischen wohnt er mit Lisa allein.«

»Schade. Ich brauche mehr Infos über Yvette, um auf ein Passwort zu kommen. Außerdem checke ich die Header-Infos der gekrypteten Dateien, vielleicht gibt's da ein Muster, das ...« Er winkte ab. »Ich will euch nicht langweilen. Ich brauche Zeit. 'ne Woche, 'n Monat ... Das kann dauern.«

»Also gibt's auf dem Rechner erst mal nichts, was uns weiterhilft?«

Er aktivierte den Laptop. »Dank eurer Vorarbeit kommen wir ins System und können uns alles ansehen. Sie hat Linux drauf. Wie gesagt, einige Ordner sind nicht verschlüsselt.« Er schnappte sich seinen Bürostuhl und ließ sich reinfallen, dann flogen seine Finger über die Tastatur.

Svea ging in die Hocke, um besser auf den Monitor sehen zu können, während Jan mit einem bunten Pappschächtelchen herumspielte, das an Lars' Arbeitsplatz gelegen hatte. Es sah aus, als käme es aus einem Nippesladen, oder war es selbst gemacht? Ein mit Glitter aufgemaltes Herzchen.

Svea wusste, dass Computer nicht so Jans Ding waren, und

ehrlich gesagt langweilten sie die technischen Infos ebenfalls – auf der anderen Seite war es erstaunlich, was ein paar Dateien und die Benutzung von Handys und Rechnern über Opfer und Täter aussagen konnten.

»Ich hab rekonstruieren können, was Yvette als Letztes geöffnet hat.«

»Im Café? Klasse!« Svea gab Lars ein spontanes Küsschen auf die Wange, was ihm sichtlich gefiel. Im Augenwinkel konnte sie sehen, wie Jan sie beide stirnrunzelnd beobachtete. Sie hatte ihn gar nicht eifersüchtig machen wollen oder sich groß etwas beim Küsschen gedacht. Vor ein paar Wochen noch hätte sie nie geglaubt, Lars jemals wieder zu berühren, geschweige denn ein Küsschen zu geben, aber ihr gefiel wirklich, wie er sein Leben wieder in den Griff bekam. Auch wenn sie sich nicht vorstellen konnte, mit ihm erneut zusammenzukommen, so schien es ihr spätestens nach ihrem Tauchunfall falsch, ihm weiter die kalte Schulter zu zeigen. Irgendwie mussten sie schließlich weiter miteinander umgehen. Und wenn schon nicht privat, dann eben auf der Arbeit. Vielleicht war es an der Zeit, ihre Beziehung zueinander zu normalisieren.

»Was hat sie geöffnet? Zeig mal.«

»Kann ich nicht. Das meiste ist verschlüsselt, aber ich hab Dateinamen. Karte-Kueste034b.tif, Karte-NSee01.tif. Dann diverse Fotos, Source-Editoren, VSC und zwei, drei Python-Programme. SetecOcean_masterV01. 2.py.«

»Na, das hilft uns weiter«, meinte Jan enttäuscht.

»Das vielleicht nicht, aber das hier. www.inter-roro.com/user/conf und so weiter …«

»Eine Website?« Svea sah sich die Liste der Dokumente, Programme und Internetseiten an, die Yvette geöffnet hatte. Der Zeitstempel des Websiteaufrufs stimmte mit ihrem Treffen im Café überein.

»Die Website hat sie sich mit van Leeuwen angesehen. Und worum geht es da?«

Lars zog sich eine andere Tastatur heran und drehte einen Monitor zu ihnen. Ein zweiter Rechner sprang an. In Windeseile öffnete er einen Browser und gab die Adresse ein.

Die Seite eines Reeders.

»RoRo-Internation HLC Transport? Ist das nicht die Firma, bei der sich Lohmann beworben hat?« Interessiert trat Jan neben Svea, noch immer das Schächtelchen in der Hand. Er schüttelte es leicht, wie um festzustellen, was sich darin befand.

»Ja. Kommt hin«, sagte Svea. Fotos eines großen Frachtschiffs, auf das Lkw verladen wurden, waren zu sehen. Dann weitere Bilder, die den Frachter mit eng geparkten Autos zeigten, Hunderten von Autos.

»Diese Pötte sind riesig. Da passen locker dreitausend Fahrzeuge rein«, meinte Lars. »Und ich hab mal rumgestochert und telefoniert. Rick van Leeuwen hat solche Kähne gefahren. Sagt man das so? *Gefahren?*«

Svea ging nicht auf die Frage ein, denn sie begann zu grübeln. Wie es aussah, traten immer mehr Verbindungen zutage. »Er war Kapitän auf einem RoRo-Frachter?«

»Ja. Bei der Firma da.« Lars tippte auf den Monitor und rief dann weitere Seiten der Reederei auf. »Er war für dieses Schiff hier verantwortlich. Die *Ocean Hathagat*. Er sollte mit dem Frachter morgen ablegen. Morgen früh.«

»Wohin? In den Oman?« Endlich bekam Jan die Schachtel auf und stutzte, scheinbar überrascht von ihrem Inhalt.

»Nein. Nach Südamerika. Colón. Panama. Die *Ocean Hathagat* hat Autos an Bord. BMW. 3400 Stück. Hab's überprüft.«

Nachdenklich nahm sich Svea die Maus und scrollte durch die Website. So recht wurde sie aus dem Ganzen noch immer nicht schlau.

»Was ist denn das?« Mit fragendem Blick zog Jan Lulatsch aus der Schachtel, hielt den abgegriffenen Tiger mit zwei Fingern im Nacken. »Dein Maskottchen, Lars?«

»Ey!« Lars fuhr herum. »Pack den zurück!«

Erschrocken hob Jan die Hände. »'tschuldigung.« Bevor er den Tiger zurücklegen konnte, war Lars bereits aufgesprungen und riss ihm die Schachtel weg. Das Kuscheltierchen landete auf dem Boden.

»Lass deine verdammten Finger von meinen Sachen!« Aufgebracht stippte Lars Jan vor die Brust.

»Ist gut jetzt«, ging Svea dazwischen, die sich noch gut daran erinnern konnte, wie die beiden sich auf ihrem Hausboot geschlagen hatten. »Alles okay.« Sie klaubte Lulatsch auf und pustete ein bisschen Staub weg. »Schachtel?«

Lars reichte sie ihr, und sie bettete den kleinen Tiger behutsam hinein. Offenbar hatte Lars die Schachtel mit bunt gestreiftem Geschenkpapier beklebt, was ihm sauber gelungen war.

»Der ist für Lena, du Idiot«, brummte Lars. »Sie hat nächsten Freitag Geburtstag. Ich wollt ihn ihr aufs Grab legen.«

»Das ... tut mir leid ... Das wusste ich nicht.«

Lars murmelte etwas Unverständliches und nahm Svea die

Schachtel aus der Hand. Seine Finger berührten ihre, und er warf ihr einen eindringlichen Blick zu. »Ich … Kann ich dich kurz unter vier Augen sprechen?«

»Ja. Ja, sicher …«

Svea folgte ihrem Ex-Mann in einen fensterlosen Nebenraum. Ein paar Kollegen hockten vor ihren Computern, klickten und tippten. Eine schlanke Frau, die Svea kaum bis zur Brust reichte, tauschte Festplatten in einer Reihe von Laufwerkshalterungen.

»Hast du was mit dem?«, fragte Lars geradeheraus.

Svea hatte damit gerechnet, dass er etwas über Jans Verhalten loswerden wollte. Aber diese Frage erwischte sie kalt. »Was? Mit Jan? Selbst wenn, geht dich das wohl nichts an.« Sie merkte, dass sie tatsächlich darüber verärgert war, dass Lars sie so etwas fragte. Und gleichzeitig irgendwie gerührt.

Er seufzte. »Entschuldige. Du … du hast natürlich recht. Vergiss es. Ich … ich wollte dich fragen, ob du zumindest was auf die Karte schreiben willst.«

Sie sah ihn fragend an.

»Wenn du schon nicht ans Grab mitkommen willst, Svea. Ich dachte, vielleicht jedenfalls das?« Er zog eine fröhliche Karte mit einem dämlich dreinblickenden Comic-Tiger aus der Schachtel. Svea las ein buntes *Happy Birthday*.

Schon wieder eiskalt erwischt. »Ich …« Sie zögerte.

»Nimm sie mit. Überleg's dir. Zwei Worte reichen ja. Mehr muss ja nicht sein.« Nachdrücklich hielt er sie ihr hin.

Svea war wie gelähmt. Sie konnte diese Geburtstagskarte nicht anfassen.

Das war ... Sie war ... Durchatmen!

»Jetzt sei nicht sofort wieder sauer«, meinte sie, weil er ganz offensichtlich gleich die Geduld mit ihr verlieren würde.

Er schnaufte. »Bin ich gar nicht. Bin ich nicht. Echt.« Er schaffte ein Lächeln. »Überleg's dir einfach.«

Einen langen Moment sahen sie sich in die Augen, und Svea schätzte ab, wie ernst es ihm war. Sie konnte sich selbst in seinen Pupillen sehen.

Nach einer gefühlten Ewigkeit bot er ihr die Karte erneut an. »So oder so ... du kannst sie mir ja Montag wiedergeben ... Beschrieben oder nicht. Okay?«

Es ist nur ein bunt bedrucktes Stück Papier, Svea!

Schließlich nahm sie ihm die Karte aus der Hand, so zögernd und tastend, als wäre es ein kostbares Kleinod.

Ein paar Minuten später standen Svea und Jan im Fahrstuhl. Sie waren auf dem Weg in ihre Büroetage.

»Ich bin ein echter Idiot«, brach Jan die Stille. »Ich wusste das nicht. Wirklich. Ein Stofftier in der Schachtel. Zwischen all dem Lötkram ...«

Sie antwortete nicht, sondern sah stumpf auf den Boden der Kabine. Mit beiden Händen hielt sie die Karte vor sich und starrte daran vorbei auf ihre Schuhe. Sie spürte, dass Jan sie besorgt musterte. Ein Kloß bildete sich in ihrem Hals, und sie wollte aufsehen, ihn ansehen, aber sie konnte nicht.

Schnaufend atmete sie durch, dann schloss sie die Augen und fragte leise und mit ängstlicher Stimme: »Glaubst du, ich bin gefühllos?«

»Was?«

»Gefühllos. Kalt.«

»Du?«

»Ja. Empathielos. Irgendwie.«

Mit einem Mal konnte Svea seine Hand spüren, die sanft ihren Kopf nahm. Er drehte sie zu sich.

»Dass du fragst, ist doch schon Antwort genug ... Komm mal her. Komm einfach mal.«

Jan drückte sie an sich. Er hielt sie, ohne ein Wort zu sagen, einfach nur im Arm, und es tat gut, ihn zu spüren. Trotzdem dauerte es einen Moment, bis sie sich überwand und ihre Arme auch um ihn legte. Sie merkte, dass Tränen in ihr aufstiegen. Zitternd drückte sie sich an ihn, konzentrierte sich auf seine Wärme. Während er sie festhielt und tröstend schwieg, lauschte sie in sich hinein und wartete auf die erlösenden Tränen ...

Doch sie blieben aus. Es wollten einfach keine Tränen kommen.

25

Svea zog ein gekühltes Bier aus dem Kanal, das an einem Seil von Bord baumelte. Mit einem gekonnten Schlag auf die Kante der Reling öffnete sie es und brachte es Jan.

Der hockte auf allen vieren auf dem Deck des Hausboots und untersuchte kritisch das Loch in der Wand zum Wohnzimmer.

»Dein Kahn gammelt und rostet ganz schön. Da ist mal 'n neuer Anstrich fällig.«

Sie stellte ihm das Bier hin. »Wem sagst du das?«

»Gib mir mal das Blech rüber.«

Sie gab Jan das dünne Metallstück. »Ein Kapitän, der auf RoRo spezialisiert ist, der mit Yvette aus einem Café flieht. Ein Dockarbeiter, der bei einer RoRo-Spedition am O'Swaldkai arbeiten will. Allesamt tot. Wir sollten diese Firma checken.«

»Erst mal nur festkleben oder irgendwie verschrauben?«

»Kleben reicht, glaub ich, erst mal.« Sie reichte ihm die Silikonkartusche. »Yvette und der Kapitän, dieser van Leeuwen, fliehen aus dem Café. Wahrscheinlich vor denselben Männern, zu denen auch unser Angreifer zählt. Sie lässt den Laptop da, um ihn später zu holen ...«

»Weil sie nicht will, dass er den Männern in die Hände fällt«, ergänzte Jan und begann, um das weggeknabberte Loch Silikon aufzutragen. »Das ist aber gefuscht. Wenn dein tierischer Detektiv daran kratzt, kann ich nicht garantieren, dass das hält. Das sollte man hier verschrauben und da vielleicht an den Rahmen schweißen.«

»Ich muss Lars fragen, der hat's Schweißgerät.«

»Lars kann schweißen?«

»Kann er, ja. Sogar ziemlich gut. Er hat den halben Kahn zusammengeschweißt. Mit meiner Hilfe versteht sich.« Sie sah auf den Kanal. Die untergehende Sonne spiegelte sich im Wasser. Svea lenkte das Thema lieber wieder auf den Fall. »Hendrik meint, die anderen beiden Toten könnten Seeleute sein. Ausländische Reederei. Vielleicht gibt's deswegen keine Vermisstenanzeigen. Oder sie sind von der O. K.«

»Hat Hendrik dich angerufen?«

»Vor einer Stunde. Tennhaus muss der Presse endlich Ergebnisse vorlegen. Da steppt wohl der Bär seit dem Anschlag auf uns.« Instinktiv suchte ihr Blick kurz die Straße ab.

Er presste das Blech ans Silikon und prüfte, ob es festsaß. »Wenn's trocken ist, hält's einigermaßen. Aber wenn ich Maigret wäre, mich würd's nicht abhalten.« Er richtete sich auf und nahm einen Schluck. »Was mich stutzig macht: Yvette und auch Rick van Leeuwen und dieser Lohmann, die hatten alle Verbindungen zu Sameer Patel. Yvette hatte seine private Handynummer, van Leeuwen hat den Kahn gefahren, auf dem die Drogen damals gefunden wurden, und die Mutter von Lohmann kennt zumindest den Namen Patel und das Puls8ion, weil ihr Sohn da öfter war.«

»Sameer Patel. Der hat auch Verbindungen zu Männern wie unserem Angreifer. Wir sollten den endlich vorladen und auseinandernehmen.« Svea griff nach ihrem Glas Aguardiente und trank einen tiefen Schluck des Zuckerrohrschnapses, den sie mit Anis gepimpt hatte.

»Sollten wir. Aber wir haben nichts gegen Patel in der Hand. Ein Verfahren gegen ihn ist ja anscheinend erst kürzlich in die Hose gegangen.« Jan stand auf und lehnte sich neben sie an die Reling. »Wir haben nicht mal ein Motiv. Ich meine, wollten Lohmann und die anderen beiden Hafenarbeiter was beim RoRo abziehen? Drogen aus einer Lieferung holen?«

»Du meinst, sie warten auf einen Frachter mit Autos und haben Drogen in den Wagen versteckt?«

»Entweder sie warten auf Drogen, oder sie wollen mit dem Frachter welche verschiffen. Immerhin ist Europa ein wichtiger Produzent von Cannabis. Klingt für mich beides möglich.«

Frustriert seufzte sie. »Wir tragen hier Stückchen für Stückchen zusammen und kommen trotzdem nicht weiter. Irgendwie ergibt sich kein sinnvolles Bild.«

Als er sich ihr zuwandte, sah sie, wie sich das Flirren des Kanals in seinen hellblauen Augen spiegelte. Das Licht und sein Dreitagebart verliehen ihm etwas Verwegenes.

Seitdem sie sich geküsst hatten, hatte sich zwischen ihnen eine seltsame Stille entwickelt. Ein eigentümliches Abtasten, so kam es Svea jedenfalls vor. Sie begegneten sich, als würden sie um den heißen Brei herumscharwenzeln, als würden sie den elektrisierenden Moment zerstören, wenn sie den Kuss ansprächen ... oder ihn gar wiederholten.

Schon bei Lohmann und vor allem im Café, als er so nah

bei ihr stand, hatte Svea das Gefühl gehabt, eine Art wundervoll schimmernde Seifenblase schwebte zwischen ihnen und sie beide würden auf das Ding in der irrigen Angst starren, sie könnte platzen, wenn sie zugriffen. Sie stierten reglos auf ihr betörendes Funkeln, zu verängstigt für einen nächsten Schritt. Als wären sie noch Twens oder schlimmer noch: Teens.

Al diablo. Scheiß drauf.

Sie trank ihren Schnaps aus und packte seinen Kopf.

»Was ...?«

Mehr ließ sie ihn nicht sagen, denn sie unterbrach ihn mit einem Kuss, spürte seine Lippen und roch die Sonne auf seiner Haut. Der Duft vermischte sich mit dem Geruch von Bier und Schnaps.

Wie ein Strandtag in Santa Marta.

Ihr Herz schlug wild, und für eine Schrecksekunde hatte sie Angst, er könnte sie wegstoßen – doch er erwiderte den Kuss.

Sie spürte, wie seine Hand sich zärtlich von hinten auf ihren Hals legte, seine Finger über ihre Haut strichen. Ein wohliges Zittern durchfuhr sie. Schauer liefen ihr den Rücken hinab, geradewegs bis in ihren Schritt. Sie drückte sich fester an ihn, öffnete ihre Lippen und schmeckte seinen Kuss nun noch intensiver. Ihre Zunge spielte mit seiner, und sie spürte die Reling an ihrem Po, spürte, wie er sie begehrend dagegen drückte. Er küsste ihren Hals, ihre Ohrläppchen. Erneute Schauer ließen Svea lächeln.

Mit einem Mal hob er sie hoch, setzte sie aufs Geländer.

»Warte, wir ...«, wollte sie sagen, aber sie verlor das Gleichgewicht. Vor Überraschung schrie sie auf, kippte nach hinten. Geistesgegenwärtig griff er zu, packte ihre Schulter, doch Svea war schon zu weit nach hinten gerutscht. Sie spürte, wie ihr Hintern den Halt verlor. Mit einem zweiten spitzen Aufschrei griff sie seine Hand. Dann fiel sie, spürte nichts mehr unter sich, kippte vollends von der Reling.

Und zog ihn mit!

»Shiiiiit!«, hörte sie ihn noch rufen, sah im Fallen seine erschrocken aufgerissenen Augen und klammerte sich blitzschnell an ihn. Dann klatschten sie in den Kanal.

Sie packte ihn am Kragen und zog ihn, ein bisschen wie ein hilfloses Kätzchen, hoch zur Oberfläche. Lachend wischte sie sich das Wasser aus dem Gesicht, während er hustend die Augen öffnete.

Herrliches Nass. Sofort war sie schwerelos.

»Verflucht noch mal!«, maulte er, musste aber auch lachen. »Die erste Tauchstunde hab ich mir anders vorgestellt.«

»Du kannst dich gern an mir festhalten«, schmunzelte sie, und er kam zu ihr geschwommen.

Der Kanal trieb sie langsam am Boot vorbei. Sie nahm seinen Kopf in beide Hände und begann, ihn abermals zu küssen. Diesmal noch intensiver als an Deck. Sie spürte den Geschmack des Wassers und seine Zunge, die ihre umspielte, während sie ihn noch fester an sich zog.

»Wir sollten ... aus den ... nassen Klamotten ... raus«, hauchte sie unter Küssen.

»Hmjammm...« Er war nicht fähig, irgendetwas zu erwidern, weil er zu beschäftigt war, ihre Küsse zu erwidern.

Plötzlich hielt sie inne. »Warte.« Mit einem gekonnten Griff hatte sie im Vorbeitreiben das Seil der Bierpullen geschnappt.

»Was hast du vor?«

»Halt dich am Seil fest. Ich kletter hoch und lass dir die Hängeleiter runter.«

Bevor er wirklich begriff, was sie vorhatte, hatte Svea schon am Seil gezogen, stemmte ihre triefenden Schuhe gegen die Bordwand und wollte hochklettern. Ihre Hand schmerzte jedoch zu stark.

»Kannst du mich hochstemmen?«, forderte sie ihn auf.

»Schwimmende Räuberleiter.« Er tauchte unter sie und versuchte, sie mit Schwung hochzudrücken, aber es misslang. Prustend packte er ebenfalls das Seil, um nicht abzutreiben. »Mein Arm ist auch im Eimer.«

Fast hätte Svea gelacht. Sie waren vielleicht zwei kaputte Idioten.

»Halt dich an mir fest und drück dich rauf.«

»Okay, auf drei.« Sie spürte seinen Kopf zwischen ihren Brüsten, als sie nah an ihn heranschwamm. Seine Hand glitt unter ihr Hemd, und für einen kurzen Moment überlegte sie, einfach weiter mit ihm durch Hamburg zu treiben. Bis nach Helgoland. Während sie sich mit links festhielt, tat er es mit rechts, zog sich unter sie und stemmte sie mit dem Rücken ein Stückchen am Seil hoch.

Sie versuchte, mit dem Fuß auf seiner gesunden Schulter Halt zu finden, und soff beinahe ab. Sie packte das Seil ein Stückchen höher, zog ihren Hintern aus dem Wasser. Jan schob ein bisschen nach, und tatsächlich gelang es ihr nach viel Fluchen und Lachen, die Kante der Bordwand mit links zu greifen.

Svea biss die Zähne zusammen, packte mit der verletzten Hand zu und zog ihr Bein nach.

»Catwoman. Ich habe Catwoman geküsst.«

»Eher Jessica Jones. Warte.« Es gelang ihr nach zwei Anläufen, sich weiter hoch und über die Reling zu ziehen. Einen Moment blieb sie auf Deck liegen und verschnaufte, wartete, dass der Schmerz in ihrer Hand abebbte. Dann stand sie auf und sah zu ihm hinunter ins Wasser.

»Was?«, rief er.

»Ich überlege, ob ich noch mal reinspringe!«

Er lachte laut. »Ja, das sieht dir ähnlich. Schmeiß lieber 'ne Tür ins Wasser!«

»Dabei ist der Typ aber gestorben.«

Er musste wieder lachen. »Auch wahr.«

»Wir nehmen lieber die Leiter.« Triefend tapste sie zur Hängeleiter, die ein paar Meter weiter Richtung Bug angebracht war, und ließ sie ins Wasser.

Während sie auf Jan wartete, zog sie ihre Schuhe, das nasse Shirt und die Jeans aus. Halbnackt auf dem Boot herumzulaufen war für sie kein Problem. Sie war jetzt Mitte dreißig, sollten irgendwelche Spinner ihr von Land aus doch was weggucken.

Jan schmunzelte allerdings nicht schlecht, als er die Leiter hoch war. Bevor er etwas sagen konnte, warf sie sich ein weiteres Mal in seine Arme. Die beiden küssten sich inniglich, dann nahm sie ihn bei der Hand und zog ihn ins Schiff.

Voller Verlangen half sie ihm aus dem nassen Hemd und der Hose, dann stieß sie ihn rücklings, so nass, wie sie waren, einfach ins Bett und stieg auf ihn, bedeckte seinen nackten Oberkörper mit Küssen.

26

Das Mondlicht weckte Svea. Sie lag nackt neben Jan auf dem Bett und spürte jede Faser ihres Körpers. Wie eine Verhungernde war sie über ihn hergefallen. Der Geruch von Sex hing in der Luft, und Svea fühlte zufrieden den kalten Schweiß auf ihrer Haut. Es war so warm gewesen, dass sie sich gar nicht zugedeckt hatten, sondern nach ihrem Liebesspiel einfach eng umschlungen eingeschlafen waren.

Lautlos stand sie auf. Leise und zufrieden schnarchte Jan vor sich hin.

Einen kurzen Moment sah sie ihn an. Hatte sie einen Fehler gemacht? Eine Affäre mit einem Kollegen ...?

Das erste Mal fühlst du dich frei und ungezwungen, kannst lachen und hast mal ordentlich gevögelt, und jetzt fängst du wieder an rumzugrübeln?! Svea!

Ihre innere Stimme hatte recht. Sie musste endlich lernen, die Dinge einfach auf sich zukommen zu lassen und nicht immer alles kaputt zu denken. Lieber auf dem Strom dahintreiben, als sich festzuklammern und stillzustehen ...

Sie schlich ins Bad.

Als sie wieder herauskam, streifte ihr Blick die Happy-Birthday-Karte, die auf dem Wohnzimmertisch lag.

Svea ging hinüber und nahm die Karte hoch. Nachdenklich musterte sie das Lächeln des drollig dreinblickenden Comic-Tigers und spürte, wie erneut die Schwere in ihr Herz zurückströmte. Die Rückseite war noch immer leer. Nach dem Gefühlsausbruch im Fahrstuhl hatte sie keine Zeit gehabt, über die Karte oder Lena nachzudenken.

Darüber nicht nachzudenken war einfach. Es wegzusperren.

Es war zumindest die letzten Jahre einfach gewesen.

Ihr Blick fiel durch eines der Bullaugen. Der Mond hing satt über Hamburg und ließ das Wasser im Kanal glitzern. Ihre Augen wanderten zum Schlafzimmer hinüber. Durch die geöffnete Tür konnte sie Jan erkennen. Er schlief selig.

Lars hatte recht. Sie musste sich damit auseinandersetzen und endlich ihren Frieden mit Lenas Tod finden.

Du hast es doch selbst gesagt, Svea, redete sie sich gut zu, während sie splitterfasernackt, die Karte in der Hand, Jan beim Schlafen beobachtete. Du brauchst einen neuen Anstrich, neue Farbe in deinem Leben. Einen Neustart.

Sie musste lächeln, als sie Jans Schnarchen hörte und das Mondlicht auf ihrer Haut spürte. Schließlich suchte sie nach einem Stift.

Sie würde Lena einen liebevollen Brief schreiben und sich ihr erklären. Ihr sagen, wieso sie die ganzen Jahre nicht zum Grab gegangen war ... Sie würde mit Lena reden ...

Ein Knarzen.

Draußen.

Die Planke zum Schiff. Jemand kam sie herauf, hatte bereits das Tor überwunden. Die Tritte klangen zu schwer für Maigret, dessen Pfötchen kaum Geräusche machten.

Schritte.

Eindeutig.

Erschrocken sah Svea sich zu Jan um, zu ihrer Waffe, die noch im Holster steckte. Im Schlafzimmer.

»Jan!«, rief sie flüsternd.

Da waren die Schritte bereits an der Tür.

Sie zuckte zusammen, als es klopfte.

»Svea!«

Es war Lars.

»Wach auf. Svea? Es ist wichtig.«

Sie legte die Karte zurück und huschte zu Jan, rüttelte ihn wach. »Ich komme gleich. Sekunde«, rief sie Lars zu, während er sich aufrappelte. Sie streifte sich einen Slip über und nahm sich ihren Morgenmantel.

»Soll ich?«, fragte er knapp und bot an, die Tür zuzuziehen und sich versteckt zu halten, doch Svea schüttelte den Kopf. Sie hatte keine Lust auf Versteckspiele und warf ihm seine Jeans zu. Die Hose war noch feucht, doch auf die Schnelle hatte sie nichts Besseres.

»Svea! Mach auf. Komm schon.«

Sie eilte zur Tür, band ihren Mantel fester und öffnete.

Lars grinste sie an. »Ich hab's!«

»Was hast du?«

»Taaaadaaa…« Er zog den Laptop hinter seinem Rücken hervor. »Ich hab das Ding geknackt.« Er wischte an ihr vorbei, obwohl sie den Weg nicht freigegeben hatte, und stutzte sofort.

»Ach du Scheiße!«, mündete seine Überraschung in einen spontanen Fluch.

»Morgen. Oder Nacht«, meinte Jan gelassen, der bloß in Jeans im Türrahmen des Schlafzimmers stand.

Svea befürchtete das Schlimmste, weil Lars zwei schnelle Schritte auf ihn zutrat. »Hey«, ermahnte sie ihn. »Es ist ...«

»... ist alles cool.« Lars hob die Hand. »Kein Stress. Macht mir nichts aus. Macht mir gar nichts aus. Du kannst rummachen, mit wem du willst – ich kann rummachen, mit wem ich will.«

»Wir sind getrennt.«

»Wir sind geschieden. Genau.« Er warf ihr ein Lächeln zu, aber es wirkte verzweifelt und nicht im Mindesten cool. Svea bemerkte sofort, wie es in Lars gärte und er gegen seine Eifersucht ankämpfte.

War es wirklich Eifersucht?

»Soll ich besser gehen?«, fragte Jan.

»Nein«, meinten Svea und Lars unisono.

»Hier.« Mit gehörigem Schwung drückte Lars Jan den Laptop vor die Brust. »Bleib hier. Ich hab was für euch.«

Jan trug den Laptop zum Wohnzimmertisch, auf dem der Tiger grinste. Sofort hechtete Svea hin und nahm die Geburtstagskarte an sich. Sie erntete einen fragenden Blick von Lars und nickte ihm als Antwort sanft zu, woraufhin er zufrieden Platz nahm.

»Passt mal auf«, meinte er und zog den Laptop zu sich.

»Wie hast du ihn geknackt?«, wollte Svea wissen.

»Frag einfach nich'.«

»Okay. Dann nicht.«

»Also ...« Er war so stolz und aufgeregt, dass er es dennoch erzählen musste. Wenn auch nur in Stichworten. »Ihr habt doch das Passwort gefunden – *Fiiireborn Seraphim*. Da hab ich mir gedacht, was, wenn sie tatsächlich keinen Passwort-Manager benutzt, um ein Random-Wort zu kreieren?« Der Rechner bootete. »Ich hab alles, was ich von ihr an privatem Kram kriegen konnte, durch Skripte gejagt. Texterkennung, Transkriptionen von Videos ... Files, die unverschlüsselt waren. Dann hab ich ein Skript gebastelt und ...« Er winkte ab. »Es war echt ein ... toller Schuss, Junge! Ein Millionentreffer«, zitierte er *Star Wars* und winkte die beiden näher.

Lars loggte sich ein, gab ein zweites Passwort ein, um die Dateien zu dechiffrieren – »Voilà!« –, und klickte sich durch die Ordner. »Kleiner Dämpfer: Ich habe nicht alle Files entschlüsselt bekommen. Anscheinend hat sie noch ein zweites oder vielleicht drittes Passwort verwendet. Aber einiges hab ich!«

»Gut gemacht«, lobte Svea ihn.

»Die Herausforderung lag echt weniger im Passwort selbst als vielmehr in dem, was ich auf Yvettes Laptop entdeckt hab.«

Jan runzelte die Stirn und lehnte sich vor. »Aber ich meine, wenn du den Schlüssel hast, bist du doch schon drin, oder nicht?«

»Nein, das ist es ja gerade. Der Schlüssel ist sozusagen der Eintritt, aber das wahre Geheimnis liegt in der Software, die Yvette geschrieben hat.«

»Yvette wollte ihre Software schützen, hat den Laptop verschlüsselt und schnell jemandem zum Verwahren gegeben.«

»Ganz klar«, bestätigte Lars und klickte eine der Dateien an. Ein Code-Editor öffnete sich. Zeile um Zeile von komplizierten Aufrufen, Funktionen und Definitionen.

»Schön bunt«, stellte Jan fest, für den Programmiersprachen unverständliches Kauderwelsch waren.

Ein stolzes Lächeln umspielte Lars' Lippen, als er begann zu erklären. »Das hier. Die Dateien hier. Die sind dazu da, das GPS eines Schiffes zu manipulieren.«

»Das kennen wir doch schon. Bei Schmugglern. Die Chinesen haben mal bei einer Fangflotte vor der Küste Südamerikas getrickst. Das kommt häufig vor«, wandte Svea ein.

»Kann sein. Aber Yvette hat das hier erfunden.« Er klickte einen zweiten Code an. »Sie manipuliert das GPS und das AIS-System. Und zwar extrem geschickt.«

Jan hob eine Augenbraue. »AIS-System?«

»Das ist ein Kommunikationssystem, mit dem Schiffe untereinander Informationen austauschen, um Kollisionen zu vermeiden und den Seeverkehr zu regeln. Automatic Identification System. Es sendet charakteristische Daten, so dass in den Verkehrszentralen, bei der WSA, alle Schiffe registriert und überwacht werden können.«

»Ah«, meinte Svea. »Also kann Yvette das GPS eines Schiffs fälschen und gleichzeitig dafür sorgen, dass es von anderen Schiffen nicht erkannt wird?«

»Genau!« Lars machte keinen Hehl daraus, dass er Yvettes Code grandios fand. »Stell dir vor, ein Schiff kann von der Weltkarte verschwinden. Es kann einen Kurs einschlagen, den niemand außer Yvette nachverfolgt.«

»Moment mal. Du meinst, ein Schiff kann unsichtbar werden?«

»Ja. Wenn du so willst. Es sendet falsche Signale, während es in Wirklichkeit eine ganz andere Route nimmt. Man könnte ein Schiff klonen und es zweimal auf den Überwachungsmonitoren der WSA haben. Oder 'n Kahn erfinden.«

»Erfinden?« Svea zog sich den Computer heran und scrollte durch die Dutzenden Seiten Code. Sie hatte Lars zwar oft programmieren sehen, verstand aber keine Zeile.

»Du nimmst Schiff A und überträgst die Kennungen auf Schiff B. Schiff B fährt nun offiziell die Route von Schiff A und wird für A gehalten. Und das echte Schiff A, bei dem änderst du auch die GPS- und vor allem die AIS-Kennungen und gibst ihm einen fiktiven Kurs. Dann kannst du mit dem Schiff verduften. Schiff B fährt für Schiff A herum, und A fährt angeblich nach Indien, aber du steuerst es nach New York.«

»Und weil Schiff B die Kennung von A hat, denken alle, A ist noch auf Kurs.«

»Genau. Alle denken, dass Schiff A noch da ist und seinen Kurs fährt – aber das Schiff, das du klauen willst, ist längst am Big Apple. Yvettes Laptop ist ein hübsches Werkzeug, um ein ganzes Schiff zu stehlen. Man kann es quasi verschwinden oder irgendwo anders wieder aufkreuzen lassen. Sie hat sogar die ATIS-Funkdaten damit verknüpft und automatisch angepasst. Für die Binnenschifffahrt.« Er winkte ab. »Kompletter Wahnsinn.«

Jan starrte auf den glitzernden Kanal hinaus. »Das ist voll verrückt.«

»Es kommt noch dicker.« Erneut ließ Lars seine Finger über die Tastatur huschen. Eine Schiffskennung erschien. »Ich denke, dieser Code ist der des Schiffs, bei dem sie den Betrug anwenden wollten.«

Svea las den dazugehörigen Namen vor. »Die *Ocean Hathagat.*«

Kaum ausgesprochen, sprang Jan auf. »Sameer Patel, der … der will keine Drogen in den Wagen schmuggeln … Der will auch nicht ein oder zwei Wagen abgreifen.«

»Der will alle Wagen klauen. Alle BMW«, meinte Svea. »Der will den ganzen RoRo-Frachter. Das ganze Schiff!«

»Genau.«

»3400 BMW.« Lars nickte triumphierend. »Das seh ich auch so. Neuwert um die 230 Millionen.«

»Ach du Scheiße«, entfuhr es Svea. »Kein Wunder, dass die bereit sind, uns zu erschießen.«

»Ich habe einen Chat gefunden. Zwischen Yvette und diesem Kapitän. Van Leeuwen. Yvette wollte ihn dazu bringen, auszusteigen. Aber van Leeuwen war sich nicht so sicher. Irgendwie brauchte er Geld für seine Schwester?«

»Gut gemacht«, lobte Svea ihn. »Das kommt alles hin.«

»Ich nehme mal an«, spekulierte Lars weiter, »die anderen Opfer haben auch kalte Füße bekommen.«

»Bei so einer Summe ist die O. K. nicht zimperlich. Denen ist schon ein Menschenleben nicht viel wert. Und dann auch noch Mitwisser? Patel … Wir brauchen endlich was Handfestes!« Jan holte sein Hemd.

»Patel wird Leute an Bord bringen, die sich ins Bordsystem klinken und mit Hilfe von Yvettes Programm den Frachter auf hoher See unsichtbar machen. Er will es umleiten und irgendwo auf der Welt anlanden lassen«, spekulierte Svea. »Wann legt die *Ocean Hathagat* noch mal ab?«

Nach einem kurzen Blick auf die Uhr antwortete Lars: »In fünf Stunden.«

»Wir müssen die RoRo-Spedition warnen.« Sie ging ins

Schlafzimmer, um ihr Handy zu holen. Während sie die Nummer der Spedition im Netz suchte und wählte, begann sie eilig, sich Shirt und Hose anzuziehen. Sie ließ sich bis zum höchstrangigen Mitarbeiter durchstellen, den sie in der Nachtschicht erreichen konnte.

Mit dem Telefon zwischen Schulter und Wange kehrte Svea zu Jan und Lars zurück. Zwischen beiden herrschte eisige Stille. »... Ja, verstehe. Sie wissen von Herrn van Leeuwens Tod ... Ja ... Ganz genau. Wir brauchen eine komplette Liste aller Mitarbeiter und vor allem der Besatzung. Wer fährt auf der *Ocean Hathagat* mit? Sie will nach Colón. Panama.«

Sie wartete geduldig.

»Ja, die Daten haben wir hier auch. Wir haben hier Hinweise, dass ...« Sie brach ab. »Was? Sagen Sie das noch mal!« Entgeistert starrte sie Jan und Lars an. »Noch mal.« Sie fand kaum ihre Stimme.

»Alles okay?«, fragte Jan, denn sie war offenbar kreidebleich geworden.

Sie ließ sich aufs Sofa fallen. »Ich ... Der Kapitän ist Ziegler? Herr Ziegler ist der Kapitän der *Ocean Hathagat*? Reinhold Ziegler?«

Als ihr Gegenüber bestätigte, legte Svea auf.

Fragend starrten Lars und Jan sie an.

»Reinhold ist die Vertretung für Rick van Leeuwen«, stellte sie völlig entgeistert fest.

Ihre Gedanken überschlugen sich. Wieso sprang Reinhold für den toten van Leeuwen ein? Das konnte doch kein Zufall sein. Vor ihr tauchte die Szene auf, als sie Reinhold in der Marina aufgesucht hatte, um ihn über Yvettes Tod zu informieren.

Er hatte so zerbrechlich gewirkt vor seiner Jolle mit seinem Zittern in der Stimme und ...

Sie konnte es noch immer nicht glauben.

»Soll das heißen«, wollte Jan wissen, »nicht nur seine Tochter Yvette ist in die Sache verwickelt, sondern er selbst auch?«

Wie gebrochen er gewirkt hatte. Hatte sie Hinweise übersehen, weil ihre eigenen Gefühle sie zu sehr abgelenkt hatten? Svea schluckte. »Genau das heißt es. Und er hat mich von Anfang an belogen!«

Entschlossen stand sie auf, holte ihre Dienstwaffe und warf sich das Holster um. »Du fährst«, befahl sie Jan. »Und du, Lars, du klingelst Tennhaus aus dem Bett. Der soll zusehen, wen er kriegen kann. Und fahr zur Spedition. O'Swaldkai. Halt dich da bedeckt, ja? Ich will alles wissen, was auf dieser *Ocean Hathagat* vor sich geht.«

27

Hier unten im Bauch des Frachters gab es weder Tag noch Nacht. Die Stunden verschmolzen im gleichmäßigen Licht der LED-Strahler zu einem einzigen Fluss aus Minuten.

Geschickt lenkte Steve den neuen BWM auf die nächste Ebene. Auch hier ließen die Strahler die gut dreihundert nigelnagelneuen Fahrzeuge in ihren Schutzfolien erstrahlen. Wie glänzende Steine reihten sie sich zu einer surrealen Landschaft.

Millimetergenau parkte Steve den Wagen auf der Markierung ein und quetschte sich aus der Fahrertür. Für jede der Ebenen gab es detaillierte Pläne, wie die Fahrzeuge zu stehen hatten, und er hatte bereits vier Stunden lang über die Rampen Fahrzeuge in den Bauch des RoRo-Frachters gefahren.

Obwohl es warm war, zog Steve seine Mütze über seine kurz rasierten Haare und ging durch die akkurat geparkten BMW-Reihen Richtung Rampe. Er grüßte einen Kollegen, den er erst seit Schichtbeginn kannte.

Der Typ gehörte nicht zu ihrem Team. Ein Wischer, ein spilleriger Taiwaner, der keine Probleme bereiten würde. Den Namen hatte er sich gar nicht erst versucht zu merken. Steve nickte ihm zu und schlenderte dann die BMW zu einem bestimmten Fahrzeug entlang, das sie heimlich vor dem Verladen markiert hatten. Schon von weitem sah er, dass Nico am Kofferraum auf ihn wartete. Im Gegensatz zu ihm trug Nico eine Brille, so ein John-Lennon-Modell, und hatte wesentlich mehr auf dem Kasten. Das wusste Steve, aber dafür war er öfter im Gym gewesen.

Steve grüßte seinen Kameraden stumm, dann checkten die beiden noch einmal, ob sie auch nicht von den Kameras gesehen wurden oder in Sichtweite eines Crewmitglieds waren.

»Dann los.« Steve zog die Kofferraumklappe des nagelneuen BMW auf.

Darin lagen drei schwarze Sporttaschen.

Er musste nichts sagen, sie wussten beide, was zu tun war. Sie luden die Taschen aus dem Wagen, und mit einer geübten Bewegung zog Steve eine auf und fischte eine Pistole heraus. Er ließ sie hinten im Hosenbund verschwinden. Während Nico eine der Taschen schulterte und eine zweite griff, zückte Steve sein verschlüsseltes Funkgerät.

»Sind im Plan«, gab er durch.

»Verstanden. Bereitet alles vor«, krächzte es aus dem Funkgerät. »Ist er schon da?«

»Negativ. Nicht eingetroffen.«

»Verstanden.«

Während Nico das Schott aufhielt, steckte Steve das Funkgerät ein. »Wo lang?«, fragte er.

Nico rückte seine Brille zurecht und nickte den Gang hinunter.

28

Die Nacht hing noch zwischen den Häusern, doch der aufsteigende Tag tauchte das Wohngebiet in Poppenbüttel bereits in ein Dämmerlicht. Der Hauch von Nachtkühle war angenehm, und Svea ließ das Fenster des Wagens ein wenig weiter herunter. Die Luft war erfüllt von einer ruhigen Erwartung, als ob die Welt sich zum Sonnenaufgang streckte, um in voller Pracht zu erstrahlen. Es versprach ein wundervoller Sommertag zu werden.

Jan steuerte den Wagen und schien genau wie sie in Gedanken versunken. Aus den Augenwinkeln warf sie ihm einen Blick zu und verkniff sich ein Lächeln, weil sie an die vergangene Nacht denken musste. Deswegen war es keine gute Idee, mit dem Arbeitskollegen etwas anzufangen – es lenkte einfach ab.

Genauso wie ihre Trauer sie abgelenkt hatte, als sie mit Reinhold gesprochen hatte.

Vorgärten zogen vorbei, gepflegte Häuser, deutsche Gründlichkeit. Der Geruch von taubenetztem Gras wehte zu ihr, und als sie hielten und ausstiegen, nahm sie den zarten Duft der Blumen in Zieglers akkurat gestaltetem Vorgarten wahr.

»Hübsch«, stellte Jan fest, der ebenfalls ausgestiegen war

und das Haus musterte. Er zog seine Waffe und checkte das Magazin, sicherte sie wieder.

Ein einsamer Jogger zog an ihnen vorbei, und ein paar Häuser weiter wurde ein Licht angeschaltet. Beschaulich erwachte das Leben, bloß die Vögel zwitscherten, als wäre es der letzte Sommertag.

Svea klingelte. Nichts. Ein weiteres Mal schellte sie, ließ entschlossen den Finger länger auf der Taste.

Wieso ausgerechnet du? Wieso hast du mich so angelogen? Wieso lässt du dich von einem wie Patel vor den Karren spannen? Er hat deine Tochter auf dem Gewissen!

Ungeduldig warf sie Jan einen Blick zu. Waren sie zu spät?

Ziegler fuhr aus einem dämmerigen Schlaf hoch.

Wie spät ist es?, schoss es ihm durch den Kopf.

Oh Gott! Hast du verschlafen?

Die letzten Tage hatte er kein Auge zubekommen und war wie ein Gespenst in seinem eigenen Haus herumgeschlichen. Erst Schlaftabletten hatten geholfen. Lisas Wecker zeigte Viertel vor sechs. Die Pistole rutschte ihm von der Brust. Er lag im Bett seiner jüngeren Tochter und war mit der SIG in der Hand eingeschlafen.

Es klingelte erneut. Ziemlich energisch.

Stöhnend vor Müdigkeit stand er auf und schob sich seitlich zum Fenster vor, damit man ihn nicht von der Straße aus sah. Unten stand Sveas Wagen.

»Scheiße.« Fluchend steckte er die SIG unter sein Shirt in den Hosenbund und warf einen Blick in Lisas Schminkspiegel. Das fahle Gesicht eines Toten starrte ihm entgegen.

Was zum Teufel wollte sie hier? Sosehr er sie auch mochte, gerade jetzt stand Svea ihm mit ihren Ermittlungen nur im Weg.

Massiv im Weg.

Er würde das durchziehen. Auch wenn Svea vor langer Zeit quasi ein Teil der Familie gewesen war, würde er sie nicht schonen.

Das Schiff! Wenn das Schiff ausläuft, dann ...

Svea nimmt mich nicht für ein Verhör mit! Nicht jetzt.

Unter weiterem heftigem Geklingel versuchte er, seine widerspenstigen Haare zu bändigen. Vergeblich. Als er sich vorbeugte, konnte er das Metall der Waffe auf seiner Haut spüren. Es fühlte sich auf seltsame Weise beruhigend an.

Du wirst sie benutzen, Reinhold! Wenn es sein muss, wirst du sie sogar gegen Svea benutzen!

Ja, dachte er, das würde er. Selbst gegen Svea.

Endlich vernahm Svea Schritte. »Ich komme!«

»Er ist da«, signalisierte sie Jan, der etwas abseits stand, die Hand bereit am Holster.

Ziegler zog die Tür auf. Seine Haare waren zerzaust. Er hatte sich eine Hose und ein T-Shirt übergestreift und sah furchtbar aus. Als hätte er nächtelang nicht geschlafen. »Sve...?«

»Wir müssen reden«, unterbrach sie ihn ohne Umschweife. »Jetzt.«

Überrascht bemerkte er Jan, der sich neben der Tür positioniert hatte und ihn ernst musterte.

»Was ... was ist denn? Ich ... Kommt ... kommt rein ...«

Das ließ sich Svea nicht zweimal sagen. Kaum dass er für sie die Tür aufhielt, stürmte sie strammen Schrittes an ihm vorbei und geradewegs ins Wohnzimmer.

»Guten Morgen, übrigens. Soll ich uns ’n Kaffee machen?«, versuchte er, die Stimmung aufzuhellen und irgendwie normal zu klingen.

»Kann ich drauf verzichten«, brummte sie. »Setz dich. Setz dich einfach. Reinhold.«

Etwas steifbeinig schob er sich zum Wohnzimmertisch vor. Sie hatten bisher die Waffe nicht bemerkt, die gegen seinen Rücken drückte. Sehr gut. Wenn er sich setzte, würde sie unter dem Stoff bestimmt sichtbar werden. Er musste … »Entschuldigt. Kann ich wohl etwas lüften?« Ohne eine Antwort abzuwarten, ging er die drei Schritte zur Terrassentür und öffnete sie ein Stück.

Ich muss hier irgendwie raus!

Aber jetzt konnte er nicht einfach loslaufen. Spätestens bei seinem Anker, der im Garten zur Zierde stand, hätten sie ihn eingeholt.

Während die beiden ihn wachsamen Auges beobachteten, zog er einen Stuhl vom Tisch und setzte sich Svea gegenüber. »Was ist los?«, fragte er und bemühte sich um seine feste Kapitänsstimme.

»Du hast mich angelogen. Das ist los.« Svea beugte sich über den Tisch zu ihm vor. »Du weißt sehr wohl, an was Yvette gearbeitet hat.«

»Weiß ich nicht.«

»Reinhold! Hör auf mit dem Mist! Was ist los mit dir? Deine Tochter wollte die *Ocean Hathagat* verschwinden lassen, und du bist plötzlich der neue Kapitän des Kahns! Sag endlich was! Was weißt du?«

Er schwieg. Sie hatten es also herausgefunden. Sein Blick huschte zur Wanduhr. Er musste zum Schiff!

»Wir werden Sie mitnehmen zum Verhör, Herr Ziegler«, meldete sich Sveas Kollege zu Wort. »So wie es aussieht, haben Sie gegenüber meiner Kollegin eine Falschaussage gemacht. Es besteht der Verdacht, dass Sie und Ihre Tochter gemeinsam für die Organisierte Kriminalität gearbeitet haben und noch arbeiten. Das sind schwere Vorwürfe, Herr Ziegler. Ist Ihnen das bewusst?«

Reinhold presste die Lippen aufeinander und sagte immer noch kein Wort. Stattdessen hockte er einfach da und starrte auf die Tischplatte. In seinem Kopf raste es. Was sollte er tun?

Er kann mir nicht mal in die Augen sehen, dachte Svea.

Er schaut mich nicht einmal an.

Sein gesenkter Blick machte Svea fertig.

Aber warum? Warum hat er mit der O. K., mit Sameer Patel, zusammengearbeitet?

»Warum mit Patel? Was ... Ich kapier's nicht, Reinhold. Geht's ums Geld?«

»Geld!« Er lachte auf, schwieg aber sofort wieder. Er hatte eine Chance. Noch wussten sie offenbar nicht alles.

Sag nichts. Wenn Svea dich mitnimmt, ist es aus ...

Ich ... ich muss hier raus.

Er spürte, wie seine Wangen heißer und heißer wurden.

Du musst es JETZT durchziehen! Die haben keine Ahnung! Sie wissen nichts. Du kannst das noch schaffen.

Die Waffe drückte sich in seinen Rücken.

Die Waffe. Nimm sie.

Aber es ist Svea.

Die Gedanken wirbelten und ließen ihn schwitzen, während Svea ihn weiter mit Fragen löcherte.

Du musst was tun, Reinhold.

Ich weiß!

Von irgendwo, als stünde Svea an einem entfernten Ufer, drangen ihre Worte zu ihm. Wie Blitze schossen sie immer wieder durch seine Gedanken und lenkten ihn ab ...

Noch nicht, ermahnte er sich. Bleib ruhig. Wenn du die Waffe schnell genug ziehst, dann ... Bleib cool.

Allerdings fiel ihm das äußerst schwer. Er spürte, wie ihm der Schweiß übers Kinn rann. Zwei zu eins. Und er war ungeübt ...

»Du hast die ganze Zeit gewusst, in was Yvette verwickelt war, und hast geschwiegen! Reinhold! Guck mich an!«

Reinhold hatte zu schwitzen begonnen. Seine Wangen leuchteten krebsrot.

»Ist alles okay? Reinhold?«

Endlich hob er den Blick. »Alles okay«, brachte er hervor.

»Wenn du uns Informationen gibst, dann können wir Patel drankriegen. Sag uns die Wahrheit. Für Yvette!«

Ziegler lachte auf, und Svea zuckte irritiert zurück.

»Herr Ziegler, daran ist leider nichts lustig.« Jan stellte sich zu Svea. »Hören Sie, wir haben Zeugenschutzprogramme, wenn Sie Angst vor Patel haben, dann kann die Staatsanwaltschaft ...« Jan hielt inne, weil Ziegler noch immer lachte.

Angespannt, beinahe irre.

Svea konnte es nicht mehr ertragen. Ihr alter Freund hatte sie angelogen, obwohl es um den Tod seiner Tochter ging! Und jetzt bekam er die Möglichkeit, Yvette Gerechtigkeit zuteilwerden zu lassen und ihren Mörder auszuliefern – und er lachte?! Wütend hieb sie auf den Tisch, so heftig, dass Ziegler zusammenzuckte. »Scheiße noch mal, Reinhold!«, fuhr sie ihn an. »Mach endlich den Mund auf! Willst du etwa den Mörder deiner Tochter decken?«

»Einen Scheiß will ich!« Wütend fuhr Ziegler aus dem Stuhl hoch. »Halt dich da raus!«, brüllte er, und plötzlich hatte er eine Waffe in der Hand.

Erschrocken fuhr Svea zurück. »Reinhold«, zischte sie. »Hey, hey ... Mach keinen Blödsinn ... Reinhold!«

Er zitterte stark, sein Blick sprang nervös zwischen Svea und Jan hin und her.

»Leg die Waffe weg. Reinhold!«, sprach sie leise und ruhig auf ihn ein.

»Herr Ziegler. Legen Sie die Waffe weg. Bitte. Legen Sie die Waffe einfach auf den Tisch. Es wird Ihnen nichts passieren.«

Langsam senkte er tatsächlich die Waffe.

Svea atmete schon aus, da riss Ziegler sie noch einmal hoch. »Hin... Hinsetzen!«, befahl er. »Und ... ich will eure Waffen. Langsam rausnehmen und hinlegen.«

Jan, der die Hände gehoben hatte, kam der Aufforderung äußerst behutsam nach. »Es ist alles in Ordnung. Wir werden uns nicht widersetzen. Wir wollen nicht, dass jemand verletzt wird. Sie doch auch nicht ... Richtig?«

»Waffe hinlegen. Einfach – einfach hinlegen!«

Wie in Zeitlupe zog Jan sie aus dem Holster. Ziegler fuchtelte mit seiner Pistole herum, war sich offenbar nicht sicher, ob er auf Svea oder auf Jan zielen sollte.

Mit der Zunge leckte er nervös über seine Lippen.

Er ist völlig überfordert und in Panik, dachte Svea. Und damit unberechenbar.

»Reinhold. Wir tun, was du sagst. Bleib ruhig. Okay? Nimm den Finger vom Abzug. Ganz ruhig. Wir legen unsere Waffen weg ...«

Ganz langsam zog Svea ihre Dienstwaffe und legte sie wie Jan auf den Boden. Sie hatte längst gecheckt, ob Zieglers Pistole entsichert war. Leider war sie es. Ohne Hektik trat sie einen Schritt zu Jan zurück und hob ebenfalls die Hände.

»Siehst du. Keine Gefahr. Nimm die Waffe einfach runter ... Reinhold. Bitte.«

29

Lars trat zu Hendrik, der mit Songül an seinem Auto stand und seine kugelsichere Weste checkte, die er über sein makelloses Hemd gezogen hatte.

Die drei hatten sich vor den Toren des O'Swaldkais verabredet. Stellplätze sowie Lagerhäuser wechselten sich mit flachen Bürogebäuden ab, und Dutzende Lkw warteten hier auf ihre Be- oder Entladung, reihten sich auf den vielen Parkplätzen auf.

Während Songül sich die Weste überstreifte, gähnte sie. Ihr Make-up konnte ihre Augenringe kaum verbergen. Im Gegensatz zu ihr wirkte Hendrik frisch und munter, geradezu wie aus dem Ei gepellt. »Der Tag beginnt, die Sonne scheint – auch in der Früh wird nicht geweint«, meinte er.

»So kann man's auch ausdrücken. Moin«, begrüßte Lars ihn und nickte Songül zu. »Hat sich was getan?« Er nahm sich ebenfalls eine Weste aus dem Kofferraum.

»Wir sind seit zehn Minuten hier. Wir haben uns die Unterlagen vom Reeder besorgt«, meinte Songül. »Vorne am Kai waren wir noch nicht.«

»Okay. Das checken wir jetzt zusammen.«

»Tennhaus hat mich geweckt und informiert, dass wir die

Lage sondieren und ihm berichten sollen«, meinte Songül. »Er hat keinen Durchsuchungsbeschluss für den Frachter und will, dass wir die Stellung halten.«

Lars brummte erneut ein »Okay« und wartete, bis Hendrik einen Feldstecher zur Hand genommen hatte.

Gemeinsam betraten sie das Gelände und gingen möglichst unauffällig Richtung RoRo-Terminal, das an der Spitze des Areals lag. Lars zückte sein Handy und rief Svea an.

30

Ziegler hielt Svea und Jan mit der Waffe irgendwie in Schach. Sein Herzschlag war ein wirbelndes Stakkato. Vergeblich versuchte er, sein Zittern zu unterdrücken, während ihm der Schweiß über die Stirn in die Augen lief.

Er wusste, die beiden waren ausgebildet und schnell. Sobald er ihnen die Möglichkeit bot und eine Sekunde unachtsam war, würden sie ihn überwältigen.

Mit einem Mal begann Sveas Handy zu klingeln.

»Nicht rangehen!«, befahl er. »Zurück! Zurück in den Flur.« Kurzerhand kickte er die beiden Waffen Richtung Wohnzimmerschrank. »Los! Kommt. Los.«

Das bescheuerte Handybimmeln machte ihn ganz kirre.

Bebend vor Anspannung, trieb er die beiden aus dem Wohnzimmer zurück in den Flur, sah, wie sie Blicke austauschten. Sicher gab es geheime Zeichen. Sie sprachen sich ab, wie sie ihn entwaffnen konnten.

Dieses bescheuerte Handy hörte einfach nicht auf.

Der Schweiß tropfte ihm vom Kinn.

»Lass es! Was immer du vorhast, Reinhold. Du machst es nur schlimmer«, redete Svea auf ihn ein. »Vertrau uns. Wir tun dir nichts. Wir können dir helfen, wenn du uns alles sagst.«

Lass sie reden! Du schaffst das.

Die wollen nichts riskieren. Schon gar nicht ihr Leben.

»In die Küche, los!«, drängte er sie zurück durch die nächste Tür. Seine Linke tastete nach dem Schlüssel an der Innenseite der Küchentür. Es gelang ihm, ihn, ohne hinzusehen, herauszufummeln. Er steckte ihn vorne rein, hatte die Klinke der Küchentür bereits in der Hand und wollte sie zuziehen, als ihm einfiel, dass sie ihm wohl sofort nachsetzen würden. »Autoschlüssel!«

»Was?«, fragte Sveas Kollege verständnislos. Er hatte genau verstanden, tat aber, als wäre er schwer von Begriff.

»Die Schlüssel.« Erst als er ihm entschlossen die Pistole vorhielt, kramte der Mann die Autoschlüssel aus der Tasche und warf sie ihm zu. Immerhin versuchte er keinen Mist.

Sofort zog Ziegler die Küchentür zu und sperrte ab, dann sprintete er zur Terrassentür und raus, nur weg.

Im Laufen schmiss er den Autoschlüssel ins Gebüsch.

Mein Wagen? ... Wo? ... Ja. Seitenstraße. Vor Prinzlers Haus.

Keine Zeit, über den Rasen und durchs Törchen ...

Er hörte sie bereits rufen, meinte ihr Poltern an der Küchentür zu hören. Kurz entschlossen schlug sich Ziegler in die Ligusterhecke, trat über den Zaun und rannte quer über die Seitenstraße zu seinem Volvo.

Er warf sich auf den Fahrersitz, kramte den Schlüssel aus seiner Hose. Seine zittrige Hand fand das Zündschloss nicht.

»Scheiße!« Panik überkam ihn. Los doch.

Es dauerte alles viel zu lang.

»Reinhold!«, hörte er Svea rufen.

Panisch riss er den Kopf herum. Sie kam bereits auf ihn zu.

»Wir schicken 'ne Fahndung raus. Reinhold. Das schaffst du nicht. Reinhold!« Sie war allein.

Endlich steckte der Schlüssel, röhrend sprang der Wagen an, er gab Gas, zog das Steuer herum. Mit Kraft drückte er das Pedal bis zum Bodenblech.

Sein Blick streifte den Rückspiegel. Da! Svea rannte ihm nach, aber sie wurde bereits kleiner.

Er wollte aufatmen, da sah er im Spiegel ihren Kollegen plötzlich aus einem Garten hervorbrechen. Er hatte seine Dienstwaffe geholt, zielte und ...

Nein! Das tust du nicht!

Ziegler trat aufs Gas.

Der Mann ließ seine Waffe sinken.

Zittrig wischte Ziegler sich den Schweiß weg. Offensichtlich hatte er es geschafft, er war außer Schussweite.

Ziegler atmete aus, raste an einem weißen Cabrio vorbei, das ihm entgegenkam, und bog mit quietschenden Reifen in die nächste Straße ab.

Svea rannte auf das Cabrio zu und zückte ihre Polizeimarke. Mit Mühe gelang es ihr, das Fahrzeug zum Halten zu zwingen. Die junge Fahrerin riss sofort die Hände hoch. »Ich hab wirklich nur einmal dran gezogen«, wimmerte sie und meinte wahrscheinlich irgendeinen Joint.

»Aussteigen. Wir brauchen Ihren Wagen.«

»Was?«

»Aussteigen!«

Aus der Puste kam Jan angerannt. Beim Anblick des Polizisten, der zwei Pistolen hielt, machte die Frau, dass sie aus ihrem Cabrio kam. »Nicht schießen!«, schrie sie und hob die Hände.

Eine Minute später jagte Svea im Cabrio hinter Ziegler her. Er war in eine Straße eingebogen, die aus dem Wohngebiet führte. Aber sie konnte seinen Volvo nirgends entdecken.

»Wo ist er?« Jan sah sich um, instinktiv wollte er nach dem Funk greifen, aber da war keins. Er fischte sein Handy aus der Tasche.

»Links oder rechts?«

»Links! Da vorne. Ich seh ihn.«

Tatsächlich. Gut dreihundert Meter weiter hatte Ziegler an einer Ampel halten müssen. Der blaue Volvo war eindeutig zu erkennen.

Svea reihte sich in die Wartenden ein und schob sich tiefer in den Sitz. Es waren sechs Fahrzeuge zwischen ihnen. Er würde sie nicht erkennen, dennoch wollte sie sichergehen. »Meinst du, er fährt zu Patel?«

»Möglich. Das Schiff legt in einer Stunde ab.« Das LKA meldete sich auf Jans Handy. Sofort erklärte er die Lage, gab Zieglers Namen und das Kennzeichen des Volvos durch und bat darum, den Wagen nicht zu stoppen, sondern lediglich zu beschatten.

Es wurde grün. Die Kolonne setzte sich in Bewegung.

»Warte, ich lass mich zurückfallen.«

Lieber vorsichtig angehen, dachte Svea. Das ist die beste Chance, die wir haben, Patel endlich dranzukriegen.

31

Es dauerte eine Weile, bis sie zwischen den Lkw und im Schutz der Gebäude bis zur Landzunge gelangt waren, aber die *Ocean Hathagat* hatte er die ganze Zeit über die Containerstapel hinweg sehen können. Der RoRo-Frachter war gewaltig, ragte wie eine riesige Häuserzeile mit seinen Dutzend Etagen hinter der winzigen Kaimauer auf.

»Da.« Lars zeigte zu einem Gebäude mit Flachdach, von dem aus sie einen besseren Blick aufs Geschehen haben würden.

Die drei pirschten hinüber und kletterten von einem Müllcontainer hinauf. Sie brachten sich in Stellung, und Lars ließ sich das Fernglas reichen.

Er stellte es scharf und sah mehrere Männer, die BMW einwiesen. Alle Wagen waren mit weißen Schutzfolien beklebt und sahen im anbrechenden Tageslicht wie mit weißer Schokolade überzogene, übergroße Pralinen aus. Nagelneu. Die Fahrer besaßen jedoch kaum Respekt vor der Ladung, denn sie fuhren in halsbrecherischem Tempo über die Rampe in den Bauch des Schiffs.

»Sind nicht mehr viele Fahrzeuge.« Hendrik nickte zum Parkplatz am Kai, auf dem sich die letzten knapp hundert BMW aufreihten.

»Was ist mit der Verstärkung?«, wollte Lars wissen.

»Ich hab nur die Fahrer gesehen, drei von der Security. Zwei von der Crew ...«

»Nein, unsere.«

»Oh ...«

Songül, die bereits mit Tennhaus telefonierte, mischte sich ein. »Ist on hold. Die kriegen den Richter nicht wach. Tennhaus ist dran. Aber er meint, dass der Verdacht sehr vage ist, den Svea da geäußert hat. Das reicht nicht für einen SEK-Einsatz.«

»Vage? Wir haben zwei Terabyte Beweise! Vage! Scheiße.« Lars setzte den Feldstecher noch einmal an die Augen und beobachtete, wie ein gelber Citroën an die Laderampe vorfuhr und eine ältere Frau ausstieg. Sofort lief ein Mann in Seemannsuniform auf sie zu und grüßte höflich.

»Ist das der Kapitän?«, wollte Lars wissen.

»Wenn ich bitte ...« Hendrik ließ sich den Feldstecher reichen. »Bei dem Herrn in Uniform handelt es sich laut den Unterlagen des Reeders« – er sah auf seinem Handy nach – »um Gerhard M. Bause. Erster Offizier.«

»Wer ist die Frau?«, wollte Songül wissen.

»Hennie. Hennie Haarburger. Lotsin«, meinte Lars, der auch ohne Fernglas das Hamburger Original erkannt hatte. »Die legen bald ab.«

Hennie und der Erste Offizier diskutierten, immer wieder sah der Mann auf die Uhr.

»Meines Erachtens warten die beiden auf jemanden«, stellte Hendrik fest.

»Und ich weiß auch, auf wen. Den Kapitän.«

32

Svea und Jan folgten Ziegler quer durch Hamburg. Schließlich fuhr er auf die A 255 und überquerte die Norderelbe.

»Will er nicht zum Frachter?«, fragte Jan und versuchte, im Rückspiegel zu erkennen, ob irgendein ziviler Streifenwagen ihnen folgte. Er konnte keinen ausmachen. »Der legt doch bald ab.«

»Anscheinend nicht. Zum RoRo-Terminal geht's hier nicht. Das ist am O'Swaldkai.«

»Ja und zum Puls8ion auch nich'.«

Svea zog an einem Sattelschlepper vorbei, blieb aber weiter auf Abstand.

Ziegler fuhr ab, und Svea folgte ihm, aber keine hundert Meter vor ihr drohte eine Ampel auf Rot zu springen. Mit einem Mal gab Ziegler Gas und zog noch rüber, während alle Wagen vor Svea hielten.

Sie checkte, ob sie an den Wartenden vorbei und einfach bei Rot fahren sollte.

»Lass es.«

Jan hatte recht. Wahrscheinlich würden sie auffliegen, außerdem war der Verkehr zu dicht. Ein Lastwagen nach dem anderen kreuzte die Ampel. Zieglers Volvo – wo war er? In der Lücke zwischen den Lkw war er plötzlich verschwunden.

»Scheiße! Er ist irgendwo abgebogen …«

»Kann ja nicht weit sein.«

Endlich wurde es grün. Augenblicklich checkte Svea die Situation, schwenkte aus und jagte das Cabrio auf achtzig hoch, setzte sich vor die ganzen Wagen, die an der Ampel gestanden hatten.

»Wohin?«, fragte sie verzweifelt, während Jan fieberhaft Ausschau hielt.

»Keine Ahnung.«

Inzwischen hatten sie die Hafenanlage erreicht. Es war unübersichtlich. Überall Lkw, Container, Bürogebäude, Verladerampen und Areale, umzäunt von Maschendraht. Sie fuhren an einer, zwei, drei Kreuzungen vorbei, konnten den Volvo aber weder rechts noch links entdecken.

»Wo?«

»Ich weiß nich'!« Svea riss den Kopf rum, scannte hektisch die umliegenden Straßen und Parkplätze. Da meinte sie einen blauen Streifen zwischen zwei Sattelschleppern zu erkennen, zweihundert Meter in einer der Stichstraßen. Ohne zu zögern, wendete sie und gab noch einmal Gas.

Sie ließ den Wagen gefährlich nah an geparkten Lkw und Sattelschleppern entlangziehen, zwei Wohnwagen, dann ein rostiges Wrack eines uralten Polos. Die Gebäude endeten und machten einem abgeriegelten Gebiet Platz.

»Was zum Geier …?«, fragte Jan, und jetzt erkannte es auch Svea. Sie waren schon einmal hier gewesen. Erst vor wenigen Tagen.

Hinter dem zwei Meter hohen Maschendrahtzaun lag die Familienreederei Krogmann. Sie fuhren am Lagerplatz mit den Hallen, Containern und Gabelstaplern entlang.

»Krogmann? Aber hier ist Ziegler nicht rein«, stellte Jan fest.

Tatsächlich waren die Tore zum Gelände geschlossen.

Svea fuhr daran vorbei. Zieglers Volvo war nicht mehr zu sehen, wahrscheinlich am Ende des Geländes abgebogen. »Das ist doch kein Zufall ...«

»Weiß nicht. Nein.«

Zwischen den Containern und Hallen sah sie das altehrwürdige Haus der Krogmanns. Es ragte aus all dem Chaos von schmucklosen Bauten wie ein Relikt aus vergessenen Tagen auf.

Langsam fuhr Svea das umzäunte Gelände entlang. Immer wieder kamen ihr Lkw entgegen, und sie musste geparkte Transporter umfahren. Schließlich bog sie nach rechts ab, um weiter das Grundstück zu umrunden. Es dauerte nur zwei Minuten – und sie entdeckte den Volvo.

Hinter einem am Straßenrand geparkten Tieflader stand Zieglers Wagen auf dem Grünstreifen. Ziegler hatte den Volvo direkt an den Zaun herangefahren. Die Fahrertür stand sperrangelweit offen.

»Mist, was wird das?« Svea bremste scharf ab, und die beiden stiegen aus, zückten ihre Waffe.

»Ziegler!«, rief Jan.

»Reinhold!« Ihre Dienstwaffe im Anschlag, näherte Svea sich dem Wagen. Hier gab es nicht viel Deckung. »Wir wollen deine Hände sehen. Streck sie aus dem Wagen. Reinhold!«

Keine Reaktion.

Sie warf Jan einen Blick zu, der ihr bedeutete, mit ihm zusammen näher heranzuschleichen.

Auf den Wagen zielend, näherten sie sich. »Reinhold!« Svea nahm die Fahrertür ins Visier. »Hände, dass ich sie sehen …« Sie brach ab.

Der Volvo war leer.

»Scheiße«, fluchte Jan. »Das gibt's doch nicht.« Er musterte das Dach des Wagens. Auch Svea entdeckte Abdrücke von Schuhsohlen auf dem Lack. Ziegler hatte den Wagen benutzt, um …

»Über den Zaun.« Bevor Jan etwas erwidern konnte, hatte sie schon ihre Waffe weggesteckt und war auf die Motorhaube gestiegen.

Jan gab ein schmerzvolles Schnaufen von sich. »Svea! Warte, bis die Verstärkung …«

Aber sie dachte gar nicht daran, sondern stieg bereits aufs Dach. Sie griff in den Zaun und begann, sich – so gut es mit der verstauchten Hand ging – das letzte Stück hochzuhieven. »Kommst du?« Sie schwang sich drüber und sprang hinab. Sofort zog sie ihre Waffe und sah sich suchend um.

Wie sie von ihrem Besuch wusste, war das Areal durch die verschiedenen Hallen und Container extrem unübersichtlich. Gut ein halbes Fußballfeld von ihrer Position entfernt bemerkte sie einen Mast mit Überwachungskameras. Unwahrscheinlich, dass sie sie erfasst hatten.

»Er hat nicht ohne Grund hier geparkt«, meinte sie zu Jan, der ihr keuchend hinterhergeklettert kam.

»Aber was will er hier?« Auch Jan zog seine Waffe.

»Ich habe keine Ahnung.«

Ziegler checkte mit einem unbeholfenen Schlag, ob das Magazin saß, dann huschte er weiter über das Gelände, nutzte Container und Paletten als Schutz und tauchte in die langen Schatten, die die niedrige Morgensonne warf.

Vor Anspannung konnte er kaum klar denken. Immer wieder musste er sich zwingen, sich zu konzentrieren, nicht zum hundertsten Mal die Waffe zu checken.

Nach Atem ringend, spähte er um einen der Container.

Ein Arbeiter verlud Paletten auf einen Transporter. Ein zweiter stand nicht weit von seinem Versteck mit dem Rücken zu ihm. Wahrscheinlich der Vorarbeiter. Er rauchte eine und gab dumme Tipps.

Sie ahnen nicht, dass du hier bist.

Geduldig wartete er, bis der erste Arbeiter mit dem Gabelstapler weggefahren war.

Du hast nicht viel Zeit! Mach schon!

Er gab seine Deckung auf und schlich sich an, hob die Waffe. Sechs Meter, fünf ... Schön ruhig. Ganz langsam. Der Zigarettenrauch wehte ihm entgegen. Leise. Keinen Mucks. Jetzt stand er direkt hinter dem rauchenden Typen und drückte ihm kurzerhand den Lauf an den Hinterkopf.

»Nicht bewegen.«

»Scheiße! Ey!« Der Typ wollte sich umdrehen.

Panisch versetzte Ziegler ihm einen Schlag mit der Waffe und zielte wieder auf ihn. »Keine Bewegung! Verstanden?«

»Käpt'n?«

Verdammt, er kannte den Arbeiter! Das war Tarek. Sie waren schon ein paarmal zusammen auf See gewesen.

Reiß dich zusammen.

»Wo ist sie?«, zischte er Tarek zu.

»Was? Wen meinst du?«

Er zitterte so stark, dass er fürchtete, nicht abdrücken zu können. »Das weißt du! Wo?« Mutig trat er vor Tarek, bedrohte ihn mit der Waffe. »Sag schon.«

»Scheiße. Nimm das Ding ...«

»Wo?« Er zielte mitten auf Tareks Brust.

Wenn er sich weigert? Erschießt du ihn wirklich?

Ich ... ich will nicht drüber nachdenken ...

Bitte, flehte er innerlich, *Tarek, sag was!*

Endlich knickte der Mann ein. »Hinten.«

Er packte Tarek am Ärmel – »Los!« – und schob ihn vor sich her, während er auf seinen Kopf zielte und betete, der Mann möge keine Gegenwehr leisten.

»Siehst du ihn?« Jan, das Handy zwischen Schulter und Ohr geklemmt, bog mit gezückter Dienstwaffe in den nächsten Containergang ab. »Verstehe«, sagte er und horchte ins Telefon, bevor er auflegte. »Verstärkung kommt. Acht Minuten«, gab er an Svea weiter.

»Verstanden.«

Immerhin, auch wenn acht Minuten eine Ewigkeit waren.

»Ich seh ihn nicht. Du?« Svea blickte sich zum Backsteingebäude um, die Containerstapel verstellten ihr die Sicht.

»Nein.«

Einige Meter weiter befand sich eine Lagerhalle.

Was wollte Ziegler hier nur? Seine Tochter war ermordet worden. Er hatte eine Waffe und war hierher geflüchtet. Was hatte Krogmann mit Sameer Patel zu schaffen?

»Wahrscheinlich ist er zum Firmensitz rüber«, mutmaßte Jan.

»Dann los.«

33

Ziegler stieß Tarek vor sich her, der nur widerwillig gehorchte. Bei einem gelben Container blieb er stehen. So gut wie an jeder Naht wies das Ding Rostflecken auf, und tiefe Schrammen zogen sich über die gesamte Breite. Der Metallkasten sah aus, als wäre er vor Jahrzehnten aus einem Flugzeug gefallen.

»In dem ...! Oh Gott!« Panik übermannte Ziegler. »Aufmachen! Los! Aufmachen!« Er zwang Tarek an den Container. »Öffnen!«

Tarek griff nach der Verriegelung und zog daran. Sie klemmte, und er musste dreimal kräftig hebeln, bevor sie endlich nachgab und die Tür sich öffnen ließ. Er wollte den Container gerade aufziehen, als eine Stimme scharf und bestimmt hinter ihnen sagte: »Waffe weg!«

Svea. Sie stand keinen Meter hinter ihm.

»Reinhold. Leg die Waffe weg. Sofort.«

Tarek hatte sich den beiden zugewandt und starrte sie geschockt an.

»Polizei. Treten Sie von dem Container weg«, wies Sveas Kollege Tarek an.

»Ich hab damit nichts zu tun«, sagte der und hob die Hände.

Ziegler wandte sich kurz zu Svea und ihrem Kollegen um. Ihre Waffe zielte auf ihn. Aber es war ihm egal. In seinen Gedanken war nur dieser schreckliche Container. Verschlossen. Luftdicht. Dunkel!

»Waffe weg!« Svea spürte das Blut in ihrer gestauchten Hand pulsieren. Ihr Finger lag noch immer an der Seite des Abzugs, doch in ihrem Kopf lief ein Szenario ab.

Was, wenn er herumfährt und feuert? Was wenn ich auf Reinhold schießen muss?

»Leg die Scheißwaffe beiseite! Reinhold!«

»Lisa ... Ich ...« Seine Augen sprangen von ihr zu Jan und zum Container.

»Mach keinen Scheiß!«

Mit einem Mal hechtete er zur Tür, beinahe hätte sie abgedrückt. Er griff die Verriegelung und zerrte wie im Wahn. Endlich hatte er die Tür offen. Kurz entschlossen sprang sie vor, packte ihn und zwang ihn zu Boden. Ehe er reagieren konnte, kniete sie bereits auf seinem Schussarm.

»Lisaaaa!«, schrie er. »Lisa!« Er versuchte gar nicht, sich zu wehren. Jan nahm ihm die Waffe ab und sicherte sie.

Für einen Moment entspannte sich Svea und folgte Zieglers Blick zur halb offenen Tür in das Dunkel des Containers.

Und was sie sah, ließ sie erschaudern.

»Was zum Teufel ...?« Jan war an den Container herangetreten und zog die zweite Tür gänzlich auf.

Der alte Container war komplett mit Dämmmatten ausgekleidet. Ein Metallstuhl war an den Boden genietet worden. Ein Chemieklo stand in der Ecke.

Ein Kerker.

Fassungslos stand Svea auf und zog Ziegler auf die Beine.

»Was ist das?«, wollte sie wissen und ahnte doch die Antwort.

»Er hat sie mitgenommen!« Ziegler riss sich los, und Svea ließ ihn. Fassungslos musterte sie das Innere des Containers, während Ziegler hineinstürmte und sich hilflos umsah. »Sie ist … Wir … wir sind zu spät.« Seine Stimme überschlug sich vor Verzweiflung.

»Was ist hier los? Ziegler!«, fuhr Jan ihn an.

»Ich …« Ziegler rang mit den Tränen. »Lisa. Meine Tochter. Er hat Lisa.«

Die Erkenntnis traf Svea hart. Sie sah zu Jan, aber der war genauso perplex. »Krogmann?«

»Stefan weiß, dass ich Kapitän bin. Von Yvette. Und … Yvette wollte aussteigen. Ihr war das alles zu groß geworden … Er hat sie umbringen lassen. Und dann …«

»Hat er Lisa entführt«, beendete Svea den Satz, die erst jetzt die Tragweite verstand. »Er hat deine Tochter entführt, weil van Leeuwen ebenfalls aussteigen wollte. Er brauchte einen neuen Kapitän.«

Ziegler nickte. »Was … was hätte ich denn …? Ich dachte, sie ist hier und …« Er sah sich nach Tarek um, der drauf und dran war, sich zu verdrücken.

»Stehen bleiben!«, rief Svea schroff. »Hände an den Container!«

Der Mann tat, wie ihm befohlen, doch Ziegler stürzte auf ihn zu. »Wo ist sie?«, schrie er und packte Tarek. »Wo habt ihr sie hin?«

»Lass mich!« Tarek versuchte, sich gegen Ziegler zu wehren, doch der war in blinder Rage.

»Wo? Wo ist meine Tochter?! Wo ist Krogmann?«

Svea riss ihn zurück. »Reinhold«, fuhr sie ihn an. Kaum hatte sie ihn von Tarek getrennt, lief der los. »Verdammt.«

Jan, der mit Tennhaus telefonierte, setzte ihm nach.

»Der weiß doch, wo sie ist! Svea! Svea ...« Ziegler wollte sich mit aller Kraft losreißen, so dass sie gezwungen war, ihn erneut zu Fall zu bringen. Sie presste ihn auf den Asphalt und hielt ihn mit dem Polizeigriff in Schach.

Ihr Herz raste, und sie zwang sich herunterzukommen.

Yvette tot, Lisa entführt, eingekerkert in diesem Container, während dieser Sommerhitze!

»Verfluchte Scheiße, Reinhold«, zischte sie, weil er sich mit aller Kraft gegen sie wehrte. »Lass es!«

Egal, was er in der letzten Stunde getan hatte, sie wollte ihn verdammt noch mal nicht verletzen.

Die Wange im Dreck, musste Ziegler husten, aber immerhin nahm seine Gegenwehr ab. Langsam kam er zur Vernunft. Sofern er in diesem Moment vernünftig sein konnte.

»Wir finden sie schon. Wir finden sie. Okay?«, versuchte sie, ihn zu beruhigen, hielt ihn aber weiterhin fest im Griff.

Jan blieb dran, sah Tarek zwischen Containern entlangrennen. Der Arbeiter schlug Haken, mal links, mal rechts herum. Der Kerl war gut zwanzig Jahre jünger. Wenn Jan keinen Zahn zulegte, dann ...

Er konzentrierte sich aufs Laufen, peilte den Rücken des Mannes an, spürte jedoch, wie er kaum Luft bekam.

Nächste rechts.

Am liebsten hätte er gerufen oder seine Waffe gezogen – doch das kostete alles zu viel Zeit. Zu viel Luft. Jan spürte, wie sein Herz raste, seine Seite begann zu stechen.

Immerhin, der schulterbreite Spalt zwischen den Containern bot kaum Platz zum Laufen. Es gelang ihm, ein wenig aufzuholen. Zumindest nahm der Abstand nicht zu.

Das Seitenstechen wurde heftiger. Er musste stehen bleiben, Luft holen, einfach Luft holen ... Doch er rannte weiter, auch wenn ihn langsam schwindelte.

Mit einem Mal kamen sie auf eine freie Fläche. Gabelstapler, Palettenberge ... der Zaun.

Tarek sprintete weiter, hielt auf den Maschendraht zu.

Jan konnte nicht mehr. Er fiel in Laufschritt, rang nach Atem, während Tarek den Zaun erreichte, sich hochzog.

»Scheiße«, keuchte Jan. »Bleib doch endlich stehen.«

Auch Tarek rang nach Luft. Er krallte sich in den Zaun, versuchte, mit seinen Arbeitsschuhen Halt zu finden, sich irgendwie hochzuziehen, doch er rutschte immer wieder ab. Japsend näherte sich Jan, ging mehr, als dass er lief, bestrebt, seine Atmung zu kontrollieren, während Tarek noch immer versuchte, den Zaun hochzuklettern. Keine Chance.

Jan klopfte dem Mann mit der Pistole ans Bein. »Gefangen«, brachte er in einem Anflug von Sarkasmus und völlig außer Atem hervor.

Endlich brach Tarek den Fluchtversuch ab, keuchend sah er Jan an.

»Keine weiteren Tricks.« Jan drehte ihm den Arm auf den Rücken und drückte ihn an den Zaun. »Wo ist Lisa?«

»Ich …«

Er presste ihn härter an den Maschendraht.

»Schiff«, keuchte Tarek.

»Was?«

»Er wollte mit ihr zum Schiff!«

»Zur *Ocean Hathagat?*«

»Nein. Er … er hat eine Motorjacht. Scheiße. Lass mich los.«

»Wo?«, hörte Jan Sveas entschiedene Stimme und fuhr herum.

Sie stand mit Ziegler im Griff da und starrte Tarek an. »Du redest jetzt«, sagte sie in einem Ton, der keine Widerworte zuließ.

34

Stefan bremste ruppig ab und brachte den dunklen SUV direkt am Anleger zum Halten. Sein Blick streifte den Rückspiegel.

Lisa Ziegler hockte verängstigt und geknebelt auf der Rückbank, die Hände auf den Rücken gebunden, den Kopf voller Blessuren an die Scheibe gelehnt. Die Achtzehnjährige befand sich in einem schrecklichen Zustand. Arme und Wangen zerschunden, die Kleidung verdreckt. Endlose Tränen und die Augenbinde, die sie trug, hatten die Haut aufgescheuert. Sie war viel zu erschöpft, um sich zu wehren.

Wenn man was anfängt, dachte er und biss unwillkürlich die Zähne zusammen, dann zieht man es auch durch.

Stefan stieg aus und nickte seinem Mitarbeiter zu, der bereits auf ihn gewartet hatte.

»Fahr den Wagen zurück zur Reederei«, befahl er, während er die Hintertür aufriss, Lisas Arm griff und sie aus dem Fond zog. Er packte sie am Nacken, schob und zerrte sie aus dem Wagen. Ohne Rücksicht stieß er sie vorwärts in Richtung seiner Motorjacht.

Lisa konnte sich kaum auf den Beinen halten.

»Los!« Er stieß sie weiter und spürte, wie ein letztes Fünkchen Widerstand in ihr protestieren wollte. »Dein Vater wird den Job erledigen und alles wird gut. Zick nich' rum.« Sie kam mit ihrer kraftlosen Stimme nicht gegen den Knebel an, und das schwache Rumgezerre brachte ihn kein bisschen aus dem Konzept.

»Kommen Sie klar?«, rief der Fahrer ihnen nach.

Genervt winkte Stefan ab. »Fahr den Scheißwagen zurück!«

Plötzlich versuchte Lisa noch einmal, sich seinem Griff zu entwinden – er zog sie mit brutaler Härte an sich. »Ey!«, ermahnte er sie bloß.

Auf der Jacht erschien Hermann in dunklem Colani. Er nickte Stefan zu und ließ die Laufplanke zum Ufer herab. Hermann war eine treue Seele, die genau wie er nicht mit ansehen wollte, wie sein Vater das Geschäft gegen die Wand fuhr.

»Wir können sofort ablegen«, verkündete Stefan.

»Gut.«

Hermann hatte das Schiff in der Nacht hergebracht. Der Anleger – etwas außerhalb von Hamburg – war nicht sehr frequentiert. Stefan würde der *Ocean Hathagat* bis in die Nordsee zum Checkpoint auf der Höhe von Scharhörn folgen. Dort würde er nachsehen, ob alles nach seinen Wünschen lief, und den Frachter auf seinem Weg in den Oman ziehenlassen.

Der Oman. Sein Vater weigerte sich immer noch, mit den Kuwaitis oder den Saudis, den Omani, mit dem ganzen verdammten Nahen Osten Geschäfte zu machen. Und das, obwohl gerade diese Weltregion eine Schatztruhe voller Dollarscheine war. Ein Schatz, den es unbedingt zu heben galt.

Bei seinen Geschäftsflügen in den Oman, die er größtenteils heimlich hatte durchführen müssen, hatte Stefan einflussreiche Kaufleute kennengelernt. Wesentlich geschäftstüchtigere Männer als sein verknöcherter Hanseatenvater. Zupackende Männer, die dachten wie er. Die wussten, wie man das große Geld machte. Sie waren sofort auf einer Wellenlänge gewesen und hatten den irrsinnigen Plan ersonnen, über dreieinhalbtausend Luxuskarossen zu klauen. Dreitausendfünfhundert Fliegen auf einen Streich.

Das Problem war nur, dass der Hafen in Oman extrem klein war. Es gab nur einen einzigen Containerhafen, an dem ein Schiff von der Größe der *Ocean Hathagat* anlegen konnte.

Er brauchte einen wirklich fähigen Kapitän, und schließlich hatte van Leeuwen sich bereit erklärt – gegen eine Unsumme versteht sich –, für ihn zu arbeiten. Er wollte seiner Schwester, er hatte den Namen vergessen, ein Zimmer in irgendeinem Pflegeheim finanzieren. Der alte, ach so erfahrene Holländer hatte jedoch kalte Füße bekommen. Wahrscheinlich nicht aus denselben Gründen wie Yvette, diese Schlampe, die seinen Plan einfach aus moralischen Gründen nicht mehr hatte durchziehen wollen. Im Gegensatz zu ihr war van Leeuwen schlicht zu feige gewesen. Er hatte gekniffen und sich mit ihr verbündet. Drecksack.

Es war eine Fügung des Schicksals, dass ausgerechnet Yvettes Vater den Nahen Osten wie seine Westentasche kannte. Das war ein gerechter Ausgleich für Yvettes Verrat.

Stefan stieß Lisa aufs Boot und auf Hermann zu. »Nimm du sie!«, befahl er, dann ging er ins Cockpit. »Bring sie unter Deck und mach sie irgendwie fest, damit sie keinen Scheiß baut!«

Er sah noch einmal zurück an Land. Sein Mann hatte endlich den SUV gewendet und fuhr zurück in die Stadt.

Seine Motorjacht war nur dreizehn Meter lang und nicht im Schiffsregister eingetragen, dennoch nutzte er Yvettes Erfindung, um sich quasi unsichtbar zu machen.

Während Hermann Lisa in die Kajüte stieß, zückte Stefan sein Handy. Er hatte sich extra über einen windigen Geschäftspartner in Schweden eine SIM-Karte kaufen lassen. Er atmete durch und sah das Hafenbecken hinunter.

Bald, dachte er, würde das Versteckspiel ein Ende haben. Wenn die *Ocean Hathagat* erst in der Nordsee war und den Ärmelkanal passiert hatte, würde sie einfach verschwinden, und niemand konnte seinen Plan mehr durchkreuzen.

Herbert Krogmann & Co., die Reederei, hatte mehr als hundertzwanzig Mitarbeiter. Und er saß in diesem grauen beschissenen Kabuff und durfte nicht mitbestimmen. Er würde die Millionen nicht nur für sich und die Firma klauen, er würde es auch für all die Mitarbeiter tun, die sein Vater mit seiner Sturheit jeden Tag vor den Kopf stieß.

Ja, ich tu's für alle, die für uns arbeiten. Deswegen ziehen wir es durch.

Mit den Millionen würde er sich nicht nur freischwimmen und für immer unabhängig sein, sondern sich auch endlich einen Sitz in der Firmenleitung erkaufen und den Laden seines Vaters – nein, seinen eigenen Laden! – sanieren. Diese Vorstellung erfüllte ihn mit Stolz.

Warum zum Teufel hatte dieser Greis darauf bestanden, nicht noch globaler zu denken? Sie waren eine verdammte Reederei, und sein Vater hing an Routen, die er vor fünfzig Jahren aufgebaut hatte! Dieses Arschloch war nie ins Risiko gegangen. Und noch schlimmer …

Du hast dein Wort gebrochen. Du hast dein verfluchtes Wort gebrochen. Du hanseatischer Drecksack!

Er würde es seinem Vater niemals verzeihen, dass er nicht in die Firmenleitung eingebunden worden war und damit endlich sein Erbe hatte antreten dürfen, wie sein Vater es ihm zu seinem zwanzigsten Geburtstag in Aussicht gestellt hatte.

Ja, er konnte noch die Hand seines Vaters auf seiner Schulter spüren, diesen väterlich-freundschaftlichen Griff voller Anerkennung. Und die Worte hatte er auch noch im Ohr, obwohl es über zwei Jahrzehnte her war: »Du wirst die Reederei bald leiten, Stefan. Du wirst mein Nachfolger.«

Und was hatte der Alte bisher eingelöst?

Einen Scheiß.

Er klammerte sich an seinen Posten wie ein Ertrinkender an eine faulige Planke. Manchmal sah Stefan den Alten vor sich, wie er in einem Sarg durch den Atlantik trieb, geradewegs zu seinen uralten Geschäftspartnern.

Du hast mich verarscht. Das verzeihe ich dir nie! Nie!

Sein Zorn hatte sich in all den Jahren aufgestaut. Erst in den letzten Monaten waren die verbalen Auseinandersetzungen häufiger geworden. Wie kürzlich erst. Der Zorn war über all die Jahre eher ein Schwelbrand gewesen, ein ewiges Feuer, das heißer und heißer wurde und sich jetzt in einen Flächenbrand verwandelt hatte.

Und in was für ein höllisch heißes Inferno!

Er würde es dem Alten und seinen grauen Abteilungsleitern zeigen.

Dieser Plan war so abartig verwegen, dass er einfach genial war. Seitdem er Yvette kennengelernt und verstanden hatte, was man mit ihrer Technik alles anstellen konnte, hatte er entworfen, geplant und wieder verworfen. Er hatte die letzten zwei Jahre jede Sekunde darin investiert, diesen Wahnsinnscoup durchzuziehen.

Wahnsinn war das richtige Wort. Hätte er Lilos Kontakte nicht, er wäre gar nicht in der Lage gewesen, die Verräter … *zurechtzuweisen*. Und nun lag dieser Idiot angeschossen im Krankenhaus. Um den würde er sich auch noch irgendwie kümmern müssen.

Stefan hatte die fünf Menschen nicht umbringen lassen wollen, aber die Planung war schon zu weit fortgeschritten gewesen. Manchmal werden aus Ideen Entschlüsse und aus Entschlüssen Handlungen. Und mache Handlungen kennen keine Rückkehr – sie lassen sich nicht stoppen. In den letzten zwei Jahren hatte er gelernt, härter zu sein und klar in seinen Entscheidungen.

Die fünf … Wer waren die schon?

Stefan schluckte. Der Gedanke an Yvette war doch nicht so einfach abzutun. Auch wenn er sich anstrengte, sie als ein Gesicht in der Menge zu sehen, nur als irgendeine Bekanntschaft. Sie waren wirklich zusammen gewesen … Er hatte sich in sie verknallt wie ein dummer Teenager. Und dann hatte sie ihm von ihrem Projekt erzählt. Und er hatte die Möglichkeiten erkannt, hatte sie gefördert und unterstützt.

Er ballte die Fäuste.

Und dann … dann hatte er sie erwischt, hatte seine Partnerin kalt erwischt, wie sie seine Pläne torpedierte und ihn hinterging. Genau wie sein Vater.

Erst etwas versprechen, dann nicht halten.

Nein, er wollte sich nicht an die schönen Stunden mit Yvette erinnern. Yvette war nichts weiter als eine Verräterin.

Und Verrat war etwas, das Stefan nicht verzeihen konnte.

Niemals.

Er zückte sein Handy und wählte.

35

Jan drückte das Gas weiter durch, während Svea versuchte, Tennhaus klarzumachen, dass sie nicht nur Männer bei der Reederei Krogmann brauchten, sondern außerdem an einem gottverlassenen Anleger wenige Autominuten flussabwärts von Hamburg.

»Das SEK ist zu Krogmann unterwegs«, meinte Tennhaus.

»Schicken Sie die zum O'Swaldkai«, forderte Svea.

Tennhaus klang verwirrt. »O'Swaldkai? Wir haben da noch immer keinen Durchsuchungsbeschluss. Steckt beim Richter fest.«

»Für den Frachter?«, hakte Jan nach, der das Gespräch mithörte, weil Svea auf Lautsprecher gestellt hatte.

»Ja. Wagner ist erst um neun im Büro. Ich hab wen zu ihm privat rausgeschickt.«

»Mist«, entfuhr es Svea. »Lars und Hendrik sollen nichts unternehmen, bevor das SEK da ist. Die dürfen nicht mitkriegen, dass wir was wissen. Tennhaus, die haben mindestens fünf Leute auf dem Gewissen.«

»Träum ich jede Nacht von ... Ich geb's weiter. Unsere Leute halten sich bedeckt. Kann aber noch dauern, bis das SEK ankommt.«

Genervt legte Svea auf. Alles dauerte immer. Solange sie keine Beweise hatten, dass eine Straftat vorlag oder Gefahr im Verzug war, konnten sie nicht einfach stürmen.

Kaum hatte sie aufgelegt, begann Zieglers Handy zu klingeln.

»Das ... das is' Krogmann!« Er saß in Handschellen gefesselt auf der Rückbank des Cabrios und vollführte Verrenkungen, um an das klingelnde Handy heranzukommen. »Svea! Ich muss da ran! Ich muss ...« Seine Stimme überschlug sich fast.

»Reinhold. Bleib ruhig.« Svea schnallte sich ab, beugte sich zu ihm.

»Hosentasche. Links.«

Sie fingerte es heraus. »Bleib ganz gelassen, okay? Je weniger er Verdacht schöpft, umso besser.«

»Und ... und was sag ich?«

»Dass du unterwegs bist, es noch dauert. Finde irgendwie raus, ob Lisa wirklich bei ihm ist. Code?«

Ziegler nickte – »555777« –, dann nahm Svea ab und hielt ihm das Telefon ans Ohr.

Obwohl sie nicht auf Freisprechen gedrückt hatte, konnte sie Krogmanns aufgeregte Stimme hören. »Wo zum Teufel steckst du?«

»Ich ... ich ... ich bin unterwegs.«

»Die warten!«

»Was ... was ist mit Lisa?« Zieglers Stimme überschlug sich vor Sorge.

»Was soll sein?«

»Geht es ihr gut? Ich ... ich will sie sprechen.«

»Vergiss es, Reinhold. Ich halte mein Wort. Ich hoffe, du auch. Sonst wird's dreckig.«

Aufgelegt.

»Scheiße. Sie ist da. Sie muss bei ihm sein.«

Svea brummte ein »Ja«, war sich aber nicht wirklich sicher. Ein ganz übles Gefühl machte sich in ihr breit. Noch immer hatten sie nichts Eindeutiges in der Hand. Sie rasten gerade nur aufgrund einer Vermutung zu diesem Anleger. »Und wenn er nicht bei seiner Jacht ist, mit Lisa?«

»Er ist da!«, schrie Ziegler beinahe. »Es ... es gibt einen Rendezvous-Punkt. Er wollte sich selbst überzeugen, ob Yvettes Software funktioniert und ... und wir auf Kurs sind.«

»Wo?«

»Auf See. Gib mir 'ne Karte.«

Svea öffnete auf seinem Handy die Karten-App.

»Okay. Nordsee.«

Sie scrollte für ihn.

»Höhe Scharhörn. Noch 'n Stück raus. Siehst du das?«

Sie zoomte ein Gebiet nahe der Elbmündung heran. »Die Vogelinsel?«

»Ja, da will er kurz an Bord kommen und sich selbst überzeugen, dass alles nach Plan läuft.«

»Und was ist mit der Mannschaft?«

»Die ist dann schon unter seiner Kontrolle. Er hat Männer an Bord.«

Jan warf Svea einen alarmierten Blick zu. »Und die Männer, die nicht für ihn arbeiten? Die gehen auf hoher See über Bord?«

Ziegler sah betreten auf. Er nickte.

Entsetzt sah Svea ihn an. »Wie viele? Seine Männer! Mit wie vielen werden wir es da zu tun haben?«

»Keine Ahnung. Drei. Drei, glaub ich. Ich soll nur den Frachter in den Oman bringen. Ich hab Krogmanns Crew nicht angeheuert. Ich kenn die nicht.«

Svea seufzte, dann wandte sie sich an Jan. »Dreh um.«

»Was?«

»Dreh um. Ihr braucht Reinholds Volvo. Und ich nehm den hier.«

»Aber …«

»Er muss bei der *Hathagat* aufkreuzen. Wir brauchen Zeit. Ich fahr zu Lisa.«

»Das is' n Scheißplan«, schimpfte Jan brummend, trat aber in die Eisen.

36

»Weiter!« Nico stieß den Vollmatrosen Angelito vor sich her. Der Mann hatte die Hände gehoben und brabbelte etwas auf Spanisch, was Nico nicht verstand. »Schnauze!«

Mit einem Schlag seines Gewehrs in den Rücken brachte er den Mann zum Schweigen. Jetzt kam nur noch Wimmern.

Nico nickte Steve zu, der das Schott zur Kombüse aufzog, in der die beiden anderen Vollmatrosen, der zweite Ingenieur, der Schlosser sowie der Chefingenieur bereits eingesperrt waren.

Kaum war die Tür offen, kam Unruhe in die Männer. Sie bedrängten Nico mit Fragen auf Spanisch, Vietnamesisch, Deutsch. Er stieß Angelito zu ihnen und brachte sie mit einer Bewegung seiner Waffe zum Schweigen.

»Hinsetzen«, befahl er. Die Crew der *Ocean Hathagat* umfasste lediglich achtzehn Männer, inklusive des Kapitäns und des Ersten Offiziers. Während Ersterer noch immer nicht eingetroffen war, ging der Offizier mit der Lotsin auf der Brücke den Kurs durch und machte alles fürs Ablegen bereit.

Immerhin waren die Männer so vernünftig, keinen Scheiß zu bauen, und setzten sich, wenn auch murrend, wieder auf ihre Plätze.

Steve schloss das Schott und verriegelte es. Sie hatten den

Funk in der Kombüse zerstört und allen die Walkie-Talkies weggenommen. Eigentlich fehlte nur noch der verfluchte Kapitän.

Seit dem *Ausstieg* von van Leeuwen, Lohmann und den beiden anderen, die die Crew ersetzen sollten, hatten sie fieberhaft nach Ersatz gesucht. Immerhin kannte Krogmann als Reeder fähige Leute und hatte einen Elektriker und einen nautischen Offiziersassistenten an der Hand. Auf Koch, Steward und den Ersten Ingenieur mussten sie für die Fahrt auf jeden Fall verzichten.

Nico zückte sein Funkgerät und fragte unten bei der Verladung nach: »Die Wagen?«

»Noch zwanzig.«

»Ist der Kapitän endlich da?«

»Wir warten noch …«

»Fuck.«

Jan parkte mit Ziegler hinter dem Flachbau, auf dem die drei Stellung bezogen hatten.

Sofort kamen Hendrik und Lars zu ihm gelaufen und traten an den Volvo, während Songül auf dem Dach weiter den Frachter beobachtete.

»Tempus fugit«, stellte Hendrik fest. »Nur eine geringe Anzahl Fahrzeug ist noch zu verladen.«

»Verstärkung ist noch nicht hier?«, wollte Jan wissen.

»Das SEK braucht noch«, antwortete Lars.

Jan unterdrückte ein Fluchen.

»Irgendein Einsatz in St. Georg. Und der Richter ist in irgendeinem Puff oder so.«

»Scheiße.« Jan stieg aus und öffnete Ziegler die Tür, half ihm auszusteigen. Während er ihm die Handschellen abnahm, meinte er: »Es ist Ihre Entscheidung. Als Beamter kann ich Ihnen nur abraten. Aber als Vater …«

»Ich spiel mit. Ich geh rein und verschaffe Ihnen Zeit.« Ziegler sah mitgenommen aus. Ein nervliches Wrack. Aber das würde ihn nicht verdächtig machen. Seine Tochter war eine Geisel, wie hätte er sonst aussehen sollen?

Jan klopfte ihm auf die Schulter und gab ihm den Autoschlüssel des Volvos. »Einfach so sein, wie Sie sind.«

»Ein Nervenbündel voller Angst?« Nervös massierte sich Ziegler die Handgelenke, die von den Handschellen rot waren.

»Ein Nervenbündel voller Angst«, bestätigte Jan wohlwollend. »Gehen Sie an Bord, Käpt'n, und holen Sie ein paar Minuten raus, bis das SEK da ist und wir wissen, dass Lisa in Sicherheit ist.«

Ziegler nickte, doch sein Nicken wirkte schwach und wenig überzeugt.

Kaum war er in den Volvo gestiegen und Richtung Frachter gefahren, wandte sich Jan seinen Kollegen zu. »Wir warten also.«

Svea erreichte die verlassene Hafenanlage und ließ das Cabrio an der Zufahrt zurück. Sie wollte keine Zielscheibe abgeben. Mit gezückter Waffe lief sie im Schatten der uralten Bootshäuser in Richtung der Anleger. Als Erstes kam eine Slip-Anlage in Sicht, die schon bessere Tage gesehen hatte. Die Gebäude ringsum wirkten ungenutzt, das ganze Gelände verwaist.

Saubere Gegend, wenn man unbeobachtet sein will, dachte

sie und schlich sich weiter an, spähte hinter einem Bootshaus zum Anleger.

Er war leer.

Hier war kein Schiff.

War sie am falschen Anleger?

Hatte dieser Tarek gelogen?

Sie eilte zur Kaimauer. Nichts. Niemand hier.

Sie sah sich um und entdeckte Kratzspuren auf dem Beton. Frischer Abrieb von einer Laufplanke. Svea sicherte ihre Waffe. Immerhin das. Wahrscheinlich war sie richtig, nur zu spät dran.

Sofort rief sie noch einmal die Wasserpolizei an. »Svea hier. Ich bin vor Ort. Peter, habt ihr eine Motorjacht beim Auslaufen gesehen?«

»Nein. Keine, auf die deine Beschreibung passt. Wir sind auf dem Weg. 'ne knappe Meile noch.«

Fluchend sah sie auf den Elbarm hinaus. Die Sonne hatte mittlerweile noch mehr Kraft entwickelt und brannte vom Himmel. Das Wasser lag ruhig da. Zwei Sportboote fuhren stromabwärts, eine Jacht, die auf Tareks Beschreibung passte, aufwärts. Falsche Richtung. Eine Barkasse mit einer Schute voller Sand tuckerte langsam Richtung Nordsee, und ein Boot mit zwei jungen Männern, die eine Frau auf Wasserski zogen, kreiste unweit des Ufers.

»Holt mich ab. Wir finden sie schon«, gab sie seufzend durch.

Kaum hatte sie aufgelegt, sah sie hinter den Uferbauten die *Amerikahöft* der WSPK 1 näher kommen.

Das Polizeischiff war beinahe zwanzig Meter lang und besaß am Heck einen Kran, an dem vertäut ein Schlauchboot baumelte.

Svea winkte die Beamten zu sich.

Jan ließ sich den Feldstecher reichen. Es war ernüchternd zu sehen, dass inzwischen fast alle BMW verladen und gesichert waren. Offenbar liefen alle Vorkehrungen zum Ablegen wie am Schnürchen.

Ziegler hatte seinen Volvo geparkt und eilte zum Schiff hinüber, wo bereits zwei Mann an der Rampe auf ihn warteten. Einer der beiden, ein stämmiger Typ mit Tätowierungen, kündigte sein Eintreffen per Funk an, und Jan ahnte, dass nicht nur der Erste Offizier irgendwo auf dem riesigen Frachter nun Bescheid wusste, sondern wahrscheinlich auch Stefan Krogmann.

Soweit Jan es durch das Fernglas beurteilen konnte, schien Ziegler weiterhin extrem nervös. Er nickte den Männern zwar zu und versuchte, lässig auszusehen, aber sein Lächeln wirkte aufgesetzt. Dann drehte er sich sogar in Richtung ihres Beobachtungspostens um, als wollte er kontrollieren, ob sie auch in Stellung waren.

Jan tauchte ab. »Scheiße.«

»Was ist?«, wollte Hendrik wissen, der neben ihm auf dem Dach lag.

»Wenn der mal nicht den Kopf verliert.« Jan kannte Ziegler zwar erst seit einer guten Stunde, aber wie der Mann bisher reagiert hatte, ließ nicht gerade auf rationales Verhalten schließen. Wie auch? Derjenige, der seine ältere Tochter brutal ermordet hatte, hielt seine jüngere Tochter als Geisel.

»Die legen gleich ab«, sagte Hendrik.

Jan war nicht überzeugt, dass die Sondereinheit noch rechtzeitig käme. Vorsichtig hob er den Kopf und sah wieder durch das Fernglas. Die Männer hatten den Weg freigegeben, und Ziegler schritt über die mächtige Rampe des Frachters. Er verschwand im riesigen Maul des Schiffs.

»Und hinein in die Höhle des Löwen ...« Unzufrieden mit sich und der Situation, reichte Jan Lars den Feldstecher und kletterte vom Dach.

»Was hast du vor?«, rief Lars ihm zischend nach.

»Was unternehmen!«

37

Die *Amerikahöft* war schon seit dreißig Jahren im Dienst, hatte aber erst kürzlich eine Generalüberholung bekommen. Neue Farbe, neue Beleuchtung, und die Abzeichen der Polizei waren abnehmbar, so dass man das Schiff auch für andere Zwecke nutzen konnte.

Sie gehörte zum WSPK 1, dem Wasserschutzpolizeikommissariat in Waltershof, und Svea kannte den wachhabenden Kapitän, Peter Riedel, von einigen Tauchgängen, bei denen die Wasserschutzpolizei Unterstützung geleistet hatte.

Svea stellte sich an den Bug, um nach Krogmanns Jacht Ausschau zu halten. Ihre Wangen glühten vom Sonnenlicht, und sie wünschte sich eine der Schirmmützen, wie sie die Besatzung der *Amerikahöft* trug.

»Zehn, fünfzehn Meter, sagtest du?« Peter kam zu ihr und spähte ebenfalls über die Elbe. Sie fuhren flussabwärts.

»Ja, ungefähr. Klassisch weiß. Marke hab ich nicht.«

»AIS-Transceiver?«

»Wenn er einen hat, hat er ihn sicher ausgeschaltet. Oder manipuliert. Und ich denke nicht, dass er mit ATIS funkt.«

»Also keinerlei Kennungen. Bist du sicher, dass diese Frau an Bord ist?«

Svea nickte. »Unser Chef vom LKA will einen Experten für Verhandlungen bei Geiselnahmen einfliegen.«

Wenn es dann nicht schon zu spät ist, dachte sie. Lisa war nur aus einem Grund an Bord: um ihren Vater gefügig zu machen. Aber während der in den Oman fahren musste, würde Lisa als Zeugin sicher sterben – genau wie Yvette und die anderen.

Wenn sie an Lisa dachte, die in Krogmanns Gewalt war, wurde Svea flau im Magen. Irgendwie musste es ihnen gelingen, so unauffällig wie möglich vorzugehen und erst im letzten Moment zuzuschlagen. Wenn sie ihr Überraschungsmoment nicht nutzen konnten ... Sie wollte gar nicht daran denken, was mit Reinholds Tochter geschehen würde.

Peters Kollege streckte den Kopf aus dem Führerstand. »Wir haben was auf dem Radar, das passen könnte.« Er zeigte vage backbord. »In Fahrtrichtung. Bewegt sich nicht gerade schnell.«

»Die sind auch nicht auf der Flucht.« Svea ließ sich von Peter den Feldstecher reichen und suchte die Wasserlinie ab. »Wahrscheinlich warten sie noch immer auf das Go der *Ocean Hathagat* ... Habt ihr eine Tauchausrüstung an Bord?«, fragte sie, während sie nach der Jacht suchte.

»Sicher.«

»Brauch ich. Und noch was. Wenn wir sie finden, dann wär's besser, die sehen mich nicht.«

Peter stimmte ihr stumm zu, dann nahm er ihr das Fernglas ab. »Weste und alles ist am Bug. Da ist 'ne Kiste.«

Während sich Svea aufmachte, um den Neoprenanzug anzuziehen, suchte Peter weiter nach Krogmanns Jacht.

Jan hatte sich, immer wieder Deckung hinter Containern suchend, näher an die *Ocean Hathagat* herangepirscht. An der Ladeklappe wiesen zwei Männer die letzten Fahrzeuge ein. Ein spilleriger Typ mit asiatischen Zügen und der muskulöse Tätowierte scannten die Papiere des nächsten Fahrzeugs. Mittlerweile waren nur noch zwei Fahrer im Einsatz. Einer rangierte gerade irgendwo im Frachter, und der andere kümmerte sich um die letzte Reihe BMW. Er stieg soeben in den nächsten Wagen ein.

Jan wartete, bis der Fahrer Gas gegeben hatte und zur Luke fuhr, bevor er in der Deckung der Wagen weiterschlich. Schließlich blieb er am BMW stehen, der in wenigen Minuten dran sein müsste, und checkte, ob der Kofferraum sich öffnen ließ. Zu seiner Überraschung war er nicht abgeschlossen.

Er öffnete ihn einen Spalt und wollte sich gerade hineingleiten lassen, als hinter ihm Lars, Hendrik und Songül aufkreuzten.

Kopfschüttelnd wies er sie an zurückzugehen, doch die drei dachten gar nicht daran. Ein Stoßgebet gen Himmel richtend, stieg Jan in den Kofferraum. »Dann los!«, zischte er Lars zu.

»Bist du sicher, dass wir …?«

»Die legen ab, bevor das SEK kommt. Und bis die mit einem Helikopter entern …«

Lars nickte, wenn auch wenig begeistert.

Bevor er zu Jan einstieg, sah dieser noch, wie Hendrik und Songül den Kofferraum des Nachbarfahrzeugs einen Spalt aufzogen, dann verdeckte Lars ihm die Sicht.

»Scheiße, ist das eng«, stöhnte Lars.

»Kannst du die Klappe halten, also den Kofferraum. Keine Ahnung, ob wir den von innen aufkriegen.«

»Ich versuch's ... Ja, hier geht's ... Warte.« Lars zog den Deckel, so fest es ging, runter und hielt ihn, während Jan versuchte, eine bessere Position zu finden. Wenn die Klappe doch zufiel, würden sie sich durch die Rückbank kämpfen müssen.

Mucksmäuschenstill warteten sie zusammengepfercht, bis endlich die Fahrertür geöffnet und der Wagen angelassen wurde.

Jan tastete im Dunkel nach seiner Dienstwaffe und zog sie sicherheitshalber aus dem Holster. Wenn sie entdeckt wurden, würde er sich allerdings aus dieser Lage heraus niemals verteidigen können.

Abrupt hielten sie an. Jan hörte die beiden Mitarbeiter sprechen, dann fuhr der BMW ruppig an – »Fuck!«, zischte Lars, der sich voll reinhängen musste, um die Klappe zuzuhalten –, und sie holperten auf die Rampe.

Sie holten allmählich auf. Aus dem tanzenden weißen Punkt, den Peter am Horizont entdeckt hatte, wurde langsam, aber deutlich eine Jacht. Svea, die den Neoprenanzug zuzog, war sich sicher, dass sie das richtige Boot verfolgten.

Noch einmal trat Peter zu ihr an die Reling. »Was hast du vor? Sollen wir das Schiff stoppen?«

Svea war sich nicht sicher, ob die *Amerikahöft* dazu überhaupt imstande war. Wahrscheinlich würden sie das Rennen verlieren. »Wo sind die anderen Streifenboote?«

»Nicht so weit stromabwärts. Alle achtern. Aber ich habe schon die Kollegen von der Vier in Cuxhaven angefunkt. Das nächste Boot von denen ist Höhe Glückstadt.«

»Scheiße.«

»Jetzt sag schon. Was hast du vor?«

Sie nahm die Schwimmflossen und ging zum Heck der *Amerikahöft*. »Verschafft mir irgendwie etwas Zeit. Aber erst mal nicht an Bord gehen. Wir brauchen das Überraschungsmoment.«

»Wir sollen nicht aufs Boot?«

Svea schüttelte den Kopf. Sie spuckte in ihre Flossen, verrieb den Speichel und begann, sie sich überzustreifen. Dann entschied sie sich anders und legte sie beiseite. Wenn sie an Bord klettern wollte, waren die Flossen nur hinderlich. »Es reicht, wenn ihr zwanzig Meter längsseits geht. Und dafür sorgt, dass sie an Fahrt verlieren.«

Fünf Minuten später hatte die *Amerikahöft* die Motorjacht eingeholt und setzte sich längsseits. Peters Kollege funkte sie an, und tatsächlich meldete sich Krogmann. Er wollte wissen, was los sei.

Peter übernahm den Funk. »Polizei Hamburg. WSPK 1. Stoppen Sie bitte den Motor und gehen Sie längsseits.«

»Was gibt's denn?«, wehten die vom Funk verzerrten Worte zu Svea, die sich am Heck des Bootes vorsichtig ins Wasser gleiten ließ. Sie benetzte ihre Tauchmaske, holte wie gewohnt Luft und stieß sich mit einem kräftigen Stoß vom Polizeiboot ab.

Die Sicht war wie immer trüb. Zu viel Schwebteilchen und

Dreck im Wasser. Mit der Karibik hatte das Tauchen in der Elbe wenig gemein.

Sie hielt sich knapp unter der Wasseroberfläche und schwamm schräg gegen die Strömung, so dass sie die zwanzig Meter schnell zurücklegen und hoffentlich ohne Umwege die Jacht erreichen würde.

Normalerweise strengte sie sich nicht an, wenn sie im Kanal bei ihrem Hausboot die Luft anhielt, und die Zeiten, in denen sie über sechs Minuten geschafft hatte, waren lange vorbei. Jetzt spürte sie, wie ihr die Luft ausging, je mehr sie sich darauf konzentrierte, sie anzuhalten.

Nur noch ein paar Züge. Dann war sie sicher da. Sie hoffte es zumindest.

Wo verdammt noch mal ist diese Jacht?

War sie etwa zu schnell abgetrieben und längst stromabwärts der beiden Boote?

Sie zwang sich zu zwei weiteren, kräftigen Zügen. Noch mal. Sie konzentrierte sich. Zog noch ein paarmal kräftig durch.

Vielleicht hätte sie doch die Flossen …?

Da. Durch das milchige Wasser meinte sie, den Rumpf der Jacht zu erkennen. Am liebsten wäre sie kurz aufgetaucht und hätte einen Blick gewagt, doch es war zu riskant.

Weiter. Noch ein paar Züge.

Luft. Du brauchst Luft …

Endlich.

Das Boot. Geschafft.

Die Jacht war vor ihr. Ihre Hände fuhren am Rumpf entlang. Sie konnte dumpf die Schritte an Deck hören. Sie zwang sich, nicht an die Oberfläche zu schießen, sondern behutsam aufzutauchen. Zentimeter um Zentimeter. Direkt an der Außenhaut des Bootes.

Vorsichtig streckte sie den Kopf aus dem Wasser, nur so weit, dass sie atmen und sehen konnte, und holte behutsam Luft.

Es schien alles so weit ruhig, sie war unter dem Boot hindurchgetaucht. Stefan Krogmann – zumindest meinte sie, seine Stimme zu erkennen – stand auf der anderen Seite. Offenbar war die *Amerikahöft* wenige Meter längsseits gegangen, und Peter und Krogmann sprachen direkt miteinander. Peter erzählte etwas von Gravuren und Bootsschleusern ... Die beiden lachten und rissen Witze.

Sie hatte mit Peter kein Zeichen ausgemacht, wann er weiterfahren sollte. Sie hoffte jedoch, dass sie es bis dahin an Deck geschafft hatte. Der einfachste Einstieg bei solchen Jachten befand sich hinten, auch wenn dort die Propeller waren und sie ihnen extrem nahe kam. Das Boot hatte dort eine Badeplattform, eine Vertiefung zum Wasser hin, von der aus man bequem schwimmen gehen konnte.

Svea drehte sich um, wollte sich gegen die Strömung am Heck entlangtasten und ... sah in ein Gesicht.

38

Sie hatten lange genug gewartet.

»Mach auf«, flüsterte Jan Lars zu, der daraufhin ganz behutsam die Kofferraumklappe einen Spalt öffnete. Jan gelang es, einen Blick an ihm vorbei nach draußen zu werfen. Der Wagen stand unter vielen gleichen in einer Reihe. Neonlicht. Das Brummen von Motoren und Surren von Elektrik.

Er lauschte weiter, konnte aber niemanden hören. Weder Schritte noch irgendwelche Wörter wehten zu ihm. Anscheinend waren sie auf der Etage nahe der Laderampe ganz allein.

Als Erstes quetschte sich Lars hinaus. Er hatte kaum Platz zum Stehen, weil die Wagen beinahe Stoßstange an Stoßstange standen. Geduckt half er Jan, ebenfalls auszusteigen. Hendrik war gentlemanlike Songül behilflich.

Sie sahen sich um. Niemand zu sehen.

Stumm gab Jan den anderen Zeichen, zwischen den Wagen hindurch zu einem Schott zu schleichen, das ins Treppenhaus führte.

Sie hatten kaum die Hälfte des Wegs zwischen den Wagen zurückgelegt, als ein martialisches Dröhnen durch das Schiff ging.

Jan fuhr herum.

Die riesige Luke am Heck des Schiffs begann, sich langsam zu schließen. Und jetzt meinte er auch, durch den Lärm Stimmen zu vernehmen. »Es geht los!«, hörte er jemanden sagen. »Alle Wagen verladen.«

Jemand spaßte, dass sie bald in Panama mit zwei Mädchen im Arm am Strand liegen würden. Während Jan die anderen drei zum Schott vorschickte, schlich er selbst zu den beiden Männern.

In gebührendem Abstand zur sich schließenden Rampe standen der Tätowierte und sein spilleriger Kollege. Der Tätowierte sah eher nach Türsteher als nach Frachterpersonal aus. Er lachte kurz auf, doch dann zückte er zur Überraschung seines Kollegen eine Pistole. »Nicht Panama. Du Arsch. Für dich endet die Reise viel früher. Los!«, befahl er.

»Scheiße?! Was?«

Er stieß den protestierenden Mann Richtung Schott, durch das die drei ins Treppenhaus gelangt waren.

Jan, der auf halbem Weg zwischen den Wagen hockte, hatte mittlerweile lautlos seine Dienstwaffe gezückt und angelegt. Er hatte den bulligen Typen genau im Visier, zögerte aber, seine Deckung aufzugeben. Er tauchte lieber noch ein wenig tiefer hinter den nächsten BMW. Als der Tätowierte den anderen weiter Richtung Schott stieß, hielt er den Atem an. Sie waren keine vier Meter entfernt.

Kaum waren die beiden an Jan vorbei, fasste er sich ein Herz, kam abrupt mit der Waffe im Anschlag hoch und rief: »Polizei. Ich bin bewaffnet. Waffe runter. Keine Bewegung.«

Der bullige Typ fuhr herum. Jan rutschte das Herz in die Hose, als der Mann die Waffe hochriss. »Und jetzt?«

»Leg die Waffe weg. Leg die Waffe ganz ruhig auf den Wagen«, befahl Jan. »Auf den Boden.«

»Und du? Leg du deine Scheißknarre ...«

Songül unterbrach ihn. »Waffe runter. Augenblicklich.« Sie war aus dem Schott getreten und zielte auf den Mann.

»An Ihrer statt würde ich den Instruktionen meiner Kollegin Folge leisten«, sagte Hendrik, der neben Songül erschien und versuchte, mit möglichst fester Stimme zu sprechen.

Der Mann zögerte. Es dauerte einen Moment, bis er einsah, dass er keine Chance hatte, und widerwillig seine Pistole auf das Dach des nächsten BMW legte.

Endlich nahm er die Hände hinter den Rücken. Während Jan und Songül ihn in Schach hielten, ließ Hendrik die Handschellen zuschnappen.

39

Svea lächelte den älteren Mann an, der sich über die Reling gebeugt hatte und sie nicht aus den Augen ließ. Stück für Stück tastete sie sich dennoch weiter am Schiff entlang Richtung Heck. Ihre Überrumpelungstaktik konnte sie in der Pfeife rauchen, und sie suchte fieberhaft nach einem Ausweg. Abtauchen? Wieder zurück? Auf die andere Seite? Sie hatte keine Waffe dabei. Sollte sie Peter ein Zeichen geben?

»Bleib schön unten«, zischte ihr der Mann zu.

»Was?«

»Du sollst im Wasser bleiben. Schön langsam nach hinten.«

»Was?«

Er lehnte sich weiter vor. »Willst du mich …?«

Weiter kam er nicht, denn Svea hatte Halt an der Scheuerleiste gefunden, die sich ums Schiff zog. Mit einem gewaltigen Satz fuhr sie aus dem Wasser und erwischte ihn an seinem Colani. Der alte Kerl schrie überrascht auf und verlor im selben Moment das Gleichgewicht. Er stürzte in die Elbe.

Schmerz durchzuckte ihre verstauchte Hand, aber sie achtete nicht darauf. Sie zögerte nicht, und als der Mann schnaufend auftauchte, gab sie ihm einen Tritt, schob ihn weiter von sich und vom Boot weg.

Die Strömung erfasste ihn und ließ ihn abtreiben. Mit finsterem Blick musterte er Svea, blieb aber ruhig, wollte die Polizei nicht aufschrecken.

»Ist was passiert?«, hörte Svea Peter rufen.

»Alles okay. Danke«, kam Krogmanns Antwort. Wie es sich anhörte, stand er an der Reling zur *Amerikahöft* hin.

Svea tastete sich weiter Richtung Heck vor.

Zu viert drangen sie tiefer in die Eingeweide des Frachters vor. Jan hatte den Tätowierten, mit den Handschellen an ein stabiles Rohr gefesselt, auf dem Autodeck zurückgelassen. Nun folgten sie dem spillerigen Mann, der sich als Seo-jun vorgestellt hatte.

»How do we get to the bridge without being seen?«, fragte Jan.

Seo-jun schüttelte den Kopf und antwortete ebenfalls auf Englisch. »Es gibt nur einen Weg zur Brücke. Die sehen Sie sofort.«

Sie liefen die nächste Treppe hinauf. Da hörten sie mit einem Mal Klopfen und gedämpfte Rufe.

»Kombüse«, meinte Seo-jun.

Jan sicherte mit Songül den Gang, während Hendrik und Lars zum Schott gingen. Sie warteten, bis die anderen aufgeschlossen hatten, bevor sie beherzt die Eisentür entriegelten. Als sie sie aufzogen, standen vier Männer vor ihnen und funkelten sie angriffslustig an. Sie waren mit Küchenmessern und Flaschen bewaffnet. Als sie Seo-jun sahen, entspannte sich die Lage augenblicklich.

»Polizei. Police. LKA«, erklärte Hendrik.

Jan war sofort klar, was geschehen war. Doch am liebsten hätte er die Crew wieder eingesperrt, denn er konnte keinen Mob auf dem Schiff gebrauchen. Wenn die Männer hier herumliefen, während sie versuchten, den Frachter unter ihre Kontrolle zu bringen ...

Jan bat Seo-jun, seine Bedenken zu übersetzen. »Bleib du auch hier«, befahl er. »Rührt euch nicht vom Fleck. Okay? Ein Spezialteam kommt jeden Moment.«

»Wir sind schon ausgelaufen«, entgegnete Seo-jun besorgt.

»Das ist egal. Die gelangen schon an Bord, keine Sorge«, versuchte er, ihn zu beruhigen. »Hierbleiben.«

Seo-jun zeigte ihm einen Daumen hoch, und auch wenn die anderen Männer murrten, befolgten sie die Anweisungen.

Jan nickte Lars, Songül und Hendrik zu. Gepeitscht vom Adrenalin, wollte er bereits zurück zur Treppe und weiter hinauf Richtung Brücke stürmen, als Lars ihn zurückhielt. »Warte. Wenn die das System von Yvette installieren, dann sind sie sicher im Serverraum.«

Jan, der voller Aktionismus war, brauchte eine Sekunde, bis er begriff. »Gut.« Er wandte sich auf Englisch an die Männer: »Wo ist der Serverraum? Server? Wo?«

Einige Minuten später waren sie in einem anderen Bereich nahe der Brücke. Von einem kurzen Gang führten diverse Schotts ab. Alle waren mit Nummern beschriftet. Der Raum, den sie suchten, lag nur einige Schritte voraus. Die Waffe im Anschlag, schoben sich Jan, Lars, Songül und Hendrik auf die Tür zu.

Nebenan befand sich die Brücke, und Jan hoffte nicht nur, dass Ziegler recht hatte, was die Anzahl der Schiffsentführer anbelangte, sondern auch, dass Krogmanns Männer noch immer dabei waren, Yvettes System zu installieren.

Eigentlich brauchen sie keinen mit Waffe auf der Brücke, redete sich Jan die Situation schön, während er weiter auf den Serverraum zuging. Solange Lisa Krogmanns Geisel ist, wird Ziegler tun, was sie verlangen.

Noch hatten die Angreifer keine Ahnung, dass sie aufgeflogen waren, und würden weiter nach Plan vorgehen. Mit Hilfe von Lotsin, Kapitän und Erstem Offizier steuerten sie das Schiff die Elbe hinunter und in die Nordsee.

Vielleicht haben wir Glück, dachte Jan, und wir überwältigen die zwei anderen. Wenn Ziegler recht hat und es wirklich nur drei Männer sind.

Das Schott zum Serverraum war nur angelehnt, wie Jan feststellte, als er auf gut zwei Meter herangekommen war.

Es war gespenstisch ruhig. Weder Stimmen noch Funk oder ein Radio waren zu hören – lediglich das stete Brummen der Maschinen erfüllte die Luft.

Er fasste seine Dienstwaffe fester und schlich weiter zum Schott vor, spähte durch den Spalt …

Der Winkel war zu steil. Er erhaschte nur einen Blick auf Serverschränke. Schnell bedeutete er den anderen drei, zurückzubleiben.

Hier im Flur gab es keine Möglichkeit, in Deckung zu gehen. Wenn jemand durchs Schott auf sie anlegte, wären sie geliefert. Er kniete sich hin, packte die Eisentür und ließ sie langsam aufgleiten.

Es war schwerer, gegen die Strömung anzukommen, als Svea gehofft hatte. Meter um Meter kämpfte sie sich zum Heck der Jacht und schließlich bis zur Badeplattform vor.

Immerhin hatte sie jetzt nicht mehr bloß den Rumpf vor Augen, konnte zumindest einen Teil des Bootes überblicken. Sofort suchte ihr Blick Krogmann. Niemand am Steuer, aber sie meinte, einen Schatten im Fenster des Cockpits zu sehen, draußen, von der Reling her.

Mit einem Klimmzug gelangte sie an Bord. Noch hatte sie niemand bemerkt, oder doch?

Lisa befand sich wahrscheinlich in der winzigen Kajüte unter dem Cockpit. Geduckt huschte Svea in diese Richtung und sah noch einmal auf.

Da! Krogmann. Diesmal konnte sie ihn eindeutig durchs Fenster an der Reling stehen sehen. Mit einem Mal drehte er sich um, und ihre Blicke trafen sich.

»Scheiße.«

Svea fuhr es durch Mark und Bein.

In seinem Blick lag kein Schock, keine Überraschung. Ihr schlug blanker Zorn entgegen, und er starrte sie so unverhohlen an, dass sie meinte, zur Salzsäule erstarren zu müssen. Bevor sie über eine Reaktion nachdenken konnte, stürmte er bereits – unter Peters hektischen Rufen – die Reling entlang auf sie zu.

Das Schott glitt lautlos auf …

Sofort erfasste Jan den Raum.

Ein Schatten. Ein Mann hockte mit Laptop am Boden vor der Serverbank und tippte Befehle ein. Leise drückte Jan die

Tür ganz auf und winkte den anderen, sofort zu stürmen. Das ließen sich Lars, Hendrik und Songül nicht zweimal sagen.

Lars war der Erste am Schott, schrie laut: »Polizei! Keine Bewegung!«

Der Typ war so erschrocken, dass ihm der Laptop vom Schoß rutschte. Er fuhr herum und riss die Arme in die Höhe.

»Nicht bewegen! Polizei …« Lars und Songül gingen auf ihn zu. »Hände, wo ich sie sehen kann …«

Der Mann ließ nur kurz seinen Blick zum Sturmgewehr gleiten, das er neben sich gelegt hatte, dann hatte Jan es bereits beiseitegetreten. »Wie viele seid ihr?«, wollte er wissen. »Wo sind die anderen?«

Songül riss den Mann zu Boden und kniete sich auf seinen Rücken. »Handschellen! Hendrik.«

Sofort klippte Hendrik sie bei Songül ab und legte sie dem Mann an.

»Sag schon!«, zischte Jan. »Wie viele seid ihr?«

»Einen Scheiß sag ich!«

Krogmann kam auf Svea zugerannt. Sie war erfahrener als er. Für solche Situationen trainierte sie immer wieder. Doch er war voller Wut und unzurechnungsfähig. Und sie stand barfuß hier, in einem Neoprenanzug ohne Kevlarweste und ohne Waffe.

Seine kalten Augen blitzten sie an. »Wer sind …?«

»Geben Sie auf, Krogmann!«, unterbrach sie ihn und stellte sich ihm fest in den Weg. Offensichtlich hatte er sie im Tauchanzug gar nicht erkannt. »Svea Roth. LKA Hamburg. Wir hatten schon das Vergnügen. Wo ist Lisa?«

»Fuck!« Er baute sich vor ihr auf, hatte als Antwort plötzlich eine Pistole in der Hand. Anders als Ziegler heute Morgen wusste Krogmann offenbar damit umzugehen.

Dann sah er sich zur *Amerikahöft* um. Das Boot lag noch immer entfernt längsseits. Peter hatte seinen Feldstecher gezückt, rief seinem Kollegen etwas zu und startete den Motor.

Svea hob die Hände. »Krogmann. Sie sind doch ein Profi«, versuchte sie, ihn zu umschmeicheln. »Sie denken an ein gutes Ende – und ich auch. Niemand muss mehr sterben.«

»Wenn Sie den Weg einschlagen, dann müssen Sie ihn auch bis zum Ende gehen«, zischte er. Angestrengt fixierte er sie. Offensichtlich war ihm noch nicht klar, wie er mit der neuen Situation umgehen sollte.

»Meine Kollegen haben Sie im Visier. Machen Sie es nicht noch schlimmer.«

»Da rein!« Er wedelte mit der Waffe Richtung Kajüte.

Gehorsam schlüpfte Svea hinein und erschrak.

Lisa.

Sie hatten sie auf dem Bett festgebunden. Ihr Gesicht sah fürchterlich aus. Hämatome, aufgescheuerte Haut. Lisa wollte etwas sagen, doch sie war geknebelt. Svea fuhr zu Krogmann herum, blitzte ihn zornig an. »Was haben Sie ihr angetan?«

»Schnauze! Wollen mal sehen, ob euer altes Boot mithalten kann.« Lächelnd wollte er die Tür zuziehen und sie mit Lisa einsperren, als ein mächtiger Schlag durch das Boot ging. Die *Amerikahöft* hatte die Jacht gerammt.

Krogmann wurde gegen die Wand geschleudert, und Svea nutzte die Situation, sprang sofort vor und klammerte sich an seine Schusshand. Gemeinsam wurden sie herumgeschleudert, landeten draußen an Deck, direkt vor der Badeplattform.

In blanker Verzweiflung hielt Svea seinen Arm, schlug ihn mehrfach auf den Boden. Endlich ließ er los, die Waffe flog ihm aus der Hand.

Krogmann stöhnte zwar auf, trat ihr jedoch mit dem Knie in den Bauch. Durch die Wucht wurde sie zur Seite geschleudert und knallte mit dem Kopf gegen die Verkleidung der Kabine. Sie spürte Blut zwischen den Haaren.

Gedämpft hörte sie Peter rufen und das Knirschen der Schiffe, weil sie aneinander rieben. Die *Amerikahöft* lag Rumpf an Rumpf, Reling an Reling. Svea blinzelte, zwang sich zu fokussieren. Wo war Krogmann? Er war wackelig auf die Beine gekommen und wollte zum Cockpit, wollte losfahren. Mit einem Aufschrei warf sie sich gegen ihn. Sie riss ihn zurück zu Boden und sah, dass die Waffe über das Deck geschlittert war und nur zwei Schritte entfernt auf der Badeplattform lag.

Krogmann hatte sie ebenfalls gesehen, versuchte, sich zu befreien, als Erster die Waffe zu erreichen. Unter ihrem Griff schob er sich mit aller Kraft auf die Waffe zu.

Sie packte zu, versuchte, ihn zu halten, hatte jedoch keine Chance. Wenn sie von ihm abließ, um selbst zur Waffe zu hechten, war er im Vorteil und sicher schneller.

Er zog sie einfach mit. Immer weiter auf die Pistole zu, nach der er sich streckte.

»Wir müssen nicht stürmen. Wir können einfach hierbleiben und abwarten.« Jan sah seine kleine Truppe fest an. »Niemand ist verpflichtet mitzukommen. Ist das klar?«

Die drei nickten.

»Das SEK wird jeden Moment eintreffen. Die werden sich ein Schiff nehmen. 'n Helikopter. Wir wissen nicht, wie viele ...«

»Jetzt lasst uns da reingehen«, unterbrach ihn Songül.

»Ja«, bestätigte Hendrik. »Ziegler hat doch von drei Leuten gesprochen, richtig? Dann sind wir mittlerweile in der Überzahl. Ultima moritur spes.«

Lars nickte ebenfalls, auch wenn seine aufgesetzte Entschlossenheit sein tatsächliches Unwohlsein kaum zu übertünchen vermochte.

Sie alle atmeten noch einmal durch, checkten ihre Waffen. Dann zog Jan das Schott zur Brücke auf.

Mit einem Blick hatte er die Situation erfasst.

Nur einer!, schoss es Jan durch den Kopf. Es ist nur noch einer.

Der Mann war gut trainiert. Er stand neben dem Kapitänsstuhl vor den zahlreichen Monitoren der Kommandobrücke. Sein Sturmgewehr erhoben.

Den Lauf direkt an Zieglers Kopf.

Innerlich fluchend hielt Jan inne. Alle zielten auf den Kerl, der Ziegler in seiner Gewalt hatte.

»Willkommen auf der *Ocean Hathagat*«, brummte der Mann. »Wir haben euch über die Monitore ...«

Jan riss die Waffe hoch und schoss.

Der Knall war ohrenbetäubend.

Der Kerl wurde nach hinten gerissen, fiel halb auf die Instrumententafel. Da hatte Ziegler schon sein Gewehr gegriffen, stemmte es hoch.

Sofort sprangen Lars und Hendrik vor, halfen Ziegler, den stöhnenden und fluchenden Angreifer zu entwaffnen und unter Kontrolle zu bringen. Jan hingegen stand wie betäubt da und nahm das Geschehen lediglich wie durch einen Schleier wahr. Er hatte einfach abgedrückt. Ohne Rücksicht auf Verluste.

Doch es hatte funktioniert.

Er hatte dem Kerl in die Schulter geschossen und brauchte einen Moment, um zu realisieren, dass Ziegler unverletzt war und sein forsches Vorgehen buchstäblich ein Volltreffer gewesen war.

»Fixer güng dat nich'?«, meldete sich Hennie kreidebleich zu Wort. »So. Tied för 'n Tass Tee mit Kluntje …«

Perplex starrte Jan die ältere Dame mit den weißen Haaren und der Multifunktionsjacke an, die ihm ein bezauberndes, wenn auch reichlich zittriges Lächeln schenkte.

Krogmann und Svea kämpften sich weiter zur Waffe vor. Sie lag nur noch eine Armlänge entfernt.

Scheiße. Gleich hat er sie.

Wag es! Tu es!

Svea ließ von Krogmann ab, sprang vor und setzte alles auf eine Karte. Sie wollte die Pistole greifen, als ein weiterer Ruck durch das Schiff ging. Die Wucht schleuderte sie zur Seite. Sie sah noch, wie Peter und sein Kollege auf die Jacht sprangen. Mit erhobenen Waffen kamen sie das Deck herunter.

Da packte Krogmann sie, riss sie nach hinten, und beide stürzten von der Badeplattform in die Elbe.

Svea tauchte auf, spuckte Wasser. Wo war Krogmann hin? Er hatte sie losgelassen, als sie auf das Wasser geklatscht waren. Sofort wollte sie zum Boot zurück, als mit einem Mal Krogmann an ihrem Bein zog. Er klammerte sich an sie, zog sie unter Wasser.

Verzweifelt versuchte sie, sich zu befreien, sich loszustrampeln, aber es wollte ihr nicht gelingen. Sein Griff blieb eisern.

Tiefer und tiefer zog er sie in das trübe Nass hinunter.

Svea hatte nicht ordentlich Luft geholt, wusste, dass es diesmal nicht vier Minuten werden würden, nicht mal annähernd.

Sie zog die Beine an, bekam ihn irgendwie zu packen und versetzte ihm einen Schlag mit dem Ellbogen. Er kämpfte sich an ihr hoch, packte sie am Kragen des Neoprenanzugs, riss an ihr, versuchte, ihren Hals zu erwischen. Er wollte sie würgen, während sie unaufhörlich tiefer sanken.

Jäh spürte sie den Schlick des Grundes an ihrem Bein, aber es war nur Einbildung. Hier war die Elbe gut sechzehn Meter tief. Es war bloß eine kältere Strömung ... Fünf Meter, sechs Meter, schätzte sie ...

Seine Faust traf sie in den Magen, ihr wurde kurz schwarz vor Augen.

Du schaffst das. Du kannst unter Wasser atmen, Svea. Du bist die Meerjungfrau ...

Ich ... Luft ... Ich brauche Luft ...

Endlich schaffte sie es, sich zu konzentrieren. Sein Gesicht war dicht vor ihrem, und sie schrak vor seinem Blick zurück. Auch er hatte keine Luft mehr. Seine Augen waren noch immer voller Zorn, doch die Panik wuchs. Es gelang ihr, den Fuß an seine Seite zu pressen. Mit aller Macht drückte sie ihn von sich. Tatsächlich löste sich sein Griff. Seine Kräfte verließen ihn.

Luft! Tauch auf. Gleich sind es zehn Meter! Svea!

Sie versuchte, Krogmann in diesem trüben Wasser auszumachen. Versuchte, seine Gestalt zu entdecken. Er konnte nicht weiter als zwei Armlängen entfernt sein. Schließlich meinte sie, einen milchigen Schatten zu erahnen. Bevor er zu einem Nichts verblasst war, tauchte sie ihm nach, packte Krogmann am Hemd, zog ihn zu sich. Er rührte sich nicht, hing bewusstlos im Wasser. Sie griff ihn, nahm ihn vor die Brust. Endlich begann sie aufzutauchen.

Neun, zehn, elf Meter waren sie sicher tief. Und sie hatte keine Tarierweste, kein Blei zum Abwerfen ... Es würden harte, lange zehn Meter werden.

Die Oberfläche schien endlos entfernt. Ihre Kräfte schwanden. Ihre Lunge brannte.

Endlich, endlich ... Da war Licht. Die Sonne.

Sie durchbrach die Oberfläche. Wärme schlug ihr ins Gesicht. Sie spürte sofort die Sommerluft, die durch ihre Lungen strömte, als sie tief Atem holte.

»Hier!«, versuchte sie zu rufen, bekam aber nichts heraus.

Erschöpft legte sie sich rücklings aufs Wasser, dümpelte auf der Elbe, den bewusstlosen Krogmann vor der Brust umklammert, und starrte in den perfekt blauen Sommerhimmel.

40

»Das klappt nie im Leben.« Skeptisch beäugte Svea, was sie mit Jan aufgebaut hatte. Gemeinsam hatten sie noch einmal das Blech entfernt und im Wohnzimmer vor das Loch eine Lebendfalle geschoben, einen meterlangen Metallkasten mit Klappe, die auslöste, wenn Maigret durchs Loch schlüpfen und auf eine Wippe treten sollte.

»Klar klappt das.« Jan reichte ihr eine Packung Chips.

»Currywurst-Flavor? Das klappt nie.«

»Der steht drauf, wetten? Sind die besten. Das klappt!«

Svea verteilte ein paar in der Falle und legte drei auf die Wippe, die die Tür zuschnappen ließ. Zumindest wenn Maigret so dumm war und über die Currywurstchips herfiel.

»Erschießen«, meinte Jan, »fällt auf jeden Fall aus.«

»Haha.«

Svea und Jan hatten ihre Dienstwaffen abgeben müssen. Gegen sie beide wurde wegen des Waffengebrauchs von der Staatsanwaltschaft ermittelt. Staatsanwältin Müller hatte getobt, als sie erfahren hatte, dass Svea nicht sofort die Pistole abgenommen worden war, und Tennhaus hatte sich vor dem Senator für Inneres um Kopf und Kragen reden müssen, jedoch seinen Posten behalten. Bisher.

Wahrscheinlich auch, weil Lilo geständig gewesen war. Sein eigentlicher Name lautete Liam Lorian Ritter, und beim Scrollen durch sein Vorstrafenregister hatte Svea einen tauben Arm bekommen. Nachdem er mitbekommen hatte, dass sie seinen Boss Stefan Krogmann verhaftet hatten und es schlecht um ihn bestellt war, war der Mann, der sie beim Kapitänsverband angegriffen hatte, eingeknickt. Er hatte Krogmann schwer belastet.

Noch immer dauerten die Verhöre der beiden an, doch schon jetzt setzte sich puzzlestückartig alles zusammen. Im Auftrag von Krogmann hatte Lilo die fünf erschossen und sie mit Hilfe von Steve und Nico, den beiden Männern vom Schiffsraub, auf das Boot gebracht. Es gehörte Nico und hatte seit Jahrzehnten in einem Schuppen vor sich hin gegammelt. Die Männer wollten auf Krogmans Befehl hin raus auf die Nordsee fahren und die Leichen dort verklappen, doch das Boot sank.

Sameer Patel konnte in diesem Fall nichts nachgewiesen werden. So wie es aussah, hatte er eine reine Weste. Zumindest vorerst konnte das LKA nicht gegen ihn vorgehen, aber man hoffte auf die Freigabe französischer Datensätze, die haufenweise Festplatten voll mit dechiffrierten Anrufen gespeichert hatten. Allesamt Telefonate, die er über sein Kryptohandy geführt hatte.

Svea war zuversichtlich, dass sie ihn noch wegen Drogendelikten belangen würden. Allerdings hatte er mit dem Mordfall in Sachen Yvette und der *Ocean Hathagat* nichts zu tun. Mittlerweile gingen Hendrik und Jan sogar davon aus, dass Stefan Krogmann Patels Telefonnummer bei Yvette absichtlich unter den Kühlschrank geschoben hatte, um die Ermittler auf eine falsche Spur zu locken.

»Und wenn wir ihn haben?«, wollte Svea wissen, die noch immer nicht von der Falle überzeugt war.

»Dann müssen wir ihn laufenlassen. Umbringen dürfen ihn nicht. Und ... also ich würd das auch nicht können.« Jan nahm sich sein Glas Aguardiente und prostete Svea zu. »Wir lassen ihn wieder laufen. Wir ... wir eskortieren ihn mit ein paar Streifenwagen aus der Stadt und lassen ihn da laufen.«

Laufenlassen ... Svea nahm sich auch ihren Drink. Sie musste an Reinhold denken, der in U-Haft saß. Gemeinsam mit Jan hatte sie beschlossen, alles zu tun, damit er möglichst schnell wieder freikam. Sie war bereit, bei einer Verhandlung auszusagen, und hoffte, der Richter würde aufgrund von Yvettes Ermordung und Lisas Entführung Milde walten lassen. Sie konnte es Reinhold nur wünschen, irgendwie mit dem Erlebten klarzukommen. Immerhin ging es Lisa den Umständen entsprechend gut.

Svea trat aufs Deck. Die Sonne briet vom Himmel. Es waren gut fünfunddreißig Grad. Sie hob den Kopf und genoss die Hitze, das Sommerlicht auf ihrer Haut, das stets ein wenig nach Kolumbien und Kindheit roch. »Wenn wir Maigret aussetzen ... Der kennt sich doch da gar nicht aus. Ich meine, da irgendwo in der Pampa in ... Wie heißt die Wüste noch?«

»Schleswig-Holstein?«

»Genau.«

»Ja. Wasteland.« Jan war ihr gefolgt und nippte noch mal. »Stimmt. Und nächtliches Fernsehen bei Chips und Schokolade ist da auch nicht drin.«

»Hm.«

»Hm.«

Sie schmeckte dem Anis nach. »Hm«, sagte sie schließlich noch einmal, und Jan begann zu lachen. »Was?«

»Soll ich die Falle wieder abbauen? Du rufst Lars an, und der schweißt das Loch zu. Und du fütterst Maigret an Deck – am besten mit Obst und Würmern und …«

»… und Maden und Mäusen und was Waschbären so essen. Also alles. Oder ich lass die Tür einen Spalt auf, wenn er mal reinkommen soll.«

»Jepp. Also wieder abbauen?«

Sveas Blick sprach ein klares Ja, woraufhin sich Jan feixend ans Werk machte und die Falle wieder abbaute.

»Was ist mit deiner Schwester?«, fragte er, während er das Blech holte, um es wieder ans Loch zu lehnen.

»Lizeth? Ich hab mir eigentlich vorgenommen, mich nicht ungefragt in fremde Leben einzumischen.«

»Aber …?«

»Aber bei Lizeth mach ich 'ne Ausnahme. Wenn sie noch ein einziges Mal hier verheult aufkreuzt, weil Ben sie schlägt, dann zeig ich ihn an. Egal, was Lizeth dazu sagt.«

»Find ich richtig.« Jan trank seinen Drink aus.

»Lass uns mal die Druckflasche und das Sofa wieder vor das Loch machen«, sagte sie und ging voraus ins Wohnzimmer. Als sie die Flasche holte, fiel ihr Blick auf Lenas Geburtstagskarte. Der Anblick schmerzte wie eine glühende Nadel.

»Hast du dich schon entschieden?«, fragte Jan und kam zu ihr. Er nahm sie zärtlich in den Arm. »Ich denke, Lars versteht's, wenn du nicht möchtest.«

Sie nickte.

Sicher, dachte sie. Sicher versteht er es und gibt mir bestimmt noch mehr Zeit.

Mit schwerem Herzen nahm sie die Karte mit dem Tiger und drehte sie herum. Alles noch unberührt. Sie hatte keine Worte gefunden.

Noch nicht.

»Ich ... ich glaube, ich möchte aber«, sagte sie schließlich. »Ich möchte hingehen. Ich möchte zu ihrem Grab.«

41

Sveas Blick fiel auf das Eisentor des Friedhofs. Sie war nicht hier gewesen oder auch nur in die Nähe des Friedhofs gekommen seit dem Tag, an dem sie Lena beerdigt hatten. Dem Tag, der ihr wie ein Traum vorkam und von dem sie nur noch verschwommene Erinnerungen hatte. Ein Albtraum aus verwischten Bildern.

Heute konnte sie nicht mehr sagen, was an diesem Tag real gewesen war und was nicht. Sie konnte nicht einmal mehr sagen, wer wirklich in der efeuüberwucherten Kapelle und später am Grab gewesen war. Wer ihr kondoliert hatte? Sie wusste es nicht. Wer hatte sie getröstet, wer hatte ihre Hand geschüttelt?

Sie war von diesem Grab fortgegangen und durch das Eisentor geschritten und hatte niemals wiederkommen wollen, niemals mehr. Sie wollte Lena so in Erinnerung behalten, wie sie sie kannte: als fröhliches Kind, als Lebende unter Lebenden.

Svea, das ist alles eine Lüge. Das weißt du.

Wenn du dich an Lena erinnerst, dann siehst du nur eins: das Auto und ihr Gesicht hinter der Scheibe.

Das ist deine Erinnerung, wie Lena weggleitet, wie sie in die Dunkelheit driftet, in den Tod taucht.

Keine Lebende unter Lebenden.

Svea schluckte und fixierte weiter das Eisentor.

»Geht es?« Lars und Lizeth traten neben sie. »Wir machen das zusammen, okay?«, sagte er.

Svea atmete durch und nickte schließlich schwach. Sie suchte Lizeths Hand, und ihre Schwester hielt sie fest, warf ihr einen tröstenden Blick zu.

Svea fasste sich ein Herz und öffnete das Tor. Es glitt lautlos auf, und sie betraten den Friedhof.

Sofort versuchte sie, möglichst nicht nachzudenken, setzte Schritt für Schritt, leicht mechanisch, beinahe steif. Sie peilte den Horizont zwischen den Bäumen und Grabsteinen an, immer im Bemühen, möglichst keine Bilder von Lena zu sehen, um das Erinnerungskarussell nicht in Gang zu setzen.

Ein sanfter Wind ließ die Bäume rascheln und strich ihr über die Wangen, das tat gut, holte sie ein wenig ins Hier und Jetzt zurück. Sie spürte Lars neben sich, der ihr tatsächlich Halt gab, und sie konzentrierte sich auf das Flöten der Amseln, auf den Gesang der Finken.

Obwohl sie so wenig Erinnerungen an die Beerdigung ihrer Tochter hatte, kannte sie trotzdem den Weg zu ihrem Grab. Sie war ihn wahrscheinlich in ihren Träumen Hunderte Male gegangen, obwohl sie sich dessen nicht bewusst war.

Die drei erreichten eine schmale Lichtung zwischen den Bäumen und gingen noch ungefähr fünfzig Meter weiter zwischen Grabsteinen hindurch, bevor sie vor einem schlichten Stein stehen blieben.

Svea atmete gleichmäßig und gefasst, so als würde sie mit Flaschen tauchen. Sie atmete, als wäre sie unter Wasser und müsste darauf achten, möglichst Sauerstoff zu sparen. Es half ihr, sich an die Atemtechniken zu erinnern, an das gleichmäßige Luftholen, das letztlich auch ihren Herzschlag kontrollieren konnte.

Die Sonne glitzerte auf dem weißen Stein.

Da stand er, ihr Name.

Wehre dich nicht.

Erinnere dich.

Sie musste an Lena denken. Und an die kurze Zeitspanne, in der ihre Tochter gelebt hatte. So wenige, so furchtbar schnell vergangene Jahre. Für Svea erschreckend überschaubare Jahre, denn sie konnte sich noch an jeden Monat erinnern.

Oder bildete sie sich das nur ein?

Denk an sie. Denk an jeden Tag.

Sie hatte die letzten beiden Jahre so sehr dagegen angekämpft, sich zu erinnern, hatte versucht, Lena nicht nah an sich heranzulassen, ihre Nähe zu spüren, ihre Wärme zu riechen ... Das hatte sie bisher immer aus der Bahn geworfen. Was folgte, waren dann stets Wochen, in denen sie sich kaum konzentrieren konnte, in denen sie das Leben als reichlich sinnlos empfunden hatte. Wochen, in denen sie am liebsten abgetaucht wäre – und auch war. Runter in den Kanal. Tage, an denen sie mehr unter ihrem Schiff gelebt hatte, dort unten im dunklen Wasser, als im wahren Leben.

Und nun stand sie hier, mit ihrem Ex-Mann und Lizeth. Hier, vor Lenas Grab.

Svea atmete gleichmäßig, spürte ihrem Puls nach und sah Lena vor sich, sah die Momente, die Geburtstage, die Urlaube, den Quatsch, den Lena angerichtet hatte. Sie sah vor sich, wie

Lena mit vier den Gartenschlauch in ihren Familien-Renault gehalten hatte, um ihn sauber zu machen, und mit fünf wütend ihren Paddington-Koffer gepackt hatte und abgehauen war – bis zu ihrem Lieblingsitaliener an der Ecke, der ihr so viel Spaghettieis gemacht hatte, wie sie essen konnte. Sie sah ihr verdutztes und eisverschmiertes Gesicht vor sich, als Svea eingetreten war.

Diesmal ließ sie die Erinnerungsbilder einfach kommen, wehrte sich nicht dagegen, sondern ließ sie zum ersten Mal, seitdem sie bei der Beerdigung hier gestanden hatte, zu.

Das Zittern kam langsam, nicht wie ein schlimmer Vorbote, sondern eher wie ein erfrischender Wind, der den alten Muff aus dem Haus weht. Sie spürte ihre Hände beben, dann ihre Lippen.

Sie begann zu weinen.

Einen Atemzug lang wollte Svea es verhindern, doch dann gestattete sie es sich.

Endlich.

Svea weinte, wie sie es am Sarg getan hatte und in Kolumbien, am Tag, als ihre Mutter getötet worden war.

Alle Trauer vermischte sich. Die Tränen liefen ihr über die Wangen, tropften auf ihr Shirt, und sie konnte kaum etwas sehen, versuchte, weiterhin ruhig zu atmen, aber es fiel ihr schwer, so schwer.

Mit weichen Knien stand sie da und suchte an Lars und Lizeth Halt.

»Ist alles okay? Willst du dich setzen?« Lars nahm sie in den Arm.

»Alles gut«, brachte sie schließlich unter Tränen hervor. »Gib ihn mir. Bitte ...«

Lars gab ihr die beklebte Schachtel, und Svea zog behutsam Lulatsch heraus.

Der stupsnasige Tiger schaute wie immer dämlich. Sie nahm ihn in ihre tränennassen Hände. Sein Fell war ganz abgeliebt. Kaum noch was dran an dem Guten. Als sie ihm über die Nase strich, hinterließ sie Tränenspuren.

Schließlich trat Svea, von Lars gestützt, vor und legte den Tiger auf den Grabstein.

»So?«, fragte sie unsicher.

»So, wie du es am besten findest.«

Ihr Blick suchte Lizeths, die aufmunternd nickte.

Mit einem tiefen Atemzug trat Svea vom Grab zurück, wischte sich die Tränen aus den Augen und warf einen Blick auf Lenas letzte Ruhestätte. Sie sah herausgeputzt aus. Frische Blumen blühten, und Lars hatte offenbar Unkraut gezupft. Sie musste wieder weinen.

Wie oft war er wohl hier gewesen?

Wie es aussah, bestimmt mehrmals im Monat. Wenn nicht jedes Wochenende.

Sie hatte ihn heute Morgen angerufen und erzählt, dass sie eine Therapie beginnen werde. Und während sie so dastand, vor lauter Weinen kaum etwas sah, blickte sie dennoch klar und deutlich in ihre Zukunft.

Sie würde sich ihrem Problem stellen. So viel stand fest. Sie würde versuchen, mit der Leere klarzukommen und nicht wie sonst abzutauchen.

Svea nahm Lizeths Hand und hielt sie fest.

Sie würde auch mit Jan reden und vielleicht eine feste Beziehung mit ihm eingehen. Warum nicht?

Es war an der Zeit, alles zu ändern. Die Beziehung zu Lars, die Beziehung zu Jan. Und ihre Beziehung zu Lena.

Sie weinte. Auf die gute Art.